Diogenes Taschenbuch 21421

detebe

Margaret Millar

Die lauschenden Wände

Roman

Aus dem Amerikanischen von Karin Polz

Diogenes

Titel der amerikanischen Originalausgabe:
›The Listening Walls‹

Die deutsche Erstausgabe erschien 1962
unter dem gleichen Titel.
Umschlagzeichnung von
Tomi Ungerer

Neuübersetzung

80/90/36/6
ISBN 3 257 21421 9

Für Vera Cooper, die Literatin

I

Von ihrem Ruheplätzchen in der Besenkammer aus hörte Consuela die beiden amerikanischen Damen von 404 diskutieren. Die Kammer war so schmal wie der Weg zum Himmel und roch nach Möbelpolitur und Chlor und nach Consuela selbst. Aber es war nicht die Unbequemlichkeit, die ihre Siesta störte; es war die Anstrengung, die es sie kostete, zu verstehen, worüber die Amerikanerinnen diskutierten. Geld? Liebe? Was war da noch, fragte sich Consuela und wischte sich den Schweiß von Stirn und Nacken, mit einem der sauberen Handtücher, die sie genau um sechs Uhr in die Badezimmer hätte bringen sollen.

Es war jetzt sieben. Sie faltete das Handtuch wieder zusammen und legte es auf den Stapel zurück. Der Geschäftsführer war vielleicht ein wenig pingelig, was saubere Handtücher und genau eingehaltene Zeiten betraf, aber Consuela war es nicht. Ein paar Bazillen hatten noch niemandem geschadet, besonders wenn keiner wußte, daß sie da waren, und was war eine Stunde früher oder später angesichts der Ewigkeit?

Jeden Monat holte Señor Escamillo, der Geschäftsführer, die Hotelangestellten in einem der Bankettsäle zusammen und kläffte sie an wie ein nervöser Terrier.

»Jetzt hört mal her. Es hat Beschwerden gegeben. Ja,

Beschwerden. Also sind wir wieder einmal hier versammelt, und ich erkläre euch einmal mehr, daß die Amerikaner unsere besten Kunden sind. Wir müssen dafür sorgen, daß sie es bleiben. Gut. Was ist den Amerikanern am tiefsten verhaßt? Bazillen. Also gibt es bei uns keine Bazillen. Bei uns gibt es saubere Handtücher. Zweimal täglich saubere Handtücher, absolut bazillenfrei. Gut. Und jetzt das Wasser. Die Amerikaner werden nach dem Wasser fragen, und ihr werdet sagen, daß dieses Leitungswasser das reinste Wasser in ganz Mexico City ist. Gut. Irgendwelche Fragen?«

Consuela hatte eine Reihe von Fragen, etwa warum der Geschäftsführer in seinem Büro Wasser aus Flaschen benutzte, aber ihr Selbsterhaltungstrieb ließ sie schweigen. Sie brauchte den Job. Ihr Freund hatte ein Händchen dafür, auf der Rennbahn aufs falsche Pferd zu setzen, bei der Lotterie auf die falschen Nummern und in der *quiniela* auf den falschen Jai-alai-Spieler.

Die Diskussion zwischen den beiden Damen ging weiter. Sprachen sie über Liebe? Nicht sehr wahrscheinlich, entschied Consuela. Pedro, der Fahrstuhlführer und beste Spion im Hotel, sprach die beiden amerikanischen Damen mit Señora an, vermutlich hatten sie also irgendwo Ehemänner und machten Urlaub in Mexico City.

Geld? Auch nicht sehr wahrscheinlich. Beide Damen sahen wohlhabend aus. Die größere (ihre Freundin nannte sie Wilma) besaß einen langen, echten Nerzmantel, den sie ständig trug, sogar wenn sie zum Frühstück herunterkam, und wenn sie durch den Flur ging, klimperte sie wie ein Straßenbahnwagen, so viele Armbänder trug sie. Sie ließ nie etwas in ihrem Zimmer zurück außer einem verschlossenen Koffer. Consuela hatte rein gewohnheitsmäßig die Kommodenschubladen durchsucht, aber sie waren alle so leer wie das Herz eines Sünders. Der verschlossene Koffer und die leeren Schubladen waren natürlich eine große Enttäuschung für Consuela, die ihre Garderobe beträchtlich erweitert hatte während der Monate, die sie im Hotel arbeitete. Hier und da gelegentlich ein Kleidungsstück verschwinden zu lassen war nicht wirklich Diebstahl. Es war mehr eine Sache des gesunden Menschenverstandes, sogar der Gerechtigkeit. Wenn einige Leute sehr reich waren und andere sehr arm, mußten die Dinge ein bißchen ausgeglichen werden, und Consuela trug ihren Teil dazu bei.

»Alles verschlossen«, murmelte Consuela zwischen den Besen. »Und all die Armbänder. Klimper, klimper, klimper.«

Sie nahm vier Badetücher vom Stapel, schwang sie sich über die linke Schulter und trat hinaus in den Korridor, eine gutaussehende junge Frau mit stolz zurückgeworfenem Kopf. Ihr selbstsicherer Gang und die lässige Art, die Handtücher zu tragen, ließen sie wie eine Sportlerin aussehen, die nach einem ausgefüllten Tag auf dem Tennis- oder Sportplatz auf dem Weg zu den Duschen ist.

Vor 404 machte sie eine kurze Pause, um zu lauschen, aber es war, selbst für jemanden mit den Ohren eines Fuchses, nichts anderes zu hören als der Verkehrslärm von der *avenida* weiter unten. Jedermann in der Stadt schien auf dem Weg irgendwohin zu sein, und Consuela hatte den drängenden Wunsch, die Hintertreppe hinunterzulaufen und sich ihnen anzuschließen. Ihre Füße, groß und flach in den *espadrilles* aus Stroh, sehnten sich danach zu laufen. Aber statt dessen standen sie still vor 404, bis die größere der Damen, Wilma, die Tür öffnete.

Sie wollte zum Abendessen ausgehen und trug ein Kostüm aus roter Seide. Jede Locke, jeder Ring, jedes Armband befand sich am richtigen Platz, aber erst das halbe Make-up war aufgelegt, so daß das eine Auge stumpf und blaß wie das eines Fisches aussah, während das andere mit einem goldenen Lid und einer leuchtend schwarzen Umrandung unter einer auf heitere Art unmöglich gewölbten Braue strahlte. Wenn die Anmalerei beendet war, würde Wilma, das mußte Consuela zugeben, beeindruckend wirken, die Art von Frau, die sich nicht erst bemühen mußte, die Blicke eines Kellners zu erhaschen, weil sie bereits auf ihr ruhten.

Aber sie ist nicht *hembra*, dachte Consuela. Sie hat nicht mehr Busen als ein Stier. Soll sie doch ihre Unterwäsche einschließen. Sie würde mir sowieso nicht passen. Und Consuela, die bemerkenswert *hembra* war, um nicht zu sagen ausgesprochen dick, wölbte die Brust vor und schob die Hüften im Rumbatakt durch die Tür.

»Oh, Sie sind es«, sagte Wilma. »Schon wieder.« Verärgert drehte sie sich um und wandte sich an ihre Begleiterin. »Es kommt mir vor, als ob hier jedesmal, wenn ich Luft hole, jemand herumschleicht und Betten aufdeckt oder die Badetücher wechselt. Man hat hier etwa so viel Privatleben wie auf einer Krankenhausstation.«

Amy Kellogg, die am Fenster stand, gab einen Laut verlegenen Protestes von sich, eine Art Kombination zwischen *Pst* und *O je*. Das Geräusch war Amys eigene Erfindung, es gab ihre Persönlichkeit wieder, und ein Experte hätte in ihm ein Echo all der Dinge erkennen können, die sie ihr ganzes Leben lang nicht zu sagen gewagt hatte, zu ihren Eltern, zu ihrem Bruder Gill, ihrem Ehemann Rupert und ihrer alten Freundin Wilma.

Sie wurde nicht jünger, wie ihr Bruder Gill häufig betonte. Es wurde Zeit, daß sie einen festen Standpunkt einnahm, entschieden und sachlich auftrat. Laß die Leute nicht auf dir herumtrampeln, sagte er oft, während seine eigenen Stiefel trampelten, knirschten, zermalmten. Fälle deine eigenen Entscheidungen, sagte er, aber jedesmal wenn sie eine Entscheidung fällte, wurde sie ihr aus der Hand genommen und verworfen oder verbessert, als gehe es um ein Spielzeug, das ein Kind gemacht hatte, unfertig und grotesk.

Wilma sagte, während sie sich zu einem zweiten goldenen Lid verhalf: »Ich habe das Gefühl, jemand spioniert mir nach.«

»Sie versuchen nur, für guten Service zu sorgen.«

»Die Handtücher, die sie heute morgen reingelegt hat, stanken.«

»Das habe ich nicht bemerkt.«

»Du rauchst ja auch. Dein Geruchssinn ist beeinträchtigt. Meiner nicht. Sie stanken.«

»Ich wünschte, du würdest nicht ... findest du es richtig, vor diesem Mädchen so zu reden?«

»Sie versteht es nicht.«

»Aber im Reisebüro haben sie gesagt, alle in dem Hotel sprechen Englisch.«

»Das Reisebüro ist in San Francisco. Wir sind hier.« Wilma ließ *hier* klingen wie ein Synonym für Hölle. »Wenn sie Englisch spricht, warum sagt sie dann nichts?«

Das würdest du wohl gern wissen, dachte Consuela und ließ nachlässig kaltes Wasser in das Waschbecken plätschern. Sie und nicht Englisch sprechen, ha! Sie, die schon in Los Angeles gelebt hatte, bis die Einwanderungsbehörde sie und ihren Vater erwischt und die ganze

Familie mit einer Busladung von illegalen Einwanderern zurückgeschickt hatte; sie, die einen echt amerikanischen Freund hatte und von der ganzen Nachbarschaft beneidet wurde, weil sie eines Tages, mit Hilfe der richtigen Pferde, Nummern und Jai-alai-Spieler, nach Los Angeles zurückkehren und sich zwischen den Filmschauspielern bewegen würde. Nicht Englisch sprechen! Haha, daß ich nicht lache, Wilma, mit nicht mehr Busen als ein Stier!

»Sie ist eigentlich sehr hübsch«, sagte Amy. »Findest du nicht?«

»Ist mir nicht aufgefallen.«

»Aber sie ist hübsch. Schrecklich hübsch«, wiederholte Amy, während sie Consuelas Bild forschend im Badezimmerspiegel betrachtete, nach einem Zeichen suchte, daß das Mädchen sie verstand, einem Erröten, einem Aufglitzern der Augen. Aber Consuela hatte mehr Erfahrung im Sichverstellen als Amy im Aufdecken von Verstellungen. Sie verließ das Badezimmer lächelnd, höflich, deckte nacheinander die beiden Einzelbetten auf und schüttelte die Kissen zurecht. Für Consuela war die Verstellung wie ein Spiel. Es konnte ein gefährliches Spiel werden, wenn die Amerikanerinnen sich bei dem Geschäftsführer beschwerten, der wußte, daß sie perfekt Englisch sprach. Aber sie konnte nicht widerstehen, ebensowenig wie sie dem Mitgehenlassen von einem hübschen Nylonslip, einem bunten Gürtel oder einem Paar Spitzenhöschen widerstehen konnte.

Amy, die sich in Spielen auch ein wenig auskannte, fragte: »Wie heißt du? Sprichst du Englisch?«

Consuela lächelte, zuckte mit den Schultern und breitete die Hände aus. Dann drehte sie sich so rasch um, daß ihre *espadrilles* protestierend quietschten, und Sekunden später lief sie den Flur hinunter zu ihrer Besenkammer. Das Lächeln war von ihrem Gesicht gewichen, und ihre Kehle fühlte sich zusammengepreßt an wie ein Korken in einer Flasche. In der dunklen Enge bekreuzigte sie sich, ohne so recht zu wissen warum.

»Ich traue dem Mädchen nicht«, sagte Wilma.

»Wir könnten in ein anderes Hotel umziehen.«

»Sie sind alle so. Das ganze Land ist so. Korrupt.«

»Wir sind doch erst seit zwei Tagen hier. Denkst du nicht . . .«

»Ich brauche nicht zu denken. Ich kann riechen. Korruption riecht immer.«

Wilma hörte sich überzeugt an, wie sie es immer tat, wenn sie unrecht hatte oder sich ihrer selbst nicht sicher war. Sie beendete ihre Anmalerei mit einem Pünktchen Lippenstift im Innenwinkel eines jeden Auges, während Amy ihr zuschaute und hoffte, daß Wilmas »Nerven« nicht wieder ausbrechen würden. Alle Anzeichen waren da, wie die ersten Rauchwölkchen über einem Vulkan: die zitternden Hände, das laute, schnelle Atmen, die raschen Verdächtigungen.

Wilma hatte ein schlechtes Jahr hinter sich, eine Ehescheidung (ihre zweite), den Tod ihrer Eltern bei einem Flugzeugunglück und eine Lungenentzündung. Sie hatte den Urlaub in Mexiko geplant, um all dem zu entkommen. Statt dessen hatte sie es alles mitgebracht. Mich eingeschlossen, dachte Amy erbittert. Na ja, ich hätte nicht mitzukommen brauchen. Rupert hat gesagt, ich mache einen Fehler, und Gill nannte mich schwachsinnig. Aber Wilma hat außer mir niemanden mehr.

Wilma wandte sich ab vom Kommodenspiegel. »Ich sehe aus wie ein altes Weib.«

Aus den Rauchwölkchen wurden Rauchwolken.

»Nein, tust du nicht«, sagte Amy. »Und es tut mir leid, daß ich dich einen Spielverderber genannt habe. Ich meine ...«

»Dieses Kostüm hängt an mir wie ein Zelt.«

»Es ist ein wunderschönes Kostüm.«

»Natürlich ist es wunderschön. Es ist ein elegantes Kostüm. Es ist das alte Weib in dem Kostüm, das es verdirbt.«

»Sprich doch nicht so. Du bist erst dreiunddreißig.«

»Erst! Ich habe so abgenommen. Ich sehe aus wie ein Stock.« Wilma setzte sich unvermittelt auf die Kante eines der Betten. »Mir ist nicht gut.«

»Was ist es? Wieder dein Kopf?«

»Der Magen. Oh, Gott. Es ist als ... als würde man vergiftet.«

»Vergiftet? Hör mal, Wilma, das darfst du nicht einmal *denken.*«

»Ich weiß. Ich *weiß.* Aber mir ist so schlecht.« Sie ließ sich seitlich auf das Bett rollen, die Hände auf den Bauch gepreßt.

»Ich werde einen Arzt rufen.«

»Nein, nein ... ich habe kein Vertrauen zu ... Ausländern ...«

»Ich kann nicht hier herumsitzen und zusehen, wie du leidest.«

»O Gott. Ich sterbe ... ich kann nicht atmen ...«

Ihr Stöhnen drang in die Besenkammer, und Consuela drückte sich an die lauschende Wand, still und wachsam wie eine Eidechse auf einem besonnten Felsen.

2

Vor acht Uhr traf ein Arzt ein, ein zierlicher, lebhafter Mann mit einer roten Kamelie im Knopfloch. Er schien zu wissen, was er zu erwarten hatte; seine Untersuchung war oberflächlich, seine Fragen waren kurz. Er gab Wilma eine kleine rote Kapsel und einen Teelöffel voll von einer klebrigen, pfirsichfarbenen Flüssigkeit. Die Packungen ließ er zur weiteren Verabreichung auf der Kommode zurück.

Dann sprach er im angrenzenden Wohnzimmer mit Amy. »Ihre Freundin, Mrs. Wyatt, ist sehr leicht erregbar.«

»Ja, ich weiß.«

»Sie behauptet, vergiftet worden zu sein.«

»Oh, das sind nur ihre Nerven.«

»Ich glaube nicht.«

»Niemand würde die arme Wilma vergiften.«

»Nein? Nun, das kann ich nicht beurteilen.« Der Arzt lächelte. Seine Augen waren freundlich und hatten den Schimmer und die Farbe von Günselblüten. »Aber sie ist wirklich vergiftet worden. Ihre Krankheit ist unter Besuchern sehr verbreitet – *turista* wird sie genannt, neben anderen, weniger achtbaren Bezeichnungen.«

»Das Wasser ...?«

»Das auch, ja, aber auch die andere Ernährung, unüberlegtes Essen, die Höhe. Das Medikament, das ich für sie dagelassen habe, ist ein neues Antibiotikum, das ihre Verdauungsprobleme in Ordnung bringen sollte. Die Höhe ist eine andere Sache. Selbst um den Touristen gefällig zu sein, können wir sie nicht ändern. Und so befinden Sie sich hier in etwa 2300 Meter Höhe, während Sie an Meeresspiegelhöhe gewöhnt sind. San Francisco, glaube ich, sagten Sie?«

»Ja.«

»Ihre Freundin trifft es besonders schwer, weil sie unter hohem Blutdruck leidet. Diese Menschen neigen von Natur aus dazu, besonders aktiv zu sein, und in dieser Höhe kann ein Übermaß an Aktivität sehr schaden. Mrs. Wyatt muß vorsichtiger sein. Schärfen Sie ihr das ein.«

Amy wies nicht darauf hin, daß es seit Jahren niemand fertiggebracht hatte, Wilma etwas einzuschärfen, aber sie seufzte, und der Arzt schien sie zu verstehen.

»Erklären Sie es ihr wenigstens ein bißchen«, sagte er. »Meine Landsleute halten ihre Siesta nicht aus reiner Faulheit, wie es die Comic strips einen glauben machen wollen. Die Siesta ist bei unseren Lebensbedingungen eine vernünftige gesundheitliche Vorsichtsmaßnahme. Sie müssen Ihre Freundin in diesem Sinn beraten.«

»Wilma legt sich tagsüber nicht gern hin. Sie sagt, es sei eine Verzögerung.«

»Das ist es auch. Eine kleine Verzögerung ist genau das, was sie braucht.«

»Na ja, ich werde mein Bestes tun«, sagte Amy, und es hörte sich an, als sei ihr Bestes nur wenig mehr als ihr Schlechtestes. Tatsächlich schien es Amy so, als gerieten die beiden manchmal durcheinander, und ihr Bestes endete als Katastrophe, während ihr Schlechtestes gar nicht so übel war.

Die Augen des Arztes glitten über ihr Gesicht, als lese er aus den Linien. »Es gibt eine andere Möglichkeit«, sagte er, »wenn Sie es nicht eilig haben.«

»Was wäre das?«

»Sie könnten für ein paar Tage nach Cuernavaca hinunterziehen, damit Ihre Freundin die Möglichkeit hat, sich langsamer an das Klima zu gewöhnen.«

»Wie schreibt sich das?«

Er buchstabierte es, und sie notierte es auf einem kleinen Block mit Stahlrücken und Magnetschreiber. Rupert hatte ihr den Block geschenkt, weil sie jeden Kugelschreiber verlegte und Notizen immer mit Augenbrauenstiften oder sogar mit einem Lippenstift machen mußte. Die mit Lippenstift waren notwendigerweise Abkürzungen. R: G.G.m. M. B'd z'k. Nur Rupert hätte dem entnehmen können, daß Amy den Scotchterrier Mack zum Auslauf in den Golden Gate Park geführt hatte und bald zurück sein werde.

»Cuernavaca«, sagte der Arzt, »ist nur etwa eine Autostunde entfernt, aber es liegt dem Meeresspiegel an die tausend Meter näher. Hübsche Stadt, herrliches Klima.«

»Ich werde Mrs. Wyatt davon erzählen, wenn sie aufwacht.«

»Was wahrscheinlich nicht vor morgen früh geschieht.«

»Sie hat nichts zu Abend gegessen.«

»Ich glaube nicht, daß ihr das fehlen wird,« sagte der Arzt mit einem trockenen kleinen Lächeln. »Sie andererseits sehen so aus, als täte etwas zu essen Ihnen gut.« Es erschien Amy herzlos, zuzugeben, daß sie hungrig sei, während Wilma krank war, und so schüttelte sie den Kopf. »Oh, ich habe eigentlich keinen Hunger.«

»Der Speiseraum bleibt bis Mitternacht offen. Meiden Sie ungekochtes Obst und Gemüse. Ein Steak würde Ihnen guttun, ohne Beilagen. Ein Whisky Soda, aber keine ausgefallenen Cocktails.«

»Ich kann Wilma nicht gut allein lassen.«

»Warum nicht?«

»Angenommen, sie wacht auf und braucht Hilfe.«

»Sie wird nicht aufwachen.« Der Arzt nahm seine Tasche auf, ging mit raschen Schritten zur Tür und öffnete sie. »Gute Nacht, Mrs. Kellogg.«

»Ich ... wir haben Ihnen nichts gezahlt.«

»Meine Forderung wird Ihrer Hotelrechnung hinzugefügt.«

»Oh. Nun, vielen Dank, Herr Dr. ...?«

»Lopez.« Er überreichte ihr seine Karte mit einer höflichen kleinen Verbeugung und schloß die Tür hinter sich laut und bestimmt, wie um seine Behauptung, daß Wilma nicht aufwachen werde, zu beweisen.

Auf der Karte stand Dr. Ernest Lopez, Paseo Reforma 510, Tel. 112414.

Er ließ einen schwachen Geruch nach Desinfektionsmitteln zurück. Solange er sich hier aufgehalten hatte, hatte Amy den Geruch in gewisser Weise als beruhigend empfunden: Bazillen wurden getötet, Viren wurde der Garaus gemacht, böse kleine Bakterien taten ihren letzten Atemzug. Aber ohne die Anwesenheit des Arztes wurde der Geruch eher beunruhigend, als sei er hierhergebracht worden, um ältere, weniger aufdringliche Gerüche von Fäulnis zu verdecken, wie Gewürze auf verdorbenem Fleisch.

Amy ging durch das Zimmer und öffnete die Gittertür zum Balkon. Der Lärm von der *avenida* war ohrenbetäubend, als sei jedermann in der Stadt, frisch und ausgeruht nach einer Siesta, plötzlich aufgeregt und geräuschvoll nach draußen gestürzt. Am Spätnachmittag hatte es geregnet, kurz aber heftig. Die Straßen glänzten noch, und die Luft war dünn und frisch und sauber. Es schien Amy eine sehr gesunde Luft zu sein, bis sie an Wilmas hohen Blutdruck dachte. Sie schloß die Tür rasch wieder, als sei sie halb überzeugt davon, daß das Zimmer druckfest war und sie die Höhe mit einer Glasscheibe und ein bißchen eisernem Gitterwerk ausschließen konnte.

»Arme Wilma«, sagte sie laut, aber die Worte kamen nicht so heraus, wie sie es beabsichtigt hatte. Sie drangen zwischen zusammengebissenen Zähnen verkniffen und armselig hervor.

Sie hörte ihre eigene Stimme ihre Freundschaft zu Wilma verraten und lief mit schuldbewußter Hast vor ihr davon, zum Schlafzimmer.

Wilma schlief. Sie trug immer noch das rotseidene Kostüm, die Armbänder und die goldenen Lider. Sie sah aus, als stehe sie mit einem Fuß am Rande des Grabes.

Amy schaltete die Lampe aus und ging ins Wohnzimmer zurück. Es war acht Uhr. Auf der anderen Seite der *avenida* begann eine Kirchenglocke zu schlagen, bemüht, das metallische Klirren der Straßenbahnwagen und die Hupen der Taxis zu übertönen. Zu Hause ist es jetzt erst sechs Uhr, dachte Amy. Rupert würde noch im Garten arbeiten, Mack in seiner Nähe hinter Schmetterlingen und Sandheuschrecken herjagen und sie natürlich wieder entkommen lassen, wenn er welche erwischte, weil Scotties sehr zivilisierte Hunde sind. Oder, wenn von der Bucht Nebel aufgekommen war, würden die beiden im Haus sein, Rupert würde im Arbeitszimmer die Sonntagsausgaben lesen, Mack auf der Rückenlehne seines Sessels kauern und düster über Ruperts Schulter schauen, als betrachte er das, was in der Welt geschah, in einem sehr trüben Licht.

Der große Mann und der kleine Hund standen so lebendig, so deutlich vor ihr, daß sie, als es an die Tür klopfte, schockiert über das Eindringen in ihr Privatleben zusammenzuckte.

Sie öffnete die Tür und erwartete, wieder das Mädchen mit den Handtüchern zu sehen. Aber es war ein älterer Mexikaner, der einen lose in Zeitungspapier gehüllten Gegenstand trug.

»Hier ist der Kasten, den die Señora heute nachmittag bestellt hat.«

»Ich habe keinen Kasten bestellt.«

»Die andere Señora. Sie wollte Initialen drin haben. Ich bringe es selber, ich vertraue meinem nichtsnutzigen Schwiegersohn nicht.« Er entfernte das Zeitungspapier so vorsichtig, als enthülle er eine Statue. »Es ist ein schöner Kasten. Jeder stimmt mir zu?«

»Wunderschön«, sagte Amy.

»Das reinste Silber. Reineres gibt's nicht. Fühlen Sie, wie schwer.«

Er reichte ihr den gehämmerten silbernen Kasten. Sie ließ ihn beinahe fallen; trotz der Warnung war er so unerwartet schwer.

Der Mexikaner grinste entzückt. »Sie sehen? Das allerreinste Silber. Die Señora sagte, es sieht aus wie das Meer. Ich habe nie gesehen das Meer. Ich mache einen Kasten, der sieht aus wie das Meer, und ich habe nie gesehen das Meer. Wie ist das möglich?«

»Mrs. Wyatt – die Señora schläft jetzt. Ich werde ihr den Kasten geben, wenn sie aufwacht.« Amy zögerte. »Er ist bezahlt?«

»Der Kasten, ja. Meine Mühe, nein. Ich bin ein alter Mann. Ich lauf durch die Straßen wie der Blitz; ich vertraue meinem nichtsnutzigen Schwiegersohn nicht. Ich lauf den ganzen Weg hierher, damit die Señora ihren schönen Kasten heut abend hat. Sie hat gesagt: ›Señor, dieser Kasten ist von großer Schönheit, ich kann es nicht ertragen, eine Nacht ohne ihn zu sein.‹«

Das war so ungefähr das Letzte, was Wilma sagen würde, aber Amy hatte keine Lust, sich zu streiten.

»Für die Señoras«, fügte er bieder hinzu, »lauf ich überall. Auch wenn ich ein alter Mann bin, ich lauf.«

»Würden vier Pes ...«

»Ein sehr alter Mann. Mit viel Sorgen in der Familie und einer kranken Niere.«

Trotz seines Alters und seiner Schwäche und seines Laufes schien er bereit für ein Gespräch von beträchtlicher Länge. Amy gab ihm sechs Pesos, um ihn loszuwerden, obwohl sie wußte, daß es zuviel war.

Sie stellte den Kasten auf den Couchtisch und fragte sich, warum Wilma, die immer einen großen Wirbel machte, wenn sie bei Flügen für zuviel Gepäck zahlen mußte, einen so schweren Gegenstand gekauft hatte und für wen er bestimmt war. Vermutlich für sie selbst, dachte Amy. Wilma verschwendete selten Geld an andere, wenn sie sich nicht gerade in gehobener Stimmung befand, und dafür gab es auf dieser Reise weiß Gott keine Anzeichen.

Sie öffnete den Kasten. Die Initialen befanden sich auf der Innenseite des Deckels, so kunstvoll eingraviert, daß es ihr schwerfiel, sie zu entziffern: R. J. K.

»R. J. K.« Sie wiederholte die Buchstaben laut, als wolle sie sie deuten und ein Bild heraufbeschwören, das zu ihnen paßte. Aber der einzige R. J. K., der ihr einfiel, war Rupert, und es war nicht sehr wahrscheinlich, daß Wilma ein so teures Geschenk für Rupert kaufen würde. Im allgemeinen beschränkten Amys Ehemann und ihre beste Freundin sich auf ein Mindestmaß an Höflichkeit zueinander.

3

Als Wilma aus ihrem langen Schlaf erwachte, war es Sonntag nachmittag. Sie fühlte sich schwach und war hungrig, aber ihr Verstand war ungewöhnlich klar, als ob während der Nacht ein Sturm durch sie gefegt sei und die Luft in ihrem Inneren frisch und sauber zurückgelassen habe.

Während sie duschte und sich ankleidete, erschien ihr das Leben zum erstenmal seit vielen Jahren sehr einfach und logisch. Sie wünschte, es wäre jemand in der Nähe, mit dem sie über diese plötzliche Offenbarung sprechen konnte. Aber Amy war ausgegangen und hatte eine Mitteilung hinterlassen, daß sie um vier zurück sein werde, und der junge Kellner, der ihr das Frühstückstablett brachte, grinste nur scheu, als sie versuchte, ihm klarzumachen, wie einfach das Leben sei.

»Wenn man müde ist, schläft man.«

»Si, Señora.«

»Wenn man hungrig ist, ißt man. Einfach, logisch, fundamental.«

»Si, Señora, aber ich bin nicht hungrig.«

»Ach, zum Teufel«, sagte Wilma. »Verschwinde.«

Der Kellner hätte ihr fast ihre Offenbarung verdorben, aber nicht völlig. Sie öffnete die Balkontüren und wandte sich an den warmen, sonnigen Nachmittag: »Ich werde mich den ganzen Tag an die Grundlagen halten. Kein Getue, keine Wirbel, keine Aufregung. Ich muß mich ganz auf das Wesentliche konzentrieren.«

Das erste Wesentliche war offensichtlich Essen. Sie hatte Hunger, sie würde essen.

Sie nahm den Deckel von der Schüssel mit Eiern und Schinken. Sie waren schwarz vor Pfeffer, und der Tomatensaft schmeckte durchdringend nach Limetten. Warum um alles in der Welt mußten sie auf alles Limettensaft gießen? Es war schwer genug, sich an das Wesentliche zu halten, auch ohne daß Dummköpfe und Unfähige dir an jeder Ecke deine Pläne durchkreuzten.

›Ich bin hungrig, ich werde essen‹ verwandelte sich in ›Ich bin hungrig, ich muß essen‹ und schließlich in ›Ich eß jetzt, und wenn's mich umbringt.‹ Zu dem Zeitpunkt war sie nicht mehr hungrig. Die Offenbarung geriet wie ihre vielen Vorgänger in Vergessenheit, und das Leben wurde wieder einmal, wie es das für Wilma immer gewesen war, kompliziert und verwirrend.

Später am Nachmittag kehrte Amy zurück, die Arme voller Päckchen. Sie traf Wilma im Wohnzimmer an; sie las die *Mexico City News* und trank einen Whisky Soda.

Wilma sah sie über die Gläser ihrer Brille hinweg an. »Etwas Interessantes gekauft?«

»Nur ein paar Kleinigkeiten für Gills Kinder. Die Geschäfte waren brechend voll. Es kommt einem komisch vor, daß alle am Sonntag einkaufen.« Sie legte ihre Päckchen auf den Couchtisch, neben den silbernen Kasten. »Wie fühlst du dich?«

»Gut. Ich muß ausgegangen sein wie eine Kerze, nachdem der Arzt mir das Zeug gegeben hatte.«

»Ja.«

»Was hast du den ganzen Abend gemacht?«

»Nichts.«

Wilma sah ein wenig ärgerlich aus. »Du kannst unmöglich gar nichts getan haben. Niemand tut gar nichts.«

»Ich schon. Ich habe gar nichts getan.«

»Was war mit dem Essen?«

»Ich habe nichts gegessen.«

»Warum nicht?«

»Ich war ... durcheinander.« Amy setzte sich steif auf den Rand eines grünen Ledersessels. »Der Kasten ist gekommen.«

»Das sehe ich.«

»Er sieht sehr teuer aus.«

»Das war er auch«, sagte Wilma. »Sie hätten ihn wenigstens verpacken können. Meine Einkäufe sind meine eigene Angelegenheit.«

»Dieser nicht.«

»Das ist offensichtlich.« Wilma warf die Zeitung auf den Boden und nahm die Brille ab. Sie war weitsichtig und konnte ohne Brille nicht lesen, doch durch das Zimmer konnte sie besser ohne sie sehen. Amys Gesicht wirkte blaß und starr. »Ich nehme an, du hast die Initialen gesehen?«

»Ja.«

»Und hast daraus natürlich geschlossen, daß Rupert und ich verrückt nacheinander sind; daß wir schon seit Jahren hinter deinem Rücken ein Verhältnis ...«

»Halt den Mund«, sagte Amy. »Ich habe das Mädchen im Schlafzimmer gehört.«

Consuela hatte sich mit ihrem Hauptschlüssel selbst hereingelassen und machte jetzt die Betten. Ihre Schultern hingen herunter, und ihr Gang war schleppend vor

Müdigkeit, weil sie mit ihrem Freund einen Streit gehabt hatte, der bis tief in die Nacht gegangen war. Aus einem, wie Consuela fand, völlig lächerlichen Grund. Sie hatte lediglich einen schwarzen Nylonslip aus 411 mitgehen lassen, aber ihr Freund war sehr wütend geworden und hatte gesagt, sie würde ihren Job verlieren, und ihr vorgeworfen, sie würde einer Ziege den Gestank klauen, wenn sie eine Chance dazu hätte. Obendrein war der Slip ihr zu klein gewesen, und als sie versucht hatte, ihn über die Hüften zu zerren, waren die Nähte geplatzt.

Das Leben war ungerecht. Das Leben war so grausam wie das Horn eines Stiers. Consuela ächzte, während sie die Laken wechselte, und gab kleine Schmerzenslaute von sich, während sie mit etwas Wasser nachlässig das Waschbecken auswischte. Warum sollte ich einer Ziege den Gestank klauen?

»Du bist eifersüchtig«, sagte Wilma leise. »Ist es das?«

»Natürlich nicht. Ich finde nur, daß es sich einfach nicht schickt. Und wenn Gill es herausfindet, wird er einen großen Wirbel machen.«

»Dann erzähl es ihm nicht.«

»Ich erzähle ihm nie etwas. Aber irgendwie findet er immer alles heraus.«

»Warum machst du dir noch etwas daraus, was dein Bruder denkt – bei deinem Alter und deiner Stellung?«

»Er kann eine Menge Schwierigkeiten machen«, sagte Amy. »Er war ohnehin immer mißtrauisch gegenüber Rupert. Ich weiß nicht warum.«

»Ich könnte dir sagen warum, aber es würde dir nicht gefallen. Du würdest wahrscheinlich nicht einmal zuhören.«

»Dann mach dir doch nicht die Mühe.«

»Ich habe nicht die Absicht.« Wilma leerte ihr Glas. »Es ist dir also egal, ob ich Rupert den Kasten schenke, solange nur Gill nichts davon erfährt. Das ist sehr komisch.«

»Nicht für mich. Und überhaupt, ich sehe nicht ein, warum du ein so teures Geschenk kaufen mußtest.«

»Weil ich es gern wollte. Du würdest das nicht verstehen. Du hast in deinem ganzen Leben noch nie etwas getan, weil du es gern tun wolltest. Ich habe es getan, und ich tu es. Ich habe diesen Kasten im Fenster eines kleinen Ladens gesehen, und er erinnerte mich an etwas, was Rupert einmal sagte, daß das Meer aussehe wie gehämmertes Silber. Ich habe nie richtig verstanden, was er meinte, bis ich diesen Kasten sah. Darum habe ich ihn gekauft. Ich bin einfach reingegangen und habe ihn gekauft, ohne einen einzigen Gedanken an Geld oder dich oder Gill oder all eure sonderbaren, komplizierten ...«

»Nicht so laut. Das Mädchen ...«

»Zum Teufel mit dem Mädchen. Zum Teufel auch mit dem Kasten. Nimm das verdammte Ding und wirf es über den Balkon!«

»Das können wir nicht gut machen«, sagte Amy ruhig. »Es sind zu viele Menschen auf der Straße. Jemand könnte sich verletzen.«

»Aber das würdest du gern tun, nicht wahr?«

»Ich weiß es nicht.«

»Oh, gib es doch zu. Gib zur Abwechslung mal etwas zu. Du möchtest den Kasten loswerden.«

»Ja, aber ...«

»Dann tu es doch. Schmeiß ihn über das Geländer. Das wäre das Ende des Kastens. Und ich wäre wirklich froh, wenn wir ihn los wären.«

Im Schlafzimmer gab Consuela einen kleinen Protestlaut von sich. Einen silbernen Kasten auf die Straße zu werfen wie Abfall wäre eine schreckliche Sünde. Angenommen, eine sehr reiche Person sähe ihn durch die Luft fallen und finge ihn auf und würde noch reicher – Consuela stöhnte bei dem Gedanken an eine solche Ungerechtigkeit und verwünschte sich selbst, weil sie so töricht gewesen war, den beiden Damen vorzutäuschen, daß sie nicht Englisch spreche. Jetzt konnte sie sich nicht vor sie hinstellen und ihren Fall schildern: Ich bin ein sehr armes und sehr bedürftiges Mädchen vom Lande. Manchmal gerate ich sogar in Versuchung zu stehlen ...

Nein, das wäre nicht gut gewesen, ihnen einen Floh ins Ohr zu setzen wegen Stehlen. Vielleicht war es doch besser, daß sie vorgegeben hatte, kein Englisch zu sprechen. So konnte sie den Damen einfach gegenübertreten und sehr arm und bedürftig und ehrlich aussehen, und vielleicht würden sie ihr den Kasten anbieten.

Consuela schaute in den Spiegel über der Kommode. Wie stellte man es an, ehrlich auszusehen? Es war nicht leicht.

Sie nahm die Teppichkehrmaschine und machte sich auf den Weg ins Wohnzimmer, schon dabei, Pläne für den silbernen Kasten zu schmieden. Sie würde ihn verkaufen und Lotterielose für die morgige Ziehung erstehen. Wenn dann am Dienstagmorgen in den Zeitungen stand, daß ihre Nummer gewonnen hatte, würde sie ihrem Freund raten, sich zum Küssen eine Ziege zu suchen, dem Geschäftsführer des Hotels eine lange Nase machen und sofort nach Hollywood abreisen, wo sie sich das Haar bleichen lassen und sich unter Filmstars bewegen würde.

Sie sprach spanisch und hörte sich sehr arm und demütig an. »Wenn die gnädigen Damen mich entschuldigen wollen – ich bin gekommen, um das Zimmer aufzuräumen.«

»Sag ihr, sie soll gehen und später wiederkommen«, sagte Wilma.

Amy schüttelte den Kopf. »Ich weiß nicht wie.«

»Ich dachte, du hättest Spanisch auf der High-School gehabt.«

»Das ist über fünfzehn Jahre her und war nur ein halbes Jahr lang.«

»Na ja, dann such den Sprachreiseführer für Touristen.«

»Wir ... ich habe ihn im Flugzeug liegenlassen.«

»Du lieber Gott! Nun, sieh zu, daß du sie irgendwie loswirst.«

Consuela hatte den silbernen Kasten auf dem Couchtisch entdeckt und brach in entzückte Äußerungen über die Schönheit, die Kunstfertigkeit und die Anzahl von Lotterielosen aus, die der Kasten wert war.

»Sie spricht offenbar über den Kasten«, sagte Amy.

»Laß sie reden.«

»Wenn du ihn ohnehin wegwerfen willst, könntest du ihn statt dessen ihr geben.«

»Könnte ich«, sagte Wilma. »Will ich aber nicht. Und wer hat gesagt, ich hätte die Absicht, ihn wegzuwerfen?«

»Du selbst. Du hast es praktisch versprochen.«

»Keineswegs. Ich habe gesagt, wenn du ihn gern wegwerfen würdest, solltest du nur machen. Aber du hattest nicht den Mut, und so hast du die Chance verpaßt. Der Kasten gehört mir. Ich habe ihn für Rupert gekauft, und ich werde ihn Rupert schenken.«

Consuela, betrogen um das blonde Haar und die Filmstars, quäkte protestierend und preßte sich die Hand ans Herz, als ob es breche.

Wilma warf ihr einen zornigen Blick zu. »Geh weg. Wir haben zu tun. Komm später.«

»Oh, du bist ein böses Weib«, jammerte Consuela auf spanisch. »Ein selbstsüchtiges, schlechtes Weib. Mögest du ewig in der Hölle schmoren.«

»Ich verstehe kein Wort von dem, was du da sagst.«

»Ich wollte, du könntest mich verstehen, du schwarze Hexe mit dem bösen Blick. Kinder werden bleich und krank, wenn du sie ansiehst. Hunde klemmen den Schwanz ein und schleichen davon ...«

»Ich habe diesen Unsinn satt«, sagte Wilma, zu Amy gewandt. »Ich geh in die Bar.«

»Allein?«

»Du kannst gern mitkommen.«

»Es ist noch so früh, kaum fünf Uhr.«

»Dann bleib hier. Wenn du es schaffst, etwas von deinem High-School-Spanisch auszugraben, wirst du dich mit dem Mädchen sicher prächtig unterhalten.«

»Wilma, trink nicht zuviel, wenn du in dieser Stimmung bist. Es wird dich nur deprimieren.«

»Ich bin schon deprimiert«, sagte Wilma. »Du deprimierst mich.«

Um sieben machte Amy sich auf, um nach Wilma zu sehen.

Das Hotel verfügte über zwei Bars, eine aufwendig auf dem Dach angelegt, mit einer temperamentvollen Kapelle, und eine kleinere zwischen der Empfangshalle und dem Speiseraum für Leute, die ihre Martinis lieber ohne

Musik tranken. Amy gab dem Liftboy zwei Pesos Trinkgeld und fragte ihn, in welche Richtung Wilma gegangen sei.

»Ihre Freundin in dem Pelzmantel?«

»Ja.«

»Zuerst ist sie zum Dachgarten hinaufgefahren. Etwas später kam sie wieder runter. Sie sagte, bei der Marimbamusik könne man sich nicht unterhalten.«

»Unterhalten?« fragte Amy. »Mit wem?«

»Mit dem Amerikaner.«

»Welcher Amerikaner?«

»Er hängt in der Bar herum. Er hat Heimweh, wie Sie das nennen, nach New York. Er unterhält sich gern mit anderen Amerikanern. Er ist harmlos«, fügte der Junge mit einem Schulterzucken hinzu. »Ein Niemand.«

Sie saßen an einem Tisch in einer Ecke der überfüllten Bar, Wilma und der harmlose Amerikaner, ein dunkelhäutiger, blonder junger Mann in einem auffälligen, grün und braun gestreiften Sportsakko. Wilma redete, und der junge Mann hörte zu und lächelte, ein routiniertes professionelles Lächeln ohne Wärme oder Interesse. Er sah wirklich ziemlich harmlos aus, dachte Amy. Vermutlich war er es auch – außer für Wilma. Nach zwei Ehen und zwei Scheidungen wußte sie immer noch nichts über Männer; sie war gleichzeitig zu mißtrauisch und zu leichtgläubig, zu aggressiv und zu verletzbar.

Amy durchquerte zögernd den Raum. Sie wäre gern umgekehrt, noch wichtiger aber war es ihr, sich zu vergewissern, daß Wilma weder betrunken noch übererregt – daß mit ihr alles in Ordnung war. Dies ist nicht die richtige Umgebung für sie. Morgen fahren wir nach Cuernavaca, wie der Arzt vorgeschlagen hat. Es wird ruhiger sein, und es wird dort keine heimwehkranken Amerikaner geben.

»Da bist du ja«, sagte Wilma, sehr laut und fröhlich. »Ich möchte dich mit einem Landsmann aus San Francisco bekannt machen. Joe O'Donnell, Amy Kellogg.«

Amy neigte den Kopf andeutungsweise und setzte sich. »Sie sind also aus San Francisco, Mr. O'Donnell?«

»Stimmt. Aber nennen Sie mich doch Joe. Alle nennen mich Joe.«

»Irgendwie hatte ich den Eindruck, daß Sie aus New York kommen.«

O'Donnell lachte und fragte ungezwungen: »Weibliche Intuition?«

»Teilweise.«

»Teilweise vielleicht auch mein Sakko. Ich habe es in New York anfertigen lassen. Brooks Brothers.«

Brooks Brothers, daß ich nicht lache, dachte Amy. »Tatsächlich? Wie interessant.«

»Bestellen wir uns einen Drink«, sagte Wilma. »Du hörst dich zu nüchtern an, Amy, Liebes. Nüchtern und wütend. Du wirst andauernd wütend, nur sieht man es dir nicht so an wie uns anderen.«

»Oh, hör doch auf, Wilma. Ich bin nicht wütend.«

»Doch bist du wütend.« Wilma wandte sich zu O'Donnell und legte die Hand auf seinen Ärmel. »Wollen Sie wissen, worüber sie wütend ist? Wollen Sie's wissen?«

»Sie können's mir erzählen, Sie können's auch lassen«, sagte O'Donnell leichthin.

»Sicher wollen Sie's wissen.«

»Sie sind betrunken.«

»Ein bißchen. Ein ganz klein bißchen. Entschließen Sie sich. Soll ich Ihnen sagen, warum sie wütend ist?«

»Also gut. Raus damit, dann haben wir's hinter uns.«

»Sie denkt – Amy denkt ständig, eine sehr schlechte Angewohnheit –, sie denkt, ich habe Absichten auf ihren Mann, weil ich ihm einen silbernen Kasten gekauft habe.«

O'Donnell grinste. »Haben Sie Absichten?«

»Natürlich nicht«, sagte Wilma mit Nachdruck. »Rupert ist für mich wie ein Bruder. Ich kaufe gern Geschenke für Leute. Das heißt, gelegentlich, wenn ich mich gut fühle. Manchmal bin ich auch deprimiert und werde so geizig, daß ich zu einem Blinden nicht guten Tag sagen würde.«

»Aber im Augenblick fühlen Sie sich gut, was?«

»Sehr gut. Darf ich Ihnen einen Drink bestellen? Oder hätten Sie gern einen silbernen Kasten?«

»Wir könnten mit dem Drink beginnen.«

»Okay. Herr Ober! Drei Tequila mit Limone.«

»Wilma«, sagte Amy. »Hör mal. Wollen wir nicht zu Abend essen?«

»Später, später. Im Augenblick bin ich überhaupt nicht hungrig.«

»Aber ich.«

»Dann geh du doch und iß etwas.«

»Nein. Ich warte auf dich.«

»Also gut, dann warte. Sitz nur nicht mit wütendem Gesicht da. Versuch, ein bißchen fröhlich zu sein.«

»Ich versuche es ja«, sagte Amy erbittert. »Mehr als du denkst.«

O'Donnells Lächeln wurde etwas verkrampft. Der Abend entwickelte sich nicht so, wie er es geplant hatte. Ein paar Drinks umsonst, ein wenig Geplauder, vielleicht eine kleine Anleihe. Mit einer Frau kam er gewöhnlich gut zurecht. Zwei Frauen, besonders zwei Frauen, die einander nicht mochten, konnten zu einer Last werden. Er wünschte, er könnte sie auf schnelle, ruhige Art loswerden, ohne jemanden zu verletzen.

Verletzte Gefühle konnten zu einer Beschwerde beim Geschäftsführer führen, und er wollte vermeiden, daß ihm der rote Teppich in der Empfangshalle unter den Füßen weggezogen wurde. Die Bar war sein Hauptquartier. Er geriet nie in Schwierigkeiten. Die Amerikaner, die in das Hotel kamen, luden einen Landsmann aus Frisco oder New York oder Chicago oder Angelina oder Milwaukee oder Denver immer gern zu ein paar Drinks ein. Einige der Städte, aus denen zu kommen er behauptete, hatte er schon einmal besucht. Über die anderen hatte er gelesen oder gehört. Er war noch nie in San Francisco gewesen, aber er hatte viele Bilder gesehen von der Golden Gate Bridge, der Cable Car und dem Fisherman's Wharf. Das reichte an wirklichen Informationen. Das übrige konnte er sich aus den Fingern saugen, eingeschlossen eine Adresse, wenn er danach gefragt wurde. Er benutzte immer die gleiche Adresse, Gartenstraße, weil es in jeder Stadt eine Gartenstraße gibt.

»1125 Gardenstreet«, sagte er zu Amy. »Sie haben vermutlich noch nie von ihr gehört. Sie liegt drüben an der Ostseite der Stadt. Oder lag einmal dort. Inzwischen haben sie den ganzen Bezirk abgerissen und Hotels oder Warenhäuser hingesetzt. Sind die Kabelbahnen noch in Betrieb?«

»Ein paar«, sagte Amy.

»Ich bekomme schon Heimweh, wenn ich nur an sie denke.«

»Wirklich?« Sie fragte sich, nach welchem Ort er wirklich Heimweh hatte. Nach einer Farm in Minnesota vielleicht oder einem kleinen Ort in der Wüste von Arizona. Sie wußte, daß sie das nie herausfinden würde. Sie konnte nicht danach fragen, und er würde es nicht sagen. »Und was hindert Sie daran, nach Hause zu gehen, Mr. O'Donnell?«

»Nur eine lächerliche Geldfrage. Ich hatte ein paarmal Pech auf der Rennbahn.«

»Oh.«

Sein Lächeln wurde intensiver, bis es fast echt erschien. »Ja. Ich bin ein schlimmer Junge, Mrs. Kellogg. Ich spiele. Ich muß spielen.«

»Oh?«

»Es gibt keine andere Möglichkeit, etwas zu verdienen. Ohne Arbeitsgenehmigung kann ich mich nicht um eine Stellung bewerben, und bis jetzt habe ich es nicht geschafft, eine Arbeitsgenehmigung zu bekommen. Hört mal, dies sieht ja so aus wie der Anfang eines Habt-Mitleid-mit-Joe-O'Donnell-Abends. Hören wir damit auf. Sprechen wir lieber über Sie. Womit haben die beiden Damen sich bisher in Mexico City unterhalten?«

»Unterhalten?« Wilma hob die Augenbrauen. »Ich weiß kaum noch, was das heißt.«

»Das müssen wir ändern. Wie lange bleiben Sie hier?«

»Wir fahren morgen ab«, sagte Amy. »Nach Cuernavaca.«

»Das ist wirklich schade, denn ich hätte Ihnen gern gezeigt ...«

»Cuerna ... was?« fragte Wilma Amy mit lauter Stimme.

»Cuernavaca.«

»Und wir fahren morgen?«

»Ja.«

»Hast du den Verstand verloren? Wir sind gerade angekommen. Warum um alles in der Welt sollten wir an einen Ort fahren, von dem ich noch nicht einmal gehört habe, Cuern ... oder wie er heißt.«

»Cuernavaca«, sagte Amy geduldig.

»Hör auf, es zu wiederholen. Es hört sich an wie eine Wirbelsäulenkrankheit.«

»Es soll dort sehr schön sein und ...«

»Meinetwegen kann es der Garten Eden im Urzustand sein«, sagte Wilma. »Ich geh nicht mit. Woher kommt diese idiotische Idee überhaupt?«

»Der Arzt schlug es vor, wegen deiner Gesundheit.«

»Meine Gesundheit ist bestens, vielen Dank. Kümmer dich lieber um deine eigene.«

Die Drinks kamen, und O'Donnell saß ohne Verlegenheit daneben, während Wilma zahlte. Vor einem Jahr noch, oder vor zweien, wäre es ihm vielleicht etwas peinlich gewesen. Jetzt war er nur müde. Die beiden Damen wurden, wie er befürchtet hatte, zu einer Last. Er wünschte, sie würden sofort nach Cuernavaca abreisen, diese Nacht.

Er sagte bestimmt: »Kein Besucher Mexikos sollte sich Cuernavaca entgehen lassen. Cortez' Palast steht dort, und die Kathedrale, wohl die älteste in der Republik. Und Vögel, Tausende von Singvögeln. Wenn Sie Vögel mögen.«

»Ich verabscheue Vögel«, sagte Wilma.

Er beschrieb das Klima, das tropische Laubwerk, die schönen Plätze, bis ihm klar wurde, daß keine der beiden Frauen ihm die geringste Aufmerksamkeit schenkte. Sie stritten sich wieder, über einen Mann namens Gill, und was Gill denken würde, wenn er in diesem Augenblick zur Tür hereinkäme oder wenn er es jemals herausfinden sollte.

O'Donnell stand auf und ging.

Consuela hörte um acht Uhr mit der Arbeit auf und ging hinunter zum Personaleingang, wo ihr Freund sich mit ihr verabredet hatte. Er war nicht dort, und eines der Küchenmädchen sagte ihr, daß er zu den Jai-alai-Spielen gegangen sei.

Consuela verwünschte seine verlogenen Augen und sein schwarzes Herz und kehrte in ihre Besenkammer zurück, fest entschlossen, sich zu rächen. Es war keine großartige Rache, aber alles, was ihr einfiel: die ganze Nacht in der Kammer zu bleiben, damit er sich Sorgen machte und sich fragte, warum sie nicht nach Hause kam und wo sie war.

Sie machte es sich auf einem Lager aus Handtüchern so bequem wie möglich. Es gab keine Belüftung in der Kammer, aber das störte Consuela nicht. Die Nachtluft war ohnehin ungesund. Sie verursachte Schwindsucht, und wenn man Schwindsucht hatte, kam man nicht in die Vereinigten Staaten. Die Einwanderungsbehörde würde einem keine Papiere ausstellen.

Sie nickte ein und träumte, sie sei in einem Bus nach Hollywood. Plötzlich hielt der Bus an, und ein bärtiger Mann, der ein wenig Ähnlichkeit mit Jesus hatte, öffnete die Tür und sagte: »Consuela Juanita Magdalena Dolores Gonzales, du hast Schwindsucht. Du mußt den Bus sofort verlassen.« Consuela ließ sich vor ihm auf die Knie fallen und weinte und bettelte. Er wandte sich streng von ihr ab, und sie begann zu schreien.

Als sie aufwachte, hörte sie zuerst sich selbst noch

schreien, doch einen Moment später, als sie sich aufgesetzt hatte und hellwach war, wurde ihr klar, daß nicht sie selbst es war, die sie hatte schreien hören. Es war eine der Damen in 404.

Trotz der späten Stunde gab es ein Dutzend Augenzeugen, die unter dem Balkon von 404 vorbeigegangen waren, alle begierig, ihre Version von dem, was geschehen war, loszuwerden.

Die amerikanische Dame stand am Geländer und sah hinunter, bevor sie sprang.

Sie sah nicht hinunter. Sie kniete nieder und betete.

Sie zögerte keine Sekunde, lief einfach über den Balkon und sprang hinunter.

Sie schrie, während sie fiel.

Sie gab keinen Ton von sich.

Sie trug einen silbernen Kasten in den Armen.

Ihre Hände waren leer, dem Himmel flehend entgegengestreckt.

Sie überschlug sich mehrere Male in der Luft.

Sie fiel senkrecht nach unten, Kopf voran, wie ein Pfeil.

In einem Punkt waren sich alle Augenzeugen einig: als sie auf das Pflaster aufschlug, war sie sofort tot.

Im Büro des Geschäftsführers gab Dr. Lopez vor der Polizei eine kurze Erklärung ab. »Ich habe Mrs. Wyatt gestern abend wegen eines Anfalls von *turista* behandelt. Eine unglückliche Frau. Sehr erregbar, überempfindlich.«

»Sehr betrunken«, sagte der Barkeeper.

»Sehr reich«, sagte Consuela, nervös kichernd. »Was für ein Jammer zu sterben, wenn man reich ist.«

Der Arzt hob die Hand, um um Stille zu bitten. »Lassen Sie mich bitte zu Ende sprechen. Ich muß in weniger als fünf Stunden mit meinen Besuchen anfangen, und auch ein Arzt braucht etwas Schlaf. Wie ich schon sagte, Sie werden die ganze Geschichte von Mrs. Kellogg hören, wenn sie sich etwas erholt hat. Wie bald das sein wird, hängt von den maßgeblichen Leuten im Krankenhaus ab. Sie hat einen schweren Schock erlitten. Darüber hinaus hat sie sich den Kopf am Bettpfosten angeschlagen, als sie in Ohnmacht fiel, es kann also eine leichtere oder schwerere Gehirnerschütterung hinzukommen. Mehr kann ich Ihnen nicht sagen.«

»Ich bin auch sehr erregbar und überempfindlich«, sagte Mercado, der ältere der beiden Polizisten. »Trotzdem springe ich nicht von Balkonen runter.«

Dr. Lopez lächelte ohne Heiterkeit. »Vielleicht tun Sie es eines Tages, von einem Balkon. Guten Tag, meine Herren.«

»Guten Tag, Doktor. Jetzt zu Ihnen, Consuela Gonzales. Sie behaupten, Sie seien in der Besenkammer gewesen und hätten eine Frau schreien hören. Welche Frau?«

»Die kleine, mit den braunen Haaren.«

»Señora Kellogg?«

»Ja.«

»Schrie sie nur einfach, oder waren es Wörter, die sie schrie?«

»Wörter. Wie ›Halt‹ und ›Hilfe‹. Vielleicht noch andere.«

»Nur aus Neugier: Was taten Sie zu der Zeit in der Besenkammer?«

»Ich habe geschlafen. Ich war sehr müde nach der Arbeit. Ich arbeite hart, sehr, sehr hart.« Sie warf Escamillo, dem Geschäftsführer des Hotels, einen Blick zu. »Señor Escamillo weiß gar nicht, wie hart ich arbeite.«

»Weiß ich auch nicht«, sagte Escamillo verächtlich schnaubend.

»Egal, egal, egal«, sagte Mercado. »Berichten Sie weiter, Señorita. Sie wachten auf und hörten Schreie. Sie rannten nach 404. Und dann?«

»Die kleine, Señora Kellogg, lag auf dem Teppich neben dem Bett. Sie blutete am Kopf und war bewußtlos. Die andere konnte ich nirgends sehen. Ich bin nicht auf die Idee gekommen, über den Balkon zu schauen. Wie konnte ich an so was denken? Sich das Leben zu nehmen, das ist eine Todsünde.« Consuela bekreuzigte sich furchtsam. »Das Zimmer roch nach Alkohol, und auf der Kommode stand eine halbe Flasche Whisky. Ich wollte der Señora etwas davon geben, damit sie zu sich kam, aber es lief alles daneben.«

»Darum hast du den Rest dann selbst getrunken«, sagte Escamillo.

»Einen winzigen Tropfen. Um bei Kräften zu bleiben.«

»Tropfen, ha! Du stinkst danach«, sagte Señor Escamillo.

»Ich lasse mich von keinem Schwein von einem Mann beleidigen!«

»Du wagst es also, mich ein Schwein von einem Mann zu nennen, du *ladronzuella!*«

»Beweisen Sie es. Beweisen Sie, daß ich eine *ladronzuella* bin!«

Mercado gähnte und erinnerte sie daran, daß es spät sei, daß er und sein Kollege, Santana, sehr müde seien, daß er, Mercado, eine Frau und acht Kinder habe und viele Sorgen; würde also bitte jedermann freundlich und der Polizeit behilflich sein? »Nun, Señorita Gonzales, als es Ihnen nicht gelang, die Señora aufzuwecken, was taten Sie?«

»Ich rief den Zimmerkellner unten an, und der ließ den Arzt kommen. Dr. Lopez. Er hat eine Vereinbarung mit dem Hotel.«

»Er hat einen Vertrag«, sagte Escamillo. »Unterschrieben.«

Consuela zuckte mit der Schulter. »Spielt es eine Rolle, wie man es nennt? Wenn ein Arzt gebraucht wird, lassen sie immer Dr. Lopez kommen. Er kam also. Sofort. Oder jedenfalls sehr bald. Das ist alles, was ich weiß.«

»Sie blieben bei der Señora, bis der Arzt eintraf?«

»Ja. Sie wachte nicht auf.«

»Und nun, Señorita, was wissen Sie von einem silbernen Kasten?«

Consuela sah ihn verständnislos an. »Silberner Kasten?«

»Dieser. Sie sehen, es ist Blut dran, und er hat eine tiefe Beule, wo er auf das Pflaster schlug. Haben Sie diesen Kasten schon einmal gesehen?«

»Noch nie. Ich weiß nichts von dem Kasten.«

»Gut. Vielen Dank, Señorita.«

Consuela erhob sich anmutig und durchquerte das Zimmer. Vor Escamillos Schreibtisch machte sie eine kurze Pause. »Ich lasse mich nicht beleidigen. Ich kündige.«

»Du kündigst nicht. Du bist fristlos entlassen.«

»Ich habe gekündigt, bevor ich entlassen wurde. Haha!«

»Ich werde jedes einzelne Handtuch zählen«, sagte Escamillo. »Persönlich.«

»*Cochino.*«

Consuela schnalzte mit den Fingern und verließ das Zimmer, die Tür entschieden und endgültig hinter sich zuschlagend.

»Sehen Sie?« rief Escamillo und hämmerte mit den Fäusten in die Luft. »Wie kann ich mit solchem Personal ein Hotel führen? Sie sind alle gleich. Und jetzt dieser schreckliche Skandal. Ich bin ruiniert, ruiniert, ruiniert. Polizei in meinem Büro! Reporter in meiner Empfangshalle! Und die Botschaft – heilige Muttergottes, muß die Botschaft auch mit reingezogen werden?«

»Wir müssen in solchen Fällen natürlich die Botschaft unterrichten«, sagte Mercado.

»Diese verrückten Amerikaner! Wenn sie springen wollen – haben sie nicht genug Möglichkeiten dazu in ihrem eigenen Land? Warum müssen sie nach Mexiko kommen und einen unschuldigen Mann ruinieren?«

Alle stimmten mit ihm überein, daß es äußerst ungerecht war, äußerst traurig, aber schließlich doch Gottes Wille. Keiner konnte sich auflehnen gegen den Willen Gottes, der verantwortlich war für nationale und häusliche Katastrophen wie Erdbeben, Regenfälle zur unangebrachten Zeit, launische Installationen, Schwierigkeiten bei der Vermittlung von Telefongesprächen und eben auch plötzliche Todesfälle.

Es war tröstlich, jemanden zu haben, den man verantwortlich machen konnte, und Escamillo fühlte sich schon nicht mehr ganz so übel, als ihm plötzlich ein neuer Gesichtspunkt in den Sinn kam. »Was ist mit der Suite 404? Sie ist leer, aber doch nicht leer. Ich muß sie in Rechnung stellen oder Geld verlieren. Aber ich kann sie nicht in Rechnung stellen, wenn niemand in ihr wohnt. Und ich kann niemanden dort unterbringen, solange sich das Eigentum der Señoras noch dort befindet. Was muß ich tun?«

»Sie müssen lernen, nicht soviel ans Geld zu denken«, sagte Mercado bestimmt, nahm den silbernen Kasten an sich und nickte seinem Kollegen Santana zu. »Komm jetzt. Wir sehen uns noch einmal 404 an und verschließen es dann, bis die kleine Señora sich erholt hat.«

Die Balkontüren standen noch offen, aber in der Suite roch es immer noch nach Whisky, vom Teppich, wo er vergossen worden war, und aus der Flasche, die Consuela unverkorkt auf der Kommode hatte stehenlassen.

»Es wäre eine Schande«, sagte Mercado und griff nach der Flasche, »dieses Produkt hier stehen- und verdunsten zu lassen.«

»Aber es ist ein Beweismittel.«

»Beweis wofür?«

»Daß die Señora betrunken war.«

»Wir wissen bereits vom Barkeeper, daß sie betrunken war. Wir dürfen nicht zu viele Beweismittel zusammenkommen lassen. Es würde die Dinge nur verworren machen. Der Fall ist schließlich ganz einfach. Die Señora hat zuviel *tequila* getrunken und ist in eine depressive Stimmung geraten. *Tequila* ist nichts für Amateure.«

»Warum ist sie in eine depressive Stimmung geraten?«

»Unerwiderte Liebe«, sagte Mercado, ohne zu zögern. »Die Amerikaner machen viel Theater um diese Dinge. Kann man in all ihren Filmen sehen. Nimm doch ein Schlückchen.«

»Danke, Freund.«

»Etwas ist sicher. Es war kein Unfall. Zuerst dachte ich, daß die Señora, nachdem sie viel getrunken hatte, vielleicht auf den Balkon gelaufen sei, um etwas frische Luft einzuatmen, vielleicht auch, um ihren Magen zu erleichtern. Aber das kann nicht sein.«

»Wieso kann das nicht sein?«

»In einem solchen Fall hätte sie sich nie die Zeit genommen, stehenzubleiben, um den silbernen Kasten an sich zu nehmen.« Mercado seufzte. »Nein. Sie hat sich umgebracht, arme Lady. Es ist traurig, sich vorzustellen, daß sie in der Hölle umherirrt, nicht wahr?«

Durch einen grauen Nieselregen brach die Dämmerung an.

»Es regnet«, sagte Santana.

»Gut. Das wird den Gehweg abspülen und die Leute nach Hause treiben.«

»Es sind keine Leute mehr da. Es ist alles vorbei.«

»Amen«, sagte Mercado. »Trotzdem frage ich mich, zusammen mit Señor Escamillo, warum sie ausgerechnet hier gesprungen ist, wo ihr doch ganz Amerika zur Wahl stand.«

»Das Empire State Building.«

»Natürlich. Und der Grand Canyon.«

»Die Brücke in Brooklyn.«

»Die Niagarafälle.«

»Und anderes.«

»Vieles andere.« Mercado zog die Balkontüren zu und schloß sie ab. »Nun, den Willen Gottes sollte man nicht in Frage stellen.«

»Amen.«

4

Rupert Kelloggs Büro befand sich im zweiten Stock eines neuen Betonbauwerks eben noch am Rand der altangesehenen Montgomery Street. Hier leitete er ein kleines Unternehmen als Wirtschaftsprüfer, mit der Hilfe seiner Sekretärin, Pat Burton, einer nicht mehr ganz jungen unverheirateten Frau, die ständig die Farbe ihres Haars wechselte, und eines jungen Mannes namens Borowitz, der sich auf diese Weise sein Studium am San Francisco State College verdiente.

Rupert war vierzig, ein hochgewachsener Mann mit mildem Gesicht und sanfter Stimme, der seit fast zwanzig Jahren in diesem Beruf arbeitete. Er war einigermaßen tüchtig und einigermaßen erfolgreich in seiner Arbeit, aber er hatte keine Freude daran. Er hätte lieber etwas Interessanteres und Amüsanteres getan, eine Tierhandlung besitzen etwa. Er empfand eine tiefe Zuneigung zu Tieren und verstand sie intuitiv. Die Stunden, die er im Fleishhacker Zoo verbrachte, erschienen ihm angefüllt mit den fundamentalen Dingen des Lebens, aber er sprach darüber mit niemandem, nicht einmal mit seiner Frau, Amy. Das einzige Mal, daß er vorgeschlagen hatte, eine Tierhandlung zu eröffnen, gab es einen solchen Krawall unter seinen angeheirateten Verwandten, daß er sein Vorhaben aufgegeben hatte. Zumindest aufgegeben, es zu erwähnen. Im geheimen beschäftigten seine Gedanken sich immer noch damit, aber er versteckte es wie ein mißgebildetes Kind vor den vernichtenden Blicken seines Schwagers.

Am Montagmorgen traf er spät im Büro ein, etwas, was er sich immer mehr angewöhnte, besonders seit Amy abgereist war. Miss Burton, zum Herbstanfang mit kürbisfarbenem Haar, saß mit bestürztem Gesicht am Telefon. Das geschah so häufig und bei dem geringsten Anlaß, daß Rupert keine Notiz davon nahm. Miss Burtons Zustände der Besorgnis erschienen ihm erträglicher, wenn er sich soweit wie möglich heraushielt.

»Bleiben Sie am Apparat, Fräulein. Er kommt gerade herein.«

Miss Burton preßte den Hörer dramatisch an die Brust. »Gott sei Dank, daß Sie da sind! Ein Mr. Johnson in Mexico City möchte Sie sprechen.«

»Ich kenne keinen Mr. Johnson in Mexico City.«

»Er ist von der amerikanischen Botschaft. Es muß furchtbar wichtig sein. Sie glauben doch nicht, daß etwas Schreckliches ...«

»Dies ist wohl nicht der richtige Zeitpunkt für Vermutungen, Miss Burton. Ich nehme den Anruf in meinem Zimmer entgegen.« Er schloß die Tür hinter sich und nahm den Hörer auf. »Hier Rupert Kellogg.«

»Einen Augenblick bitte, Mr. Kellogg. In Ordnung, stellen Sie durch. Ihr Gespräch, Mr. Johnson.«

»Mr. Kellogg? Dies ist die amerikanische Botschaft in Mexico City, Johnson am Apparat. Ich habe schlechte Nachrichten für Sie, darum ist es wohl besser, wenn ich direkt und ohne Umschweife zur Sache komme.«

»Meine Frau ...«

»Ihre Frau kommt wieder in Ordnung. Es handelt sich um ihre Begleiterin, Mrs. Wyatt. Sie ist tot. Um es ganz offen zu sagen, sie hat ein paar über den Durst getrunken und sich dann umgebracht.«

Rupert schwieg.

»Mr. Kellogg, sind Sie noch da? Fräulein, die Verbindung ist unterbrochen. Fräulein! *Telefonista!* Du lieber Himmel, kann ich nicht ein einziges Mal ein Gespräch führen, ohne unterbrochen zu werden? *Telefonista!*«

»Sie sind nicht unterbrochen worden«, sagte Rupert. »Ich war ... dies ist ein Schock. Ich ... ich kenne Mrs. Wyatt seit vielen Jahren. Wie ist es passiert?«

Johnson berichtete, was ihm an Einzelheiten bekannt war, mit scharfer, mißbilligender Stimme, als betrachte er Wilmas Tod als einen Verstoß gegen die internationale Etikette.

»Und meine Frau?«

»Sie hat natürlich einen Schock erlitten. Sie haben sie ins American-British-Corday-Krankenhaus gebracht. Wollen Sie die Anschrift?«

»Ja.«

»Mariano Escobedo 628. Die Telefonnummer ist 11-49-00.«

»Wird sie mit mir sprechen können, wenn ich dort anrufe?«

»O nein. Sie steht unter Beruhigungsmitteln. Sie hat sich eine Kopfverletzung zugezogen, als sie ohnmächtig wurde, nichts Ernsthaftes, soviel ich weiß.«

»Wie lange muß sie im Krankenhaus bleiben?«

»Unmöglich zu sagen«, sagte Johnson. »Haben Sie Freunde hier, die sich um sie kümmern könnten?«

»Nein. Ich komme wohl besser selbst runter.«

»Das ist eine gute Idee. Soll ich das Windsor-Hotel, wo sie gewohnt hat, anrufen und sagen, daß sie die Suite für Sie freihalten sollen?«

»Ja, bitte«, sagte Rupert. »Ich wäre Ihnen auch dankbar, wenn Sie im Krankenhaus eine Nachricht für sie hinterließen: daß ich heute nacht dort sein werde.«

»Und wenn Sie es heute nacht nicht schaffen?«

»Ich werde es schaffen. In zwei Stunden geht eine Maschine. Meine Frau hat letzte Woche die gleiche genommen.«

»Haben Sie ein Touristenvisum? Ohne das kommen Sie nicht in das Flugzeug.«

»Ich werde mir eins besorgen.«

»Gut. Ich werde die Nachricht für Ihre Frau hinterlassen. Noch etwas, Mr. Kellogg. Die Polizei konnte keinen Hinweis auf nahe Verwandte von Mrs. Wyatt finden. Hat sie Angehörige?«

»Eine Schwester in San Diego.«

»Name?«

»Ruth Sullivan.«

»Anschrift?«

»Die kenne ich nicht, aber ihr Ehemann ist Korvettenkapitän beim Elften Flottenstützpunkt. Es dürfte kein Problem sein, seine private Anschrift herauszufinden. Earl Sullivan.«

»Danke, Mr. Kellogg. Und wenn die Botschaft irgend etwas für Sie tun kann, während Sie hier unten sind, lassen Sie es mich wissen. Telefonnummer 39-95-00.«

»Vielen Dank. Auf Wiedersehen.«

»Auf Wiedersehen.«

Miss Burton tauchte in der Tür auf, mit hängenden Schultern und traurigen Hundeaugen, wie es dem Ernst der Situation angemessen war. »Ich konnte es nicht vermeiden, mitzuhören – die Leute sprechen immer so laut bei Ferngesprächen.«

»Wirklich?«

»Das ist ja eine schreckliche Geschichte mit Mrs. Wyatt, so in einem fremden Land zu sterben. Ich kann nur sagen, möge sie in Frieden ruhn.« Es schien zu genügen. Miss Burton streckte die Schultern, setzte ihre Brille auf und sagte energisch: »Ich rufe sofort die Western Air Lines an.«

»Ja.«

»Fühlen Sie sich wohl, Mr. Kellogg?«

»Ich ... natürlich. Natürlich.«

»Ich habe Aspirin dabei.«

»Nehmen Sie das selber.«

Miss Burton wußte, daß es keinen Sinn hatte zu widersprechen. Sie ließ nur zwei Aspirin auf seinen Schreibtisch fallen und ging ins Vorzimmer, um die Fluggesellschaft anzurufen. Rupert starrte lange auf die beiden Aspirin. Dann stand er auf, ging zum Kaltwasserbehälter und schluckte beide auf einmal herunter.

Miss Burton kam mit gewissen Anzeichen von Stolz ins Zimmer gerauscht. »Ich hatte Erfolg. Sie fliegen mit Flug 611. Aber meine Güte, wieviel ich reden mußte. Irgendein Knirps von einem Angestellten behauptete immer wieder, daß die Passagiere für Flug 611 schon im Flughafen einchecken. Und ich habe gesagt, hören Sie, es handelt sich um einen Notfall. Ich habe es ihm sogar vorbuchstabiert, N-o-t-f-a-l-l... Oh, wie ich sehe, haben Sie die Tabletten genommen. Gut. Wie steht es mit Bargeld?«

»Ich werde etwas brauchen.«

»Okay. Borowitz kann zur Bank rüberlaufen. Dies ist also Ihr Zeitplan: Abflug am International um 11.50. Mittagessen an Bord. Zwischenlandung in L. A. für etwa eine Stunde. Abflug L. A. 2.30. Abendessen an Bord. Ankunft in Mexico City um 10.10 Central Standard Time.«

Miss Burton mochte bei kleineren Krisen zusammenbrechen, kam es aber zu den größeren, so wuchs sie mit ihnen. Sie kümmerte sich um Geld, Touristenvisum, Zahnbürste, saubere Socken und Schlafanzug, Unterkunft für den Scottie, Mack, und um eine Nachricht für Amys Bruder, Gill Brandon. Als sie Rupert endlich zum Flugzeug gebracht hatte und er ihr vom Fenster zuwinkte, waren ihre Augen zwar feucht, doch sie war erleichtert, wie eine Mutter, die ihren Sohn zum erstenmal in die Schule schickt.

Sie fuhr Ruperts Wagen zurück in die Stadt und parkte ihn in der Garage seines Hauses in der 41st Avenue. Dann ließ sie Mack hinaus, damit er seinen Auslauf hatte, während sie das Geschirr spülte, das Rupert im Spülstein zurückgelassen hatte. In all den Jahren, die sie schon für ihn arbeitete, war dies erst das zweitemal, daß sie sein Haus von innen sah, und es versetzte sie in eine merkwürdige Stimmung, als ob man jemanden beim Schlafen beobachtete.

Als sie mit dem Abwasch fertig war, ging sie durch alle Zimmer. Es war eigentlich kein Herumschnüffeln, sondern nur eine innere Bestandsaufnahme, wie sie jede gute Sekretärin macht, die an ihrem Chef interessiert ist: ›Mahagoni und Spitzen im Eßzimmer, das ist zu steif für ihn, muß von ihr kommen ... Ich wette, der gelbe Sessel ist seiner, da sind Spuren von Haaröl an der Rückenlehne, und es steht eine gute Lampe daneben. Er liest gern, er braucht eine gute Lampe ... Ein Flügel und eine Orgel, man stelle sich das vor. Sie muß musikalisch sein, er trifft keinen Ton richtig, wenn er pfeift ... An diese farbigen Klo's werd ich mich nie gewöhnen ... Das Zimmer des Hausmädchens, möcht ich wetten. Genauso hübsch eingerichtet wie die anderen Zimmer, da sieht man, wie großzügig er ist. Oder vielleicht auch sie. Borowitz sagt, sie kommt aus einer reichen Familie ... Der Tisch in der Diele sieht wie echtes Rosenholz aus, die Sorte, die man mit bloßen Händen poliert, wenn man für so was schwärmt und eine Menge Zeit hat. Eine Postkarte. Von wem wohl. Nun, Postkarten sind nichts Persönliches. Wenn du etwas Persönliches mitzuteilen hast, tu es in einem Brief.‹

Miss Burton nahm die Postkarte auf. Auf der einen Seite war der Old-Faithful-Geysir abgebildet, auf der anderen stand ein mit Bleistift geschriebener Gruß: »Liebe Mr. und Mrs. Kellogg, ich habe wirklich einen schönen Urlaub. Ich habe Old Faithful schon sechsmal gesehen. Ein toller Anblick. Nachts wird es kalt hier, man braucht Decken. Hier ist ein Swimmingpool, der schlecht riecht wegen der Minerale im Wasser. Der Geruch bleibt zum Glück nicht an einem hängen. Kein Platz mehr auf der Karte. Grüße an Mack. Hochachtungsvoll, Gerda Lundquist.«

Auch noch Yellowstone, dachte Miss Burton. Und ich kann mir nicht einmal Sequoia leisten. Nicht daß ich mich danach drängte. Die Leute sagen immer, wie klein man sich fühlt unter den riesigen Bäumen, und darauf lege ich überhaupt keinen Wert bei meinen 1,54 Meter.

Nachdem sie die inoffizielle Inspektion des Hauses und der Post abgeschlossen hatte, ließ Miss Burton den Scottie an der Hintertür ins Haus und fütterte ihn mit Hundekuchen. Dann ging sie hinüber zur Fulton Street, um einen Bus zurück in die Stadt zu nehmen. Sie hatte keine Vorahnungen von einer Katastrophe. Es war ein sonniger Tag, und ihr Horoskop an diesem Morgen war ungewöhnlich günstig gewesen, genauso wie Ruperts, das sie immer noch vor ihrem eigenen las: ›Dies ist ein herrlicher Tag für Löwen und Waagen.‹

Herrlicher Tag, dachte Miss Burton und hüpfte über den Gehweg, ohne daran zu denken, daß Mrs. Kellogg im Krankenhaus lag und Mrs. Wyatt tot war.

Das Flugzeug traf planmäßig ein. Rupert rief vom Flughafen aus das A.B.C.-Krankenhaus an und vereinbarte trotz der späten Stunde einen Besuch bei seiner Frau.

Er kam kurz vor Mitternacht im Krankenhaus an und wurde von einem dunklen jungen Mann empfangen, der sich als Dr. Escobar vorstellte.

»Sie schläft«, sagte Escobar. »Doch ich denke, daß es ihr unter den gegebenen Umständen guttun würde, Sie zu sehen. Sie hat mehrere Male nach Ihnen gefragt.«

»Wie geht es ihr?«

»Schwer zu sagen. Sie hat viel geweint, eigentlich jedesmal, wenn sie aufwachte.«

»Hat sie Schmerzen?«

»Ihr Kopf mag ein wenig schmerzen, aber ich glaube, ihr Weinen läßt sich eher mit emotionalen Gründen als mit körperlichen erklären. Es ist nicht nur der Tod ihrer Freundin, obwohl das allein schon schlimm genug ist. Es kamen noch andere Dinge hinzu, die Tatsache, daß die beiden Frauen allein und ohne Freunde in einer fremden Stadt waren, daß sie ziemlich viel getrunken hatten ...«

»Getrunken? Amy hat außer einem Cocktail vorm Abendessen nie etwas getrunken.«

Escobar sah etwas verlegen aus. »Es gibt mehrere Zeugenaussagen, daß sowohl Ihre Frau als auch Mrs. Wyatt mit einem amerikanischen Nassauer namens O'Donnell *tequila* getrunken haben. Die beiden Frauen hatten eine laute Auseinandersetzung.«

»Sie waren sehr gute Freundinnen«, sagte Rupert steif. »Seit ihrer Kindheit.«

»Sehr gute Freundinnen streiten manchmal, trinken manchmal zusammen. Was ich damit sagen will, ist, daß Mrs. Kellogg sich außerordentlich schuldig fühlt, schuldig wegen des Trinkens, schuldig wegen der Auseinandersetzung, und am meisten fühlt sie sich schuldig, weil sie den Selbstmord ihrer Freundin nicht verhindern konnte.«

»Hat sie es versucht?«

»Das hätte doch jeder versucht.«

»Hat sie Ihnen gesagt, was ...«

»Sie hat mir sehr wenig gesagt. Sie hat sehr wenig zu sagen. *Tequila* ist ein schreckliches Gebräu, wenn man nicht daran gewöhnt ist.« Escobar wandte sich zu den Fahrstühlen. »Kommen Sie, wir gehen jetzt zu ihr. Wir haben sie von der Notaufnahme in ein Privatzimmer im dritten Stock gebracht.«

Sie schlief bei angeschaltetem Nachtlicht. Ihr linkes Auge war schwarz und geschwollen, und ihre Schläfe war verbunden. Zerknüllte Kleenextücher bedeckten den Boden neben ihrem Bett.

»Amy.« Rupert beugte sich über seine schlafende Frau und berührte ihre Schulter. »Amy, Liebes, ich bin es.«

Sie war kaum aufgewacht, da begann sie zu weinen, die Fäuste gegen die Augen gepreßt.

»Nicht, Amy. Hör bitte auf. Es kommt alles wieder in Ordnung.«

»Nein ... nein ...«

»Doch. Ich bin hier, um mich um dich zu kümmern.«

»Wilma ist tot.« Ihre Stimme hob sich. »Wilma ist tot!«

Escobar trat rasch neben das Bett und ergriff ihre Hand. »Jetzt keine hysterischen Anfälle, Mrs. Kellogg. Die anderen Patienten in diesem Stock schlafen.«

»Wilma ist tot.«

»Ich weiß«, sagte Rupert. »Aber du mußt jetzt an dich selbst denken.«

»Bring mich nach Hause, bring mich fort von diesem schrecklichen Ort.«

»Das werde ich, Liebste. Sobald sie mich lassen.«

»Kommen Sie, Mrs. Kellogg«, sagte Escobar sanft. »So schrecklich ist es hier doch gar nicht. Wir würden Sie gern noch für ein paar Tage zur Beobachtung hierbehalten.«

»Nein, hier bleibe ich nicht!«

»Für ein oder zwei Tage ...«

»Nein! Lassen Sie mich gehen! Rupert, hol mich hier raus. Bring mich nach Hause!«

»Das werde ich«, sagte Rupert.

»Ganz nach Hause? In unser eigenes Haus und zu Mack und allem?«

»Ganz nach Hause, das verspreche ich.«

Es war ein Versprechen, das zu halten er im Augenblick vorhatte.

5

Gill Brandon kam mit seinem von gemischten Gefühlen geprägten Morgengesicht die Treppe herunter: Erwartung dessen, was der Tag bringen mochte, und Argwohn, daß irgend etwas sicher schiefgehen würde.

Er war ein kleiner, stämmiger, lebhafter Mann mit einer eindringlichen Art zu sprechen, die selbst seine harmloseste Bemerkung noch überzeugend klingen ließ, seine am weitesten hergeholte Theorie wie eine augenscheinliche Wahrheit. Um diese Wirkung zu erhöhen, benutzte er beim Sprechen auch die Hände, nicht auf die gleichsam dramatisch-lockere europäische Weise, sondern streng, geometrisch, um einen Blickwinkel genau zu unterstreichen, einen exakten Grad von Empfindungen. Er hielt sich gern für präzise und peinlich genau. Er war weder das eine noch das andere.

Gill küßte seine Frau, die schon am Frühstückstisch saß, die Morgenzeitung bei der Kummerspalte aufgeschlagen vor sich. »Irgendwelche Anrufe?«

»Nein.«

»Ich finde es verdammt sonderbar.«

»Was?« fragte Helene, obwohl sie es genau wußte, da Gill seit einer Woche von nichts anderem sprach. Gott sei Dank war es Montag, und er mußte in die Stadt fahren, um zu arbeiten. Wenn die Börsenkurse uneinheitlich waren – um so besser: das würde ihn von anderen Dingen ablenken. »Hier ist ein furchtbar komischer Brief von einer Frau aus Atherton. Ob wir sie kennen? Es könnte Betty Spears sein. Hör mal. ›Liebe Abby, mein Problem ist, daß mein Ehemann so geizig ist, daß er mir sogar meine grünen Rabattmarken klaut.‹ Ich weiß, daß Johnny Spears tatsächlich grüne Rabattmarken sammelt ...«

»Würdest du mir bitte zuhören?«

»Natürlich, mein Lieber. Ich habe nicht gemerkt, daß du etwas sagtest.«

»Rupert ist jetzt seit einer Woche dort unten, und ich habe seit diesem ersten Anruf seiner Sekretärin nicht ein einziges Wort gehört. Weder wie es Amy geht noch was eigentlich los ist, noch wann sie zurückkommen – nichts.«

»Vielleicht ist er beschäftigt.«

Gill warf ihr über den Tisch hinweg einen finsteren Blick zu.

»Darf ich fragen womit?«

»Wie soll ich das wissen?«

»Dann hör auf, unsinnige Entschuldigungen für ihn zu erfinden. Niemand ist zu beschäftigt, um den Telefonhörer in die Hand zu nehmen. Er ist verdammt rücksichtslos. Und was Amy je in ihm gesehen hat, werde ich nie kapieren.«

»Er sieht sehr gut aus. Und ist sehr nett.«

»Gutaussehend. Nett. Lieber Gott, ist es das, warum Frauen Männer heiraten?«

»Du bist hungrig, Lieber. Ich werde nach dem Frühstück läuten.«

Helene drückte auf den Knopf unter dem Tisch und spürte dabei einen leisen Machtrausch. Sie war in den

Slums von Oakland geboren und aufgewachsen und hatte sich nie, in den ganzen zwanzig Jahren ihrer Ehe nicht, an das Wunder gewöhnen können, daß man einfach läutete, wenn man irgend etwas haben wollte. Frühstück, Martinis, Schokolade mit Sahne, Tee, Zeitschriften, Zigaretten – man drückte auf einen Knopf, und peng, schon war es da. Manchmal saß sie einfach da und überlegte sich, was sie sich bringen lassen könnte, so daß sie das Vergnügen haben würde, an der Kordel der Klingel zu ziehen oder auf den Knopf unter dem Tisch zu drücken.

Gelegentlich machte sie einen Besuch in Oakland, aber häufiger kamen ihre Eltern zur Halbinsel herunter, um sie zu besuchen, Mrs. Maloney mit ihren Zähnen und in Sonntagskleidung und Mr. Maloney stocknüchtern und ausgetrocknet wie ein Hering. Nach der ersten, von aufrichtiger Freude gekennzeichneten Begrüßung erstarrten beide Eltern in Schweigen, zu betäubt von dem Luxus um sie herum, um viel mehr zu tun als dazusitzen und zu starren. Wieder zu Hause, ließen sie sich liebevoll und wortreich aus über ihre Tochter Helene, die mit Hilfe eines Stipendiums das Mills College besucht hatte und jetzt in einem prächtigen Haus in Atherton wohnte mit ihrem reichen Ehemann und drei hübschen Kindern.

Wenn sie ihr aber gegenübersaßen, wurden sie stumm und verlegen, und ihre Besuche waren ein Alptraum, besonders für Gill, der sich mehr Mühe als Helene gab, die Maloneys in ihr häusliches Leben einzubeziehen. Seine Taktik war ungewöhnlich: er versuchte, seinen Reichtum zu bagatellisieren, indem er ihre Aufmerksamkeit auf einige seiner Sparmaßnahmen lenkte, eindringlich beschrieb, wie er seinen dreizehnjährigen Sohn dazu veranlaßt habe, Zeitungen auszutragen, und seine siebzehnjährige Tochter, sich ihren College-Besuch selbst zu verdienen. Das Ergebnis dieser Strategie war eine noch größere Verwirrung bei den Maloneys und völlige Frustration bei Gill, der, wie üblich, nur das Richtige hatte tun wollen. Es war noch nie jemandem gelungen, herauszufinden, warum so gute Absichten wie die Gills so häufig so verwirrende Folgen hatten.

»Amys Freundschaft mit dieser Mrs. Wyatt«, sagte Gill, »hat nichts als Ärger gebracht. Sie war offensichtlich irgendwie gestört. Jeder außer Amy hätte das gemerkt und wäre ihr aus dem Weg gegangen.«

Helene bekreuzigte sich in Gedanken. »Hör mal, Gill. *De mortuis* ... Außerdem waren sie befreundet. Du läßt eine Freundin nicht sitzen, weil sie, nun, ein paar emotionale Probleme hat. Wilma konnte sehr reizend und unterhaltend sein, wenn sie wollte. So möchte ich sie auch lieber in Erinnerung behalten.«

»Du hast ein sehr einfaches und bequemes Gedächtnis.«

»Und ich habe die Absicht, es zu behalten. Nun iß dein Frühstück.«

»Ich bin nicht hungrig«, sagte Gill gereizt. »Persönlich neige ich dazu, Rupert die Schuld an dieser ganzen Geschichte zu geben. Er hätte Einspruch gegen die Reise erheben sollen, als das Thema zum erstenmal zur Sprache kam. Zwei Frauen, die allein durch ein fremdes, unzivilisiertes Land ziehen – es ist wirklich grotesk.«

Es klang eher angenehm für Helene, deren Reisen sich auf Einkaufsfahrten in die Stadt und Sommerferien in Tahoe beschränkten. Sie kaute auf dem knusprigen Speck und hörte Gill zu, wie man den Wellen zuhört, die sich auf einem Strand brechen, in der Gewißheit, daß das Geräusch immer das gleiche sein wird, unterschiedlich nur in der Lautstärke, hin und wieder, wegen der Gezeiten und des Wetters.

Das Geräusch ging so oft um Amy, und Helene hörte zu aus Gewohnheit, ohne Interesse. Ihrer Meinung nach war Amy eine langweilige kleine Person, von ihrem Bruder mit Verstand ausgestattet, von ihrem Ehemann mit Schönheit, während sie tatsächlich über keines von beiden verfügte. Auch Helene hatte sich oft Gedanken gemacht über die Beziehung zwischen Amy und Wilma, aber ihre Gedanken gingen von einem ganz anderen Standpunkt als dem Gills aus: Warum hatte eine so starke und tatkräftige Persönlichkeit wie Wilma so viel Zeit an eine Maus wie Amy verschwendet?

Gill erhöhte seine Lautstärke. »Ich bin immer noch der Meinung, daß die amerikanische Botschaft mich wegen dieser unglückseligen Affäre hätte anrufen sollen.«

»Warum?«

»Amy ist meine kleine Schwester.«

»Sie ist auch eine erwachsene Frau mit einem Ehemann. Wenn sich jemand um sie kümmern muß, überlaß es Rupert.«

»Rupert ist unfähig, mit gewissen Situationen fertig zu werden.«

»Was für Situationen meinst du?« fragte Helene sanft.

»Es sind wahrscheinlich Entscheidungen zu fällen, Dinge müssen in Gang gesetzt werden. Rupert ist zu weich. Wenn ich dort unten wäre, ich würde energisch auftreten gegenüber diesen Ausländern.«

»Wenn du dort unten wärest, Liebster, wärest du der Ausländer.«

»Das findest du wohl unheimlich geistreich?«

»Es ist nur die Wahrheit.«

»In der letzten Zeit«, sagte er mit einem trockenen kleinen Lächeln, »scheinst du auf eine Menge Wahrheiten zu stoßen.«

»O ja, das tue ich. Größere und kleinere«.

»Erzähl mir doch von ihnen.«

»Ein anderes Mal. Jetzt beeil dich lieber.« Sie lächelte ihren Mann über den Tisch hinweg an. Trotz seiner großspurigen Redeweise wußte sie, daß er ein sanfter Mann war, Amy ähnlicher, als er je erkennen würde. »Du wirst vorsichtig fahren, nicht wahr, Gilly?«

»Ich wollte, du würdest mich nicht so nennen. Es hört sich lächerlich an.«

»Du hast nichts dagegen, wenn Amy dich ...«

»Es war mein Spitzname, als wir noch Kinder waren. Sie benutzt ihn unbewußt. Und ich habe etwas dagegen. Erinner mich daran, daß ich mit ihr darüber spreche, wenn sie nach Hause kommt.«

Helenes Gesichtsausdruck veränderte sich nicht, aber sie spürte plötzlich ein Gefühl der Übelkeit in der Magengegend, und der Kaffee, den sie trank, schien sauer geworden zu sein. ›Ich will nicht, daß sie nach Hause kommt. Sie ist zweitausend Meilen entfernt von hier, und das ist mir gerade recht.‹

David, ihr dreizehnjähriger Sohn, stürmte in das Zimmer, in der Uniform der Military Day School, die er besuchte. »Morgen, alle zusammen.«

»Was um alles in der Welt ist mit deinem Gesicht los?« fragte Helene.

»Giftsumach«, sagte er vergnügt. »Roger und Bill haben es auch gekriegt, als wir im Manöver waren. Mann, war der Sergeant wütend. Er hat gesagt, die Russen hätten landen können, während unser ganzer verdammter Haufen auf der Jagd nach Giftsumach-Bäumen war.«

»Ich hol dich von der Schule ab und geh mit dir zum Arzt.«

»Ich will zu keinem verdammten Arzt.«

»Benutze nicht dauernd dieses Wort. Es klingt nicht sehr schön.«

»Der Sergeant benutzt es die ganze Zeit. Er ist ein Engländer. Die sagen immer verdammt. Oh, ich hab vergessen, euch zu sagen, daß Onkel Rupert wieder zu Hause ist. Er hat gestern abend angerufen, als ihr weg wart.«

»Das hättest du mir vorher mitteilen können«, sagte sein Vater.

»Wie konnte ich das, wenn ihr weg wart?«

»Geht es Amy gut?«

»Ich weiß nicht. Er hat nichts von ihr gesagt.«

»Also, was hat er denn gesagt?«

»Nur daß er heute den ganzen Tag zu Hause ist und dich wegen einer wichtigen Sache gern sehen würde.«

»Ich ruf ihn ...«

»Er sagte, du sollst nicht anrufen. Es ist etwas sehr Persönliches. Er möchte mit dir persönlich sprechen.«

Gill war schon auf den Beinen.

Die beiden Männer schüttelten sich die Hand, und Gill fragte sofort: »Mit Amy alles in Ordnung?«

»Ja.«

»Wo ist sie? Noch im Bett?«

»Sie ist ... wir können hier draußen nicht sprechen. Komm lieber rein.«

Das Haus war dunkel und still und muffig, als ob seine

Bewohner lange Zeit fort gewesen wären. Kein Sonnenstrahl drang durch die heruntergezogenen Jalousien, kein Geräusch kam durch die geschlossenen Fenster. Nur im Arbeitszimmer, am Ende der langen, schmalen Diele, waren die Vorhänge zurückgezogen worden, und der Morgensonnenschein hing staubig in der Luft.

Auf dem gekachelten Couchtisch stand ein mit Lippenstift beschmiertes, halbleeres Whiskyglas, und daneben lag ein nicht frankierter Brief, auf dem in Amys typischer Internatsschülerinnen-Schrift »Gilly« stand.

Gill starrte darauf. Der Brief war irgendwie falsch; der schweigende Mann am Fenster, das zu stille Haus, das halbleere Glas – alles schien unheilvoll. Er räusperte sich. »Der Brief – er ist natürlich von Amy.«

»Ja.«

»Warum? Warum ein Brief, meine ich.«

»So war es ihr lieber«, sagte Rupert, ohne sich umzudrehen.

»Was war ihr so lieber?«

»Zu erklären, warum sie gegangen ist.«

»Gegangen? Wohin?«

»Ich weiß es nicht. Sie hat sich geweigert, es mir zu sagen.«

»Aber das ist doch lächerlich. Es ist völlig unmöglich.«

Rupert drehte sich um, um Gill anzusehen. »Gut, wie du willst. Es ist lächerlich und völlig unmöglich. Aber es ist trotzdem geschehen. Es gibt Dinge, die ohne dein Wissen oder deine Genehmigung geschehen.«

Sie musterten einander durch das sonnige Zimmer hindurch mit finsteren Blicken. Als Amy in der Nähe gewesen war, um die Dinge zu glätten, waren die beiden Männer einander höflich begegnet und hatten die gesellschaftlichen Spielregeln eingehalten. Jetzt, ohne ihre Anwesenheit, schienen die nie ausgesprochenen Sticheleien und die stumme Kritik, die sich in den Jahren angesammelt hatten, zwischen ihnen zu hängen, bereit, aus der Luft heruntergeholt und von beiden als Saite für ihren Bogen benutzt zu werden.

»Sie hat ihre Sachen und ihren Hund genommen«, sagte Rupert, »und dann ist sie gegangen.«

»Den Hund auch?«

»Er gehörte ihr. Sie hatte das Recht dazu.«

»Den Hund mitnehmen, das heißt ...«

»Ich weiß, was es heißt.«

Sie wußten es beide. Wenn Amy die Absicht gehabt hätte, zurückzukommen, hätte sie den Hund nicht mitgenommen.

»Du solltest lieber deinen Brief lesen«, sagte Rupert.

Gill nahm den Brief auf und hielt ihn für einen Augenblick in den Händen, sehr vorsichtig, als sei es eine Bombe, die bei jeder plötzlichen Bewegung explodieren könnte. »Weißt du ... was in ihm steht?«

»Er ist verschlossen und an dich adressiert. Wie sollte ich das wissen?«

Aber er wußte es. Er erinnerte sich an jedes Wort in dem Brief. Er hatte ihn Dutzende von Malen auf schwache Stellen durchgesehen. Einige hatte er gefunden, aber erst, als es zu spät war.

Gill las langsam und formte die Worte mit den Lippen, als sei er ein Schulanfänger.

Lieber Gilly,
ich habe Rupert gebeten, Dir diesen Brief zu geben. Ich wollte ihn nicht per Post schicken, weil ich weiß, daß Du

Rupert Fragen stellen möchtest. Einige wird er beantworten können, andere nicht. Einige kann nicht einmal ich beantworten, wie soll ich Dir also die Gründe verständlich machen, warum ich für eine Weile fortgehe? Die Hauptsache ist, ich tue es. Es ist für mich eine sehr schwerwiegende Entscheidung. Ich kann Dich nicht anrufen, um mich zu verabschieden, weil ich weiß, daß Du auf mich einreden würdest, und ich befürchte, mein Entschluß könnte Deinen Argumenten vielleicht nicht standhalten.

Es ist jetzt eine Woche vergangen seit Wilmas Tod, eine Woche voller Schmerz und Kummer, aber auch eine Woche der Überprüfung meiner eigenen Person. Ich habe nicht sehr gut abgeschnitten. Ich bin dreiunddreißig, und es sieht so aus, als habe ich wie ein Kind gelebt, mich immer an andere Menschen lehnend. Ich hatte keine Freude daran, ich habe es nur einfach nicht geschafft, mich nicht anzulehnen. Ich werde es nie schaffen, wenn ich hierbleibe und wieder in den gleichen alten Trott zurückfalle. Ich muß das Gefühl bekommen, allein und ich selbst zu sein. Ich weiß, wenn ich eine reife, verantwortungsbewußte Persönlichkeit gewesen wäre, gewohnt, Entscheidungen zu treffen und danach zu handeln, hätte ich Wilmas Tod verhindern können. Wenn ich nicht selbst getrunken hätte, wäre es mir gelungen, Wilma davon abzuhalten, zu trinken bis zur völligen Verzweiflung …

»Sie hat getrunken«, sagte Gill überrascht. »Wieviel?«

»Eine Menge.«

»Das hört sich nicht nach der Amy an, die ich kenne.«

»Vielleicht gibt es noch eine andere. Sie hat nicht nur getrunken, sie hat in Gesellschaft eines amerikanischen Nassauers namens O'Donnell getrunken.«

»Das glaube ich nicht.«

»Das ist dein gutes Recht.«

... *All dies mag Dir unsinnig vorkommen, Gilly. Aber ich kann auch praktisch sein. Ich habe Rupert die nötigen Vollmachten gegeben, meine Finanzen zu regeln, so daß Du Dir in dieser Hinsicht keine Gedanken zu machen brauchst. Und, bitte, Gilly, was Du auch tun magst, gib Rupert nicht die Schuld an meinem Weggehen. Er ist mir ein wunderbarer Ehemann gewesen. Sei nett zu ihm, muntere ihn auf; ich werde ihm fehlen. Auch Dir werde ich fehlen, ich weiß, aber Du hast Helene und die Kinder. (Sage ihnen liebe Grüße von mir, und daß ich in den Osten gegangen bin, um mich zu erholen oder so was. Sage ihnen nicht, ich hätte den Verstand verloren, wenn Du es wahrscheinlich auch selber denkst. Ich habe ihn nicht verloren, ich beginne eben, ihn zu finden.)*

Alles Liebe, und mach Dir keine Sorgen um mich!

Amy.

Gill steckte den Brief wieder in den Umschlag, langsam und methodisch, als sei es eine Rechnung, bei der er sich noch sehr sorgfältig überlegen mußte, ob er sie bezahlen würde. »Hat sie in der letzten Woche viel in dieser Richtung geredet?«

»Eine ganze Menge.«

»Dann hatte sie schon beschlossen zu gehen, noch bevor sie nach Hause kam?«

»Sie ist nach Hause gekommen, um Mack abzuholen.«

»Du hättest mich vorher warnen sollen, mir ein Telegramm schicken oder so was. Ich hätte dies vielleicht verhindern können.«

»Wie?«

»Indem ich ihr gesagt hätte, daß sie es nicht tun solle.«

»Das ist ja gerade die Schablone, aus der sie auszubrechen versucht«, sagte Rupert, »sich sagen lassen, was sie tun soll.«

»Hast du eine Ahnung, wohin sie gegangen ist?«

»Nein. Ich bin nicht einmal sicher, daß sie einen bestimmten Ort im Sinn hatte.«

»Und wie ist sie weggegangen?«

»Sie hat ein Taxi bestellt, aber ich habe sie überredet, es wieder abzubestellen und sich von mir zum Bahnhof fahren zu lassen.«

»Wann?«

»Gegen acht.«

»Besteht die Möglichkeit, daß sie nach Atherton wollte, um mich zu sprechen?«

»Nicht die geringste«, sagte Rupert. »Einmal, weil sie dir den Brief geschrieben hat. Zum anderen hatte sie Mack bei sich. Im Vorortsverkehr gibt es keine Gepäckwagen, in denen man Tiere unterbringen kann.«

»Auf dem Lark gibt es welche. Er fährt gegen neun Uhr nach Los Angeles ab. Bei Gott, das ist es, dort ist sie, in Los Angeles.«

»In Los Angeles kommen nicht nur Züge an, es fahren auch welche ab.«

»Trotzdem sollte es nicht allzu schwer sein, die Spur einer jungen Frau zu verfolgen, die mit einem übelgelaunten Scottie mit dem Zug gefahren ist.«

»Mack ist nicht übel ... Oh, um Himmels willen, kapier es doch endlich, Gill. Amy will nicht, daß man ihr folgt.«

»Sie ist eine Frau. Die Hälfte der Zeit wissen Frauen nicht, was sie wollen. Man muß es ihnen sagen, sie führen. Ich habe schon immer gedacht, du solltest die Zügel fester halten.«

»Merkwürdig, ich dachte, du hieltest sie.«

Gill wurde rot. »Was willst du mit einer solchen Bemerkung sagen?«

»Genau das, was ich gesagt habe. Ich hatte die Zügel nie in den Händen. Noch habe ich meine Frau je in die gleiche Kategorie wie Pferde eingeordnet.«

»Pferde und Frauen haben vieles miteinander gemein. Bring sie auf ein freies Feld, und sie sind auf und davon.«

»Wo hast du soviel über Frauen gelernt, Gill?«

»Ich will nicht mit dir streiten«, sagte Gill bestimmt. »Die Situation ist zu ernst. Was wirst du unternehmen?«

»Nichts. Was sollte ich nach deiner Meinung tun?«

»Die Polizei einschalten. Sag ihnen, sie sollen sie suchen und zurückbringen.«

»Mit welcher Begründung? Amy ist volljährig, erheblich übervolljährig, um es genau zu sagen.«

»Uns wird etwas einfallen.«

»Oh, um ... Also gut. Angenommen, wir tun es, und angenommen, sie finden sie. Was dann?«

»Sie werden sie nach Hause bringen, und wir haben die Möglichkeit, sie zur Vernunft zu bringen.«

»Mit ›wir‹ meinst du vermutlich dich?«

»Na ja, ich bin immer mit ihr fertig geworden, konnte sie zur Einsicht bringen.«

»Vielleicht ist sie zur Einsicht gekommen«, sagte Rupert. »Ihrer eigenen nämlich. Nicht deiner.«

Gill schlug mit der Faust auf die Armlehne des Sofas. Kleine Staubflocken wirbelten hoch und davon. »Du verhältst dich verdammt noch mal ziemlich kühl und gelassen für einen Mann, dessen Frau verschwunden ist.«

»›Verschwunden‹ ist nicht ganz zutreffend.«

»Für mich schon.«

Ein plötzlicher Luftzug brachte Bewegung unter die in den Sonnenstrahlen tanzenden Staubkörnchen, und die Stimme einer Frau rief von der Hintertür: »Mack. Hierher, Mack. Komm, Junge. Zeit für deinen Spaziergang.«

Beim ersten Wort hatte Gill sich erwartungsvoll erhoben, aber als die Frau weiter nach dem Hund rief, ließ er sich schwerfällig wieder fallen, als hätte Rupert ihm einen Schlag in die Brust versetzt. Rupert hatte sich nicht bewegt.

»Hierher, Mack. Komm jetzt. Wenn du wieder auf dem Bett liegst, werd ich dich verpetzen! Mack? Junge?«

Miss Burton erschien in der Tür, die Wangen rosa gefärbt von der Kälte, ihr gebleichtes Haar von der Farbe und der Struktur von Stroh. »Oh, Mr. Kellogg. Du liebe Güte. Ich hatte keine Ahnung, daß Sie zu Hause sind. Und ich komme hier so reingeplatzt, was werden Sie nur von mir denken?«

»Das macht doch nichts, Miss Burton«, sagte Rupert. »Ich hätte Sie vorher benachrichtigen sollen. Mr. Brandon kennen Sie doch?«

»Aber ja. Guten Morgen, Mr. Brandon.«

Gill erhob sich und nickte kurz. Er war Miss Burton schon mindestens ein dutzendmal begegnet, hätte sie aber nie erkannt, wenn er sie zufällig auf der Straße getroffen hätte. Sie schien mit jeder neuen Haarfarbe andere Gesichter und andere Wesenszüge anzunehmen. Nur ihre Stimme blieb unverändert, ein frisches Brünett, gleichgültig, wie blondinenhaft ihr dummes Geschwätz klang.

Miss Burton streichelte Rupert mit den Augen. »Was für eine nette Überraschung, Sie zu Hause anzutreffen. Ich bin nur schnell vorbeigekommen, um Mack sein Frühstück zu geben und ihn auszuführen, und sieh da, statt dessen sind Sie da. Meine Güte. Wie geht es Mrs. Kellogg?«

»Es geht ihr gut, danke«, sagte Rupert.

»Wo steckt Mack? Wo ich schon einmal hier bin, könnte ich ihn doch auch ...«

»Gehen Sie nur ins Büro, Miss Burton. Ich ... werde mich um Mack kümmern.«

»Geht in Ordnung, wie Sie wünschen.«

»Ich komme irgendwann heute nachmittag rüber.«

»Gut. Wir sind ein bißchen im Rückstand. Borowitz hat eine neue Freundin und kann sich nicht konzentrieren. Sie sieht absolut nach gar nichts aus, nur jung.«

»Ja. Nun gut. Machen Sie sich jetzt lieber auf den Weg, Miss Burton.«

»Mach ich. Auf Wiedersehen, Mr. Brandon. Es war wirklich nett, Sie wiederzusehen. Und Sie kommen dann später, Mr. Kellogg?«

»Ja.«

»Meine Güte, bin ich froh, daß Sie zurück sind. Borowitz macht sich wirklich lächerlich.«

Als sie gegangen war, fragte Gill langsam: »Was wirst du unternehmen wegen Amy?«

»Warten.«

»Einfach auf dem Hintern sitzen und warten?«

»Genau.«

»Du bist ein Narr.«

»Das ist deine Meinung.«

»Da hast du verdammt recht«, sagte Gill und stampfte wütend aus dem Zimmer und durch die Diele zur Haustür.

Ich habe das falsch angepackt, dachte Rupert. Womöglich tut er etwas ganz Verrücktes, etwa zur Polizei gehen.

6

Am Freitag der gleichen Woche wartete Helene Brandon in Ruperts Büro auf ihn, als er vom Lunch zurückkam. Sie trug ein mit Zobel besetztes Kostüm und einen dazu passenden Hut, und sie hatte das Wichtigste für eine Pendlerin aus den Vororten bei sich: eine riesige Handtasche. Offensichtlich hatte sie die Wartezeit dazu benutzt, ihre Handtasche durchzusehen. Der halbe Inhalt war auf Ruperts Schreibtisch ausgebreitet: Taschenbücher, eine Illustrierte, zwei Brillen, Pillen, etwas zum Naschen, ein zusammenklappbarer Schirm, Überziehschuhe aus Plastik für schlechtes Wetter und ein Paar schwarze Schuhe mit flachen Absätzen.

Das Durcheinander erinnerte Rupert an Amy, und er versuchte, nicht hinzusehen, indem er seine Blicke auf Helenes Gesicht heftete. Ein hübsches Gesicht, rund und mollig und ohne Geheimnisse.

Sie fing an, alles in die Handtasche zurückzustopfen. »Gill bekäme einen hysterischen Anfall, wenn er wüßte, daß ich hier bin, darum bin ich selbstverständlich nicht hier, okay?«

Rupert lächelte. »Für eine Dame, die nicht einmal anwesend ist, siehst du sehr hübsch aus.«

»Wir von der Halbinsel müssen uns bis an die Zähne in Schale werfen, wenn wir in die Stadt kommen, nur um zu beweisen, daß wir in den Vororten nicht völlig heruntergekommen sind.«

»Das ist in Atherton nicht sehr wahrscheinlich.«

»Oh, glaubst du nicht? Stell dir vor, ich habe seit Wochen keine Schuhe mit hohen Absätzen mehr angehabt. Meine Füße bringen mich um.«

»Zieh doch die anderen an.«

»Nein, lieber leide ich. Ich werde in der Rückschau mehr von der Fahrt haben, wenn ich jetzt leide.«

»Das ist vermutlich logisch?«

»Nein. Es ist einfach die Wahrheit.« Sie ließ den Verschluß der Handtasche zuschnappen und sagte, ohne die Stimme zu verändern: »Ich weiß Bescheid wegen Amy. Gill hat es mir gesagt.«

»Ich bin froh, daß er es getan hat. Ich wollte, daß du es weißt.«

»Du hast noch nicht von ihr gehört?«

»Das habe ich auch nicht erwartet. Sie hat mir gesagt, daß sie eine Zeitlang nicht schreiben würde.«

»Sie könnte dich wenigstens wissen lassen, wo sie ist.«

»Das könnte sie, ja«, sagte Rupert. »Aber sie hat nicht. Und ich kann ihr in meiner Lage nicht sagen, was sie tun soll.«

»Vielleicht ist es das, was sie wollte.«

»Was meinst du?«

»Dort zu sein, wo niemand ihr sagen kann, was sie tun soll. Ich hätte auch nichts dagegen, für ein paar Wochen.« Helene dachte mit halb geschlossenen Augen über diese Vorstellung nach. Dann ließ sie sie mit einem Seufzer fallen und sagte unvermittelt: »Hör zu. Gill ist dabei, dir Ärger zu machen. Ich dachte, ich warne dich lieber.«

»Was für eine Art von Ärger?«

»Ich bin nicht sicher ... Mach lieber die Tür zu. Wenn Miss Burton die Ohren noch mehr spitzt, wird sie bei der nächsten Windböe abheben.«

»Ich habe keine Geheimnisse vor Miss Burton.«

»Ich schon«, sagte Helene trocken. »Und du demnächst vielleicht auch.«

Rupert schloß die Tür. »Was soll das heißen?«

»Gill macht sich Gedanken.«

»Worüber?«

»Dich und Miss Burton.«

Rupert gab einen aufbrausenden Laut von sich, der wie ein zorniges Lachen klang. »O lieber Gott!«

»Ich finde es auch komisch, aber ich kann darüber nicht lachen. Gill meint es todernst. Er hat es geschafft, sich einzureden, daß du keinen Wert auf Amys Rückkehr legst, weil du ... andere Interessen hast.«

»Was für einen Grund könnte er für eine derartig groteske Idee haben?«

»Miss Burton hat einen Schlüssel für euer Haus.«

»Natürlich. Ich habe ihn ihr gegeben, damit sie Mack zweimal täglich füttern konnte, während ich nicht da war.«

»Gill sagte, daß du ihn gewöhnlich in ein Tierheim bringst.«

»Als wir ihn das letzte Mal in ein Tierheim brachten, hat er sich Räude geholt.«

»Siehst du? Für alles gibt es eine logische Erklärung, aber Gill akzeptiert sie einfach nicht. Er ist praktisch ohne jede Vernunft, wenn es um die Familie geht. Ich weiß nicht warum, und ich ziehe es vor, nicht darüber nachzudenken, weil ich nichts daran ändern kann.«

»Ich denke oft darüber nach«, sagte Rupert.

»Ich auch, in Wirklichkeit. Aber es ist sinnlos. Ebensogut könnten wir sagen: ›Gill ist ein netter Kerl, aber völlig behämmert, wenn es um Amy geht‹, und es dabei bewenden lassen.«

»Lassen wir es also dabei bewenden.«

Helene holte tief Luft, um anzudeuten, daß das Thema abgeschlossen sei und ein anderes unmittelbar bevorstand. »Dann war da der Lippenstift.«

»Welcher Lippenstift?«

»Am Whiskyglas im Arbeitszimmer. Gill sagt, es sei genau der Farbton gewesen, den Miss Burton trägt.«

»Und dreißig Millionen andere amerikanische Frauen. Es war eine neue Farbe, die im letzten Frühjahr auf den Markt kam, irgendwas mit Sorbet.«

»Mandarinen-Sorbet?«

»Genau. Ich habe Amy einen zu Ostern geschenkt, in einer dieser aufwendigen Schachteln mit Verzierungen. Ist das jetzt alles?«

»Nicht ganz.«

Rupert schlug in hilflosem Zorn die Handflächen gegeneinander. »Was denn noch, um Gottes willen?«

»Ich wollte, du würdest nicht ständig fluchen. Es bringt mich aus der Fassung. Und wenn ich aus der Fassung gerate, mag der Himmel wissen, was geschieht. Ich scheine der einzige ruhende Pol in der ganzen Sippschaft zu sein. Was wollte ich jetzt gerade sagen?«

»Wäre schön blöd von mir, Vermutungen anzustellen«, sagte Rupert erbost und setzte sich hinter seinen Schreibtisch, um zu warten, während Helene ihr Gedächtnis durchwühlte, wie sie ihre Handtasche durchwühlt hatte und dabei auf alle möglichen Kleinigkeiten stieß, die sie verloren geglaubt hatte.

»Ich hätte mir Notizen machen sollen, aber das ging nicht gut, weil Gill unser Gespräch für vertraulich hielt. Ich meine, er hatte keine Ahnung, daß ich herkommen und es dir erzählen würde. Er bekäme einen hysterischen Anfall, wenn er ...«

»Das sagtest du schon.«

»Wirklich? Nun, da sieht man's mal wieder. Oh, jetzt fällt es mir wieder ein. Die Kippen im Arbeitszimmer.«

»Im Arbeitszimmer waren keine Kippen.«

»Das ist es ja. Keine Kippen in den Aschbechern, keine im Kamin. Amy ist eine starke Raucherin – das gehört zu den wenigen Dingen, bei denen sie sich Gill widersetzt hat. Und da sie an jenem Abend besonders nervös war, sollte man erwarten, meint Gill, daß alle Aschbecher am Überlaufen gewesen wären.«

»Mit fünfzig Jahren Schulung könnte noch ein Detektiv aus Gill werden.«

»Er ist wirklich ein guter Beobachter«, sagte Helene verteidigend, »selbst wenn er die falschen Schlüsse zieht.«

»Selbst wenn, ja. In diesem Fall hat er nicht weit genug beobachtet. Amy ist nicht länger als fünf Minuten im Arbeitszimmer gewesen. Er hätte sich die Mühe machen sollen, das übrige Haus zu überprüfen. Sag ihm, das nächste Mal soll er sein Mikroskop mitbringen.«

»Du bist wütend, nicht wahr?«

»Da hast du verdammt recht. Ich bin wütend. Was will er eigentlich beweisen?«

»Nichts Bestimmtes. Er glaubt nur, daß du nicht die Wahrheit sagst.«

»Die Wahrheit worüber?«

»Alles. Ich habe dich ja gewarnt, er denkt einfach nicht vernünftig.«

»Das ist etwas merkwürdig ausgedrückt. Der Mann ist wahnsinnig.«

»Nur wenn es um Amy geht.«

»Reicht das nicht?« Rupert trommelte in halbbewußter Nachahmung Gills mit der Faust auf dem Schreibtisch. »Seit Amy und ich verheiratet sind, hat er versucht, uns auseinanderzubringen. Er hat nur darauf gewartet, daß ich sie schlage oder hinter anderen Frauen her bin oder alkohol- oder drogensüchtig werde – was du willst. Was du nur willst, nur damit Amy mich verließ und wieder zurück ins Familiennest kletterte wie ein verdammtes Vogelbaby. Einen halben Erfolg hat er immerhin zu verzeichnen. Sie hat mich verlassen, aber sie ist nicht zum Nest zurückgeflogen.«

»Sie hat dich nicht verlassen, Rupert. Nicht wirklich. Ich . . . ich habe den Brief gelesen.« Sie errötete ein wenig und drehte an einem der Ringe an ihren molligen Fingern. »Gill hat mich darum gebeten.«

»Warum?«

»Er wollte von mir wissen, ob er plausibel klinge – weiblich plausibel, wie er es nannte – und ob ich die Handschrift für . . . nun, für echt halte.«

»Und war sie das?«

»Natürlich. Ich habe zu Gill gesagt, daß es sich unverkennbar um Amys Schrift handle. Nur . . .«

Sie hielt inne und drehte wieder an dem Ring, als sei er kleiner geworden und tue ihr weh. Es war der Diamant, den Gill ihr vor zwanzig Jahren geschenkt hatte. Damals hatte Amy noch im Nest gelebt, federlos, formlos, den Mund ständig geöffnet, nicht aus Hunger, sondern weil es sich bei ihr um einen schweren Fall von Nasenpolypen handelte. Die Polypen waren entfernt worden, die Federn wuchsen, Flügel entwickelten sich, aber es hatte keinen Platz zum Fliegen gegeben, bis Rupert auftauchte. Helene erinnerte sich an Amys Hochzeit deutlicher und glücklicher als an ihre eigene. *Bye bye, blackbird.*

»Nur was?« fragte Rupert.

»Er wollte sich auf mein Urteil nicht verlassen. Gestern ist er mit dem Brief zu einem Handschriftenexperten gegangen, einem Privatdetektiv namens Dodd.«

Rupert beugte sich vor, stumm vor Erregung. Aus Borowitz' Zimmer nebenan ertönte das abgehackte Husten der Addiermaschine. Das Geschäft geht weiter, dachte Rupert. Borowitz fütterte die Maschine mit Zahlen und kam zu Resultaten. Und ein paar Blocks weiter, in einem anderen Büro, kam Gill auch zu Resultaten, nur war etwas nicht in Ordnung mit seiner Maschine, eine Schraube war locker. »Was«, fragte Rupert schließlich, »denkt er, ist mit Amy geschehen?«

»Er denkt nicht, er *fühlt,* verstehst du nicht? Keine seiner Ideen ergibt einen Sinn. Deshalb bin ich hergekommen, um dich zu warnen. Und auch, weil ich mir Sorgen mache. Ich bin krank vor Sorgen. Diese Ideen sind nicht gut für Gills Gesundheit.«

»Für meine offensichtlich auch nicht. Sag mir, was für Ideen er noch hat.«

»Du wirst nicht wieder wütend werden?«

»Ich kann es mir nicht leisten. Die Situation ist zu ernst.«

»Also gut. Gestern abend hat er gesagt, er sei nicht sicher, daß Amy überhaupt nach Hause gekommen ist.«

»Wo ist sie dann?«

»Immer noch in Mexiko.«

»Und was tut sie dort?«

»Sie tut gar nichts. Er denkt ... nein, ich meine nicht denkt, ich meine fühlt. Er fühlt, daß sie tot ist.«

Rupert sah nicht einmal überrascht aus. Die Überraschungen waren vorbei, er wußte jetzt, daß Gill zu allem fähig war. »Ein Psychiater hätte seine helle Freude daran. Hat er es auch geschafft zu fühlen, wie sie gestorben ist?«

»Nein.«

»Oder wann?«

»In der Woche, die du dort unten verbracht hast.«

»Ich bin also nach Mexico City geflogen«, sagte Rupert, sehr unbeteiligt klingend, »und habe meine Frau umgebracht. Hatte ich einen besonderen Grund?«

»Geld. Und Miss Burton.«

»Ich wollte Amys Geld erben und Miss Burton heiraten, war es das?«

»Ja.« Sie hatte es fertiggebracht, den Ring von ihrem Finger zu drehen. Sie saß da, den Ring im Schoß, ohne einen Blick darauf zu werfen, sich seiner nur teilweise bewußt. »Oh, er glaubt das alles nicht wirklich, Rupert. Er ist verletzt, weil Amy sich ihm nicht anvertraut hat, und wütend auf dich, weil du sie hast fortgehen lassen.«

»Es ist mehr als das. Du vereinfachst zu sehr. Warum, glaubst du, hat Gill das Gefühl, daß Amy tot ist?«

Es war eine Frage, die sie seit mehreren Tagen aus ihren Vorstellungen verdrängt hatte, und es beunruhigte sie, diese Frage jetzt laut ausgesprochen zu hören. »Ich weiß es nicht.«

»Weil er möchte, daß sie tot ist.«

»Das ist nicht wahr. Er liebt sie. Er liebt sie am allermeisten.«

»Er haßt sie auch am allermeisten. Sie ist – oder er glaubt es jedenfalls – der Ursprung seiner emotionalen

Probleme. Wenn Amy tot ist, sind seine Probleme verschwunden. Er ist frei. Oh, sicher, auf der Ebene des Bewußtseins wird er leiden, er wird Kummer und Mitleid und all das empfinden, aber ganz tief unten ist er frei.« Er machte eine Pause. »Nur ist er das nicht. Sie ist nicht tot.«

»Das habe ich auch nicht eine Minute angenommen.« Aber Helene schien erleichtert, es zu hören, schuldbewußt erleichtert. Es war, als ob auch sie, ganz tief unten, auf der Suche nach Genugtuung, auf eine tote Amy gestoßen war, ein ertrunkener, verschmutzter junger Vogel mit immer noch geöffnetem Mund. »Hör mal, Rupert. Du verstehst anscheinend, daß Gill nicht ... er selbst ist. Du wirst doch nachsichtig sein, nicht wahr?«

»Das kommt darauf an.«

»Worauf?«

»Wie weit er geht.«

»Ich bin sicher, das Schlimmste ist vorbei. Wenn etwas Bestürzendes wie dieses geschieht, schlägt Gill eine Weile um sich, aber irgendwann kommt er zur Vernunft.« Sie hatte sich selbst überzeugt, wenn auch nicht Rupert. Sie nahm den Ring aus ihrem Schoß und steckte ihn wieder an den Finger, sich nur teilweise bewußt, daß sie ihn überhaupt abgenommen hatte. »Ich muß jetzt gehen. Ich bin schon spät dran für einen Termin beim Zahnarzt. Du gibst uns sofort Bescheid, wenn du von Amy hörst?«

»Gewiß. Ich werde sogar den Brief zu euch rüberbringen, damit Gill die Handschrift prüfen lassen kann.«

»Sei nicht verärgert.«

»Bin ich nicht. Ich meine es völlig ernst. Was hab ich zu verlieren?«

»Es ist wirklich unheimlich nett, wie du dich bei der ganzen Sache verhältst«, sagte Helene voller Wärme. »Ich finde, Amy hat einen großen Fehler gemacht, dir einfach davonzulaufen.«

»Sie ist nicht gelaufen. Ich habe sie gefahren. Und wenn sie einen Fehler gemacht hat, ist das ihre Angelegenheit. Für sie ist es gut, etwas allein zu unternehmen, auch wenn es falsch ist. Vielleicht wird Gill das auch irgendwann verstehen.«

»Das wird er, wenn du ihm Zeit gibst.«

»Sie hat bisher noch nie etwas allein unternommen. Die Reise nach Mexico City war als Unabhängigkeitserklärung gedacht. Aber es war nur ein Wechsel in der Abhängigkeit: Wilma hat jeden Zentimeter des Weges vorbereitet.«

Helene bekreuzigte sich in Gedanken bei der Erwähnung Wilmas, die sie eigentlich nicht besonders gut hatte leiden können, die aber wenigstens nie als toter Vogel in ihren Träumen erschienen war. »Hör mal, Rupert. Du magst es für töricht halten, aber hast du schon einmal daran gedacht, in einigen der großen, im ganzen Land verbreiteten Zeitungen ein Inserat für Amy aufzugeben? Ich meine, ihr mitzuteilen, daß wir uns Sorgen machen und wissen möchten, wo sie sich aufhält. Solche Annoncen sieht man ständig: Bill, nimm Verbindung zu Mary auf; Charley, schreibe an Mutter; Amy, komm nach Hause. Oder so ähnlich.«

»Amy, komm nach Hause«, wiederholte er. »Vermutlich Gills Idee?«

»Nun, ja. Aber ich bin auch der Meinung. Es könnte etwas bringen. Amy gehört nicht zu den Leuten, die es gern haben, wenn andere sich unnötig Sorgen machen.«

»Vielleicht doch. Woher sollen wir das wissen? Sie hat kaum eine Chance gehabt zu zeigen, zu welcher Art von Leuten sie gehört.«

»Du könntest es trotzdem mit einem Inserat versuchen. Es kann keinen Schaden anrichten. Es würde nicht einmal Aufsehen erregen, wenn du die Anzeige ganz allgemein hältst und keine Nachnamen erwähnst. Öffentliches Aufsehen wollen wir natürlich vermeiden.«

»Du meinst, Gill will es vermeiden.«

»Ich meine, wir alle wollen es vermeiden«, sagte sie scharf. »Diese ganze Sache – es würde sehr sonderbar aussehen in den Zeitungen.«

»Es ist kein langer Weg bis zu den Zeitungen, wenn Gill durch die Gegend marschiert und verkündet, Amy sei tot und ich im Begriff, mir ein Liebesnest mit Miss Burton einzurichten.«

»Bis jetzt hat er es nur mir verkündet.«

»Und dem Privatdetektiv, Dodd.«

»Ich glaube nicht, daß er Dodd viel erzählt hat, gerade genug, um zu erklären, daß er die Schrift in Amys Brief mit anderen Mustern ihrer Schrift vergleichen lassen wollte.« Sie stand auf und beugte sich über den Schreibtisch. »Ich stehe auf deiner Seite, Rupert, das weißt du.«

»Danke.«

»Aber zu deinem eigenen Schutz mußt du Gill ein paar Zugeständnisse machen. Wenn er annehmen könnte, daß du wirklich versuchst, Amy zu finden und zurückzuholen, würde es dazu beitragen, ihn wieder klarsehen zu lassen. Versuch es also.«

»Du meinst, eine Anzeige aufgeben?«

»Ja.«

»In Ordnung, das ist ja kein großes Problem.«

»In der Bibliothek sollten sie die Namen aller führenden Zeitungen im Land haben.« Sie zögerte. »Es könnte ziemlich teuer werden. Natürlich werden Gill und ich die Unkosten ...«

»Natürlich?«

»Na ja, es war unsere Idee. Es wäre nicht mehr als recht und billig, wenn ...«

»Ich denke«, sagte Rupert, »daß ich es mir leisten kann, eine Annonce für meine eigene Frau aufzugeben.«

›Amy, komm nach Hause.‹ Er sah die Buchstaben schon gedruckt vor sich, aber er wußte, daß Amy sie nie sehen würde.

7

Elmer Dodd war ein forscher kleiner Mann mit buschigem Haar, der zu unterschiedlichen Zeiten und mit unterschiedlichem Erfolg Zimmermann in New Jersey, Matrose auf einem Frachter aus Panama, Militärpolizist in Korea, Leibwächter eines chinesischen Exporteurs in Singapur und Bibelverkäufer in Los Angeles gewesen war. Als er mit vierzig eine Frau kennenlernte, die ihn überredete, seßhaft zu werden, stellte er fest, daß er Erfahrungen auf vielen Gebieten, fachmännisches Wissen auf keinem hatte, und so beschloß er, Privatdetektiv zu werden. Er zog mit seiner jungen Frau nach San Francisco. Dort hing er bei der Hall of Justice herum, um ein Gefühl für die Atmosphäre zu entwickeln, besuchte Gerichtsverhandlungen, wo er sich Notizen machte, und frequentierte die Archive des *Chronicle* und des *Examiner*, wo er sich über berühmte Strafprozesse der Vergangenheit informierte.

All dieses hätte vielleicht einmal zum Erfolg geführt, aber es war ein reiner Zufall, der ihm zum Start verhalf. Er nahm eines Tages in einem Spaghettilokal in North Beach einen kleinen Imbiß zu sich, als der Inhaber seine Frau, seine Schwiegermutter und den Freund der Schwiegermutter erschoß. Dodd war der einzige überlebende Zeuge.

Während der folgenden Jahre wurde sein Name jedem Zeitungsleser im Raum der Bay vertraut. Der Name Dodd tauchte in Ehescheidungsfällen auf, bei Prozessen gegen Schwerverbrecher, in Klatschspalten und, mit größerer Regelmäßigkeit, unter »Verschiedenes« bei den Stellengesuchen, wo er seine Dienste als Experte auf verschiedenen Gebieten anbot, unter anderem auch als Handschriftenexperte. Er besaß ein paar Bücher über dieses Thema, und das machte ihn, nach seiner eigenen Meinung, ebensogut zum Experten wie jeden anderen, der sich so nannte, da die Analyse von Handschriften nicht zu den exakten Wissenschaften gehörte. Auf jeden Fall wußte er genug für nullachtfünfzehn-Fälle wie diese Amy-Geschichte.

Amy hörte sich ein bißchen bescheuert an (Dodd besaß auch ein Buch über die Psychologie des Abnormen), aber bescheuert oder nicht, sie hatte zweifellos alle vier Briefe geschrieben, die Gill Brandon zum Vergleich mitgebracht hatte. Das war Dodd sofort klar gewesen, noch bevor Brandon sein Büro verließ. Aber es wäre nicht klug gewesen, das zuzugeben. Experten brauchten Zeit, sie prüften und überprüften und wurden für ihre Bemühungen angemessen entschädigt. Dodd brauchte eine Woche, um Gill Brandons finanzielle Situation zu prüfen und zu überprüfen und dann sein Honorar festzulegen. Es war hoch genug, um Brandon protestierend aufbegehren zu lassen, doch nicht so viel, daß er Veranlassung hatte, die Zahlung zu verweigern.

Dodd war zufrieden.

Und auch Gill war zufrieden – trotz des Honorars. »Ich kann Ihnen nur sagen, Dodd, das nimmt mir eine Last von der Seele. Natürlich war ich fast sicher, daß sie den Brief geschrieben hat. Es bestand nur eine winzige Spur von Zweifeln.«

Wie er lügt, dachte Dodd. »Die jetzt beseitigt sind?«

»Natürlich. Tatsächlich haben wir gestern wieder von ihr gehört. Mit ›wir‹ meine ich, daß sie ihrem Mann geschrieben hat und er den Brief an mich weiterleitete.«

»Warum?«

»Warum? Nun, ich ... es ist ihm klargeworden, daß ich mir große Sorgen um meine Schwester gemacht habe. Er wollte mich wissen lassen, daß es ihr gut geht.«

»Und es geht ihr gut?«

»Gewiß. Sie ist in New York. Eigentlich hätte ich mir denken können, daß sie dorthin gegangen ist – wir haben Verwandte in Queens und in Westchester.«

»Haben Sie den Brief mitgebracht?«

»Ja.«

»Ich würde ihn gern sehen. Das ist natürlich im Honorar inbegriffen«, fügte Dodd hinzu, nachdem er einen raschen Blick auf Gills Gesichtsausdruck geworfen hatte. »Es interessiert mich nur.«

Gill reichte den Brief über den Schreibtisch, unwillig, als befürchte er, daß Dodd plötzlich seine Meinung ändern und alle Briefe als Fälschung bezeichnen könnte.

Dodd wußte beim ersten Blick, daß die Handschrift mit der in den anderen Briefen übereinstimmte, aber Gill zuliebe zog er eine kleine Schau ab. Mit Hilfe einer Lupe und eines Lineals maß und verglich er Abstände zwischen Zeilen und Wörtern, Rändern und Einrückungen bei Absätzen. Was ihn eigentlich interessierte, war jedoch der Text des Briefes: er klang soviel schärfer und positiver als alle anderen. Die Handschrift war die gleiche, gewiß. Aber war es die Frau auch?

Lieber Rupert,
Was um alles in der Welt hat Dich veranlaßt, etwas so Absurdes zu tun? Ich habe meinen Augen nicht getraut, als ich die Anzeige in der Herald Tribune *sah. Gill wird in die Luft gehen, wenn er davon erfährt. Du weißt, daß er bei der bloßen Erwähnung von Aufsehen in der Öffentlichkeit fuchsteufelswild wird.*

Natürlich komme ich nach Hause. Aber noch nicht gleich. Wie Du am Poststempel sehen kannst, bin ich in New York. Es ist eine gute Umgebung für Leute, die mit sich selbst ins reine kommen wollen. Alle lassen einen in Ruhe. Im Augenblick ist das genau das, was ich brauche.

Mach Dir keine Sorgen um mich. Du fehlst mir, aber in gewisser Hinsicht bin ich recht glücklich, und ich weiß, daß es das ist, was Du mir wünschen würdest.

Laß bitte die Anzeige nicht mehr in die Zeitung setzen (oder sind es Zeitungen? Hoffentlich nicht!). Und rufe bitte auch Gill und Helene an und sage ihnen, daß alles in bester Ordnung ist. Irgendwann werde ich ihnen auch schreiben. Diese Briefschreiberei fällt mir sehr schwer; sie läßt so klar und deutlich einige der Dinge vor mir auftauchen, die zu vergessen ich gerade versuche – nicht vergessen, aber von ihnen loskommen. Die alte Amy war ein Baby und eine Langweilerin, und die neue ist sich ihrer selbst noch nicht ganz sicher!

Mack geht es prächtig. Es gibt eine ganze Menge Hunde in New York, hauptsächlich Pudel, aber hin und wieder stoßen wir auch mal auf einen Scottie, so daß Mack sich nicht einsam fühlt.

Bevor ich es vergesse: die Namensliste für Weihnachtskarten liegt in der oberen linken Schublade des Schreib-

tisches im Arbeitszimmer. Bestelle die Karten rechtzeitig und laß unsere beiden Namen aufdrucken, nun, das ist ja selbstverständlich.

Paß auf Dich auf, Liebster. Alles Liebe

Amy.

»Namensliste für Weihnachtskarten«, sagte Dodd mit ausdruckslosem Gesicht. »Wir haben September.«

»Ich habe Amy beigebracht – das heißt, wir wurden beide so erzogen –, solche Sachen rechtzeitig in Angriff zu nehmen.«

»Ist dies nicht ein wenig übertrieben?«

Gill wußte, daß es das war, aber er fragte: »Wie meinen Sie das?«

»Für mich hört es sich so an, als habe sie nicht die Absicht, Weihnachten zu Hause zu sein, und es Ihnen auf nette Weise mitteilen möchte.«

»Das kann ich nicht glauben.«

»Nun, das brauchen Sie ja auch nicht«, sagte Dodd heiter. »Vielleicht stimmt es nicht. Haben Sie mit Ihrem Schwager darüber gesprochen?«

»Nein.«

»Ich schlage vor, daß Sie das tun. Er kennt seine Frau wahrscheinlich besser als Sie.«

»Das bezweifle ich. Außerdem sind unsere Beziehungen zueinander nicht gerade die besten.«

»Spannungen in der Familie, wie? Vielleicht ist das der wahre Grund, warum Amy beschloß, die Stadt zu verlassen.«

»Bis zu ihrer Abreise gab es keine Spannungen in der Familie. Seitdem ist es natürlich zu einigen gekommen.«

»Warum ›natürlich‹?« Als Gill nicht antwortete, fuhr

Dodd fort: »Fälle wie dieser sind häufiger, als Sie sich vielleicht vorstellen, Mr. Brandon. Die meisten geraten gar nicht erst in die Akten der Polizei oder in die Zeitungen; die Familie behält sie für sich. Eine Dame langweilt sich oder hat es satt oder beides, und schon ist sie weg, um ein bißchen auf den Putz zu hauen. Wenn sie auf den Putz gehauen hat, kommt sie zurück. Die Nachbarn denken, sie war verreist, und keiner ist schlauer als zuvor. Ausgenommen sie selber vielleicht. Auf den Putz hauen kann eine Dame ziemlich mitnehmen.«

Dodd war ein Experte auf diesem Gebiet, ohne irgendwelche Bücher darüber zu besitzen.

»Meine Schwester«, sagte Gill, »gehört nicht zu den Frauen, die daran interessiert sind, mal auf den Putz zu hauen.« Er hustete bei dem ungewohnten Ausdruck, als sei er ihm in der Kehle steckengeblieben wie eine Fischgräte. Als er sich ausgehustet hatte, wischte er sich den Mund und starrte Dodd an. Plötzlich haßte er den kleinen Mann mit dem buschigen Haar, den metallischen Augen und den getrübten Schlüsselloch-Ansichten über die Hinterschlafzimmer des Lebens.

Er stand auf, ohne etwas zu sagen, weil er seiner Stimme nicht traute, und griff nach den Briefen auf Dodds Schreibtisch.

»Nichts für ungut«, sagte Dodd, Gills zitternde Hände und die vorspringenden Adern an seinen Schläfen gelassen registrierend. »Sie nehmen es mir doch hoffentlich nicht übel?«

»Guten Tag.«

»Guten Tag, Mr. Brandon.«

Am gleichen Tag fragte Dodds Frau beim Abendessen: »Wie ging es heute im Geschäft?«

»Klasse.«

»Blond und hübsch?«

»Das gibt es nur in Büchern, mein Schatz.«

»Freut mich zu hören.«

»Mr. Brandon ist weder blond noch hübsch«, sagte Dodd, »aber er ist interessant.«

»Wieso?«

»Er hat ein Problem. Er denkt, daß seine Schwester von ihrem Ehemann ermordet worden ist.«

»Und was denkst du?«

»Keiner hat mich dafür bezahlt, zu denken«, sagte Dodd. »Bis jetzt.«

8

Am Sonntag, dem achtundzwanzigsten September, drei Tage nach Gills Besuch bei Dodd, kam das Mädchen der Kelloggs, Gerda Lundquist, von ihrem einmonatigen Urlaub im Yellowstone-Nationalpark zurück.

Sie rief Rupert vom Omnibusdepot aus an, weil sie hoffte, er würde vielleicht anbieten, sie abzuholen, da es Sonntag war und er nicht arbeiten würde. Niemand ging ans Telefon, so nahm sie widerwillig ein Taxi. Der Urlaub hatte sie viel Geld gekostet, und Nerven auch, besonders als es dem Ende zuging, die ersten Schneefälle kamen und die Leute in Massen abreisten und den Park für den Winter den Bären, den Backenhörnchen und den Antilopen überließen. Gerda freute sich auf einen hübschen Gehaltsscheck und die warmen, gemütlichen Abende vor dem Fernseher, den die Kelloggs ihr im vergangenen Jahr zu Weihnachten geschenkt hatten. Das Fernsehen war so beruhigend, daß sie oft darüber einschlief und Mrs. Kellogg kam und leise an ihre Tür klopfte und fragte: »Gerda? Haben Sie vergessen, den Fernseher auszuschalten, Gerda?« Mrs. Kellogg verlangte nie etwas, gab nie direkte Aufträge. Sie fragte immer höflich: »Hätten Sie etwas dagegen ...« oder »Was halten Sie davon, wenn ...« als respektiere sie Gerdas höheres Alter und ihre größere Lebenserfahrung.

Sie öffnete mit ihrem Schlüssel selbst die Haustür und ging sofort in die Küche, wo sie Wasser aufsetzte für eine Tasse Tee und ein gekochtes Ei. Die Küche war sehr sauber, das Geschirr gespült, der Spülstein strahlend, Anzeichen, die darauf hindeuteten, daß Mrs. Kellogg aus Mexiko zurück sein mußte. Mr. Kellogg war in der Küche eher gutwillig als geschickt.

Als der Kessel zu summen begann, stimmte auch Gerda mit ein, ein altes Lied aus ihrer Kindheit in Minnesota, dessen Worte sie schon vor langer Zeit vergessen hatte. Sie hörte Rupert nicht hereinkommen, sie merkte nur, daß sich plötzlich etwas verändert hatte im Raum, und sie drehte sich um und sah ihn in der Tür zur Diele stehen. Sein Haar war zerzaust, und Gesicht und Ohren waren gerötet vom Wind, als sei er mit Mack im Park umhergelaufen.

Er sah sie sekundenlang schweigend an. Er schien darüber nachzudenken, wer sie sei und was sie in seinem Haus tue. Dann sagte er: »Guten Abend, Gerda«, mit klangloser Stimme, die kein Willkommen enthielt.

»Guten Abend, Mr. Kellogg.«

»Wie war der Urlaub?«

»Oh, es war großartig. Aber ich muß Ihnen ganz offen sagen, es ist schön, wieder zu Hause zu sein.«

»Es freut mich, daß Sie wieder da sind.«

Aber er hörte sich nicht an und sah nicht aus, als ob er sich freute, und Gerda fragte sich, was sie getan hatte, um seinen Unwillen zu erregen. ›Wie kann ich etwas getan haben? Ich war in Yellowstone. Ach, es wird eine seiner Stimmungen sein. Es gibt nicht viele Leute, die von seinen Stimmungen wissen.‹ »Wie geht es Mrs. Kellogg?« fragte sie vorsichtig. »Und Mack?«

»Mrs. Kellogg ist ein zweites Mal verreist. Sie hat Mack mitgenommen.«

»Aber ...« Der Kessel begann zu pfeifen, als wolle er warnen. Gerda preßte die Lippen zusammen und hantierte am Herd, darauf bedacht, nicht auf den Holzpflock neben der Hintertür zu schauen, wo Macks rotschwarz karierte Leine hing. Sie spürte, daß Mr. Kelloggs Augen auf ihren Rücken gerichtet waren wie eine Doppelflinte.

»Aber was, Gerda? Sprechen Sie weiter.«

»Ich wollte eigentlich gar nichts sagen. Hätten Sie Appetit auf ein Ei, Mr. Kellogg?«

»Nein, danke. Ich habe schon gegessen.«

»So lange in Restaurants zu essen, wie ich es getan habe, macht einen richtig hungrig auf etwas Hausgemachtes wie ein weichgekochtes Ei.«

Das Ei platzte in dem kochenden Wasser. Gerda fügte eine Prise Salz hinzu, damit nicht das ganze Eiweiß auslief. Ihre Hand zitterte, und etwas von dem Salz fiel auf den Herd und färbte die blaue Gasflamme vorübergehend orangefarben. ›Das ist Macks Leine da an der Tür. Er ist ein guterzogener Hund, es gibt keinen besseren, aber niemand würde ihn ohne Leine mit nach draußen nehmen, wegen des Verkehrs. Mrs. Kellogg schon gar nicht. Autos machen sie nervös. Sie hat nicht einmal den Führerschein gemacht.‹ Laut sagte sie: »Haben Sie während Mrs. Kelloggs Abwesenheit in Restaurants oder zu Hause gegessen, Mr. Kellogg?«

»Halb und halb.«

»Ich muß sagen, Sie haben die Küche richtig hübsch in Ordnung gehalten.«

»Miss Burton ist heute morgen auf dem Nachhauseweg von der Kirche vorbeigekommen und hat beim Aufräumen geholfen.«

»Oh«, sagte Gerda. Miss Burton, das Wesen mit dem gefärbten Haar. Auf dem Nachhauseweg von der Kirche, tatsächlich? Wohin war die Kirche nur geraten, bitteschön?

Sie nahm das Ei aus dem Topf und tat es in einen Eierbecher. Dann bestrich sie eine Scheibe Brot mit Butter und setzte sich an den Tisch, um zu essen. Mr. Kellogg stand immer noch an der Tür und sah sie mit diesem sonderbaren Ausdruck in den Augen an. Es machte sie so nervös, daß sie kaum schlucken konnte.

»Da fällt mir ein«, sagte Rupert, »es wird Sie sicher interessieren, daß Mack sehr vornehm abgereist ist. Meine Frau hat ihm eine neue Leine aus Mexiko mitgebracht, eins von diesen kunstvollen handgearbeiteten Dingern aus Leder.«

»O wie nett.«

»Das fand Mack auch.«

»Ich wette, er sah süß aus.«

»Ja.« Rupert trat zurück, das Gesicht verzogen, als habe er plötzlich einen stechenden Schmerz verspürt. »Wenn Sie mit dem Essen fertig sind, würde ich mich gern mit Ihnen unterhalten, Gerda. Ich bin im Arbeitszimmer.«

Das Gespräch erwies sich als sehr einfach. Sie war entlassen. Das sollte natürlich keine Kritik an ihren Fähigkeiten sein. Es war einfach eine Geldfrage. Mrs. Kellogg würde sich für unbestimmte Zeit im Osten aufhalten, und es war einfach nicht möglich, Gerda weiter zu beschäftigen. Er sagte viel Nettes über ihre Tüchtigkeit und die gute Zusammenarbeit mit ihr und so weiter, aber es lief alles auf eines hinaus: sie war entlassen. Ein Monatsgehalt als Ersatz für eine rechtzeitige Kündigung und ein vorzügliches Zeugnis, das Miss Burton tippen und im Büro für sie bereithalten würde. Auf Wiedersehen, und viel Glück.

Gerda fragte: »Sie meinen, ich soll sofort gehen?«

»Ja.«

»Heute abend noch?«

»Es wäre vielleicht einfacher so«, sagte Rupert, »da Sie noch nicht ausgepackt haben. Ich werde Sie hinfahren, wo immer Sie hin wollen.«

»Ich weiß nicht, wohin ich gehen soll.«

»Es gibt Hotels. Und die Y. W. C. A.«

Gerda dachte an die warmen, gemütlichen Abende vor ihrem Fernseher, an deren Stelle jetzt die kalten, schrecklichen Abende im Aufenthaltsraum der Y. W. C. A. treten sollten, zusammen mit einer Menge anderer Frauen, die genauso langweilig waren wie sie selbst. Groll prickelte in ihren Augen, bis bittere Tränen rannen.

»Kommen Sie, Gerda«, sagte Rupert unsicher. »Sie dürfen nicht weinen. Dies ist nichts Persönliches.«

»Für mich ist es persönlich!«

»Es tut mir leid. Ich wünsche ... nun, wir alle wünschen, daß es anders wäre.«

»Dies ist ein schreckliches Nachhausekommen.«

»Es hat schlimmere gegeben«, sagte Rupert, der an seine eigene Rückkehr dachte.

»Was ist mit dem Fernseher?«

»Der gehört Ihnen. Ich werde jemanden kommen lassen, der ihn demontiert und zu Ihnen bringt, wenn Sie sich eingerichtet haben.«

»Wenn ich mich einrichte.«

»Ich bin sicher, Sie werden ohne Schwierigkeiten eine andere Stellung finden, eine, die Ihnen Spaß macht. Ohne Mrs. Kellogg und Mack würde es für Sie hier ziemlich langweilig werden. Ich schlage vor, Sie versuchen es bei einer Stellenvermittlungsagentur.«

Gerda rümpfte die Nase. Sie hatte etwas gegen diese Agenturen und die unfreundliche Art, wie sie Fragen stellten und vorgaben, Stellungen seien rar, nur um gut dazustehen, wenn sie einem eine verschafften. »Ich denke, ich rufe die Brandons an.«

»Wen?«

»Die Brandons. Den Bruder von Mrs. Kellogg und seine Frau. Sie haben das große Haus in Atherton, und wie oft habe ich sie schon jammern hören, wie schwer es ist, gute Arbeitskräfte zu finden.«

Er sagte nichts. Er starrte sie nur weiter an, als halte er es für möglich, daß sie den Verstand verloren habe.

Errötend sagte Gerda: »Vielleicht denken Sie, ich würde in ein so feines Haus nicht passen, ich mit meiner bäuerlichen Art, ist es das, was Sie denken? Ich kann Ihnen jedenfalls sagen, daß ich mit meinen eigenen Ohren gehört hab, wie Mrs. Brandon mich ein Juwel genannt hat. Das ist nicht länger als drei Monate her, und wenn ich vor drei Monaten ein Juwel war, bin ich es jetzt wohl auch noch, nehm ich an.«

»Natürlich. Natürlich sind Sie das«, sagte Rupert, und er bemühte sich, sehr ruhig zu sprechen, weil er das Gefühl hatte, er müsse schreien. »Zufällig weiß ich aber, daß Mrs. Brandon im Augenblick genug Personal hat.«

»Das heißt nicht, daß das morgen oder nächste Woche auch noch so sein wird, wo die Dinge nun einmal so sind, wie sie sind auf dieser Welt.«

»Vielleicht gefällt Ihnen das Leben auf der Halbinsel nicht.«

»Das Klima ist angenehm. All der Nebel in der Stadt ist nicht gut für meine Bronchien. Die sind mein schwächster Punkt.«

»Die Brandons haben drei Kinder. Sie sind sehr laut.«

»Etwas Lärm würde mich kein bißchen stören.« Sie drehte sich um, um die Küche zu verlassen. »Ich suche mir lieber ein paar Kartons, in die ich meine anderen Sachen packen kann.«

»Einen Moment noch, Gerda.«

Sie schaute sich um, erstaunt über den eindringlichen Ton. »Ja, Sir?«

»Ich werde Mrs. Brandon anrufen, wenn Sie wollen, und sie fragen, ob sie eine offene Stelle hat und was sie zahlen würde und so weiter.«

»Ich möchte Ihnen keine Mühe machen.«

»Das ist überhaupt keine Mühe.«

»Das ist wirklich nett von Ihnen, Mr. Kellogg. Ich bin Ihnen sehr verbunden, wirklich.«

»Am besten rufe ich gleich an, während Sie noch da sind, und regle die Sache.« Er lächelte sparsam. »Vielleicht macht es Ihnen sogar Spaß, für die Brandons zu arbeiten. Jeder nach seinem Geschmack.«

Während sie in ihrem Zimmer den Rest ihrer Sachen einpackte, hörte sie ihn über den Hauptanschluß in der Küche sprechen. Er sprach sehr laut und deutlich, und sie fragte sich, ob Helene Brandon etwa ein wenig schwerhörig wurde.

»Helene? Hier ist Rupert ... Gut. Und euch? ... Das freut mich ... Oh, ihr geht es großartig, sie sieht jedes Theaterstück in New York. Helene, warum ich anrufe: es geht um Gerda. Sie ist heute abend von ihrem Urlaub zurückgekommen, und ich mußte ihr sagen, daß ich es mir nicht leisten kann, sie weiter zu beschäftigen. Sie ist eine erstklassige Kraft, wie du weißt ... Ein Juwel. Ja, sie wußte noch, daß du sie so genannt hast, als du vor einiger Zeit mit Amy sprachst ... Ich kann es nicht ändern, wenn Amy in die Luft geht, es ist einfach eine Geldfrage ... Ich kann meistens in Restaurants essen und für einen Tag in der Woche eine Putzfrau einstellen. Um noch einmal auf Gerda zurückzukommen ...«

Gerda, das Juwel, kämpfte einen kurzen Kampf mit Gerda, der Frau. Die Frau ging siegreich daraus hervor und ging auf Zehenspitzen hinunter in die Diele zum Nebenanschluß im Schlafzimmer ihres Arbeitgebers. Sie brauchte den Hörer nicht abzunehmen, um Rupert zu hören; seine Stimme dröhnte aus der Küche herüber. Mrs. Brandon mußte wirklich im Begriff sein, schwerhörig zu werden. Oder vielleicht war sie es schon immer gewesen und hatte es durch Lippenlesen überspielt.

Gerdas Hand, durch Schuldgefühle verlangsamt, griff nach dem Telefon. ›Ich sollte es wirklich nicht tun. Ich bin ein Juwel ...‹

»Ich dachte, es wäre nett, wenn wir Gerda in der Familie behalten könnten, sozusagen ... Mir ist klar, daß du jetzt im Augenblick niemanden brauchen kannst, Helene ... Um ehrlich zu sein, ich glaube, du verpaßt eine hervorragende Gelegenheit, wenn du nicht zugreifst. Sie ist ungewöhnlich tüchtig, wie du ja selbst weißt. Ich glaube auch, daß sie gut mit den Kindern umgehen könnte ... Natürlich, wenn du wirklich keine Stelle für sie hast, hast du keine ...«

Sorgfältig wie ein Chirurg hob Gerda den Hörer. Das

Amtszeichen summte ihr ins Ohr. Einen Moment lang dachte sie, daß Mrs. Brandon, plötzlich gekränkt oder gelangweilt, eingehängt hatte. Dann hörte sie wieder Ruperts Stimme aus der Küche: »Natürlich wird sie enttäuscht sein. Ich bin es auch. Aber wir können nicht das Unmögliche von dir verlangen, Helene ... Ja, ich werde ihr sagen, daß sie es in ein paar Monaten noch einmal bei dir versuchen soll. Auf Wiedersehen, Helene.«

9

Diese Gerda Lundquist«, sagte Dodd und rieb sich das Kinn. »Sie ist zuverlässig?«

Bis zu den vergangenen vierundzwanzig Stunden hatte Gill Brandon kaum etwas von der Existenz Gerdas gewußt; er war nicht qualifiziert, die Frage zu beantworten. Doch weil er ihr glauben wollte, nickte er nachdrücklich. »Absolut zuverlässig. Ich würde ihr mein Leben anvertrauen.«

Dodd lächelte das sparsame kleine Lächeln, das Zweifel an praktisch jedermann andeutete. »Es gibt viele Leute, denen ich mein Leben anvertrauen, aber nicht zutrauen würde, einen exakten Bericht über etwas zu liefern, was sie gesehen oder erlebt haben.«

»Miss Lundquist ist nicht besonders phantasiereich. Und sie hätte auch keine Veranlassung zu versuchen, meinen Schwager in ein schlechtes Licht zu setzen.«

»Rache, weil sie entlassen worden ist?«

»Sie hat bereits eine bessere Stellung«, sagte Gill steif.

»Bei Ihnen?«

»Bei uns.«

»Warum?«

»Warum? Wir brauchten einen weiteren Dienstboten, darum.«

Das ist nicht der Grund, dachte Dodd. Jetzt, wo er die

erste Andeutung eines Beweises gegen seinen Schwager hat, hat er die Absicht, diese Spur sicherzustellen. Ich bin froh, daß ich nicht in Kelloggs Haut stecke. Dieser Brandon meint es ernst.

Gill sagte: »Sie verstehen, Gerda weiß nichts von Amys Verschwinden. Sie denkt, daß Amy nur Urlaub in New York macht.«

»Und Sie glauben das nicht?«

»Ich weiß, daß sie nicht in New York ist. Ich sagte Ihnen ja schon, daß wir Verwandte in Queens und Westchester haben. Ich habe gestern abend bei beiden angerufen, nachdem Gerda mit ihrer Geschichte zu uns gekommen war. Keiner hat Amy gesehen oder von ihr gehört.«

»Das beweist gar nichts.«

»Wenn Sie Amy kennen würden, doch. Sie war immer sehr gewissenhaft darauf bedacht, den Kontakt zu Mitgliedern der Familie aufrechtzuerhalten. Wenn sie sich irgendwo in der Nähe von New York aufhielte, hätte sie Vetter Harris oder Tante Kate angerufen. Ob sie Lust dazu hatte oder nicht – sie hätte aus Pflichtgefühl Kontakt aufgenommen.«

»Wie lange ist es her, seit Sie Ihre Schwester gesehen haben?«

»Sie ist am 3. September nach Mexico City geflogen, einem Mittwoch. Ich habe mich am Tag vorher von ihr verabschiedet.«

»Hat sie sich verhalten wie immer?«

»Natürlich.«

»Gutgelaunt?«

»Großartig. Sehr aufgeregt wegen der Reise, wie ein Kind, das noch nie allein verreist ist.«

»War Mrs. Wyatt auch dabei?«

»Ja. Sie hatten noch ein paar letzte Einkäufe gemacht und mich vom St. Francis aus angerufen, um mich zum Lunch einzuladen.«

»Was für eine Frau war Mrs. Wyatt?« fragte Dodd.

»Exzentrisch. Oh, manche Leute fanden sie sehr amüsant, und ich glaube, Amy war irgendwie fasziniert von ihr, weil sie nie wußte, was Wilma als nächstes tun würde.« Er fügte erbost hinzu: »Jetzt weiß sie es.«

»Ja, vermutlich. An welchem Tag hat Mrs. Wyatt sich das Leben genommen?«

»Vor etwas mehr als drei Wochen, in einer Sonntagnacht, am 7. September. Ich wurde am nächsten Tag benachrichtigt; Miss Burton, Ruperts Sekretärin, rief mich in meinem Büro an. Rupert ist noch am selben Tag, am 7., nach Mexico City geflogen.«

Dodd schrieb die Daten in ein Notizbuch, mehr weil er irgend etwas tun wollte, als weil er glaubte, daß er jemals auf sie zurückkommen würde. Da er immer noch an seiner Theorie des Auf-den-Putz-Hauens festhielt, war er überzeugt, daß Amy an einem der nächsten Tage aufkreuzen würde, mit irgendeiner unwahrscheinlichen Plötzlich-wurde-mir-alles-schwarz-vor-den-Augen-Geschichte.

»Ich hörte erst eine Woche später von ihm«, fuhr Gill fort. »Ich war an dem Abend nicht zu Hause, aber er hinterließ bei meinem Sohn eine Nachricht für mich, daß ich ihn in seinem Haus aufsuchen solle, um über etwas Wichtiges zu sprechen. Als ich hinkam, sagte er mir, daß Amy abgereist sei, und er gab mir ihren Abschiedsbrief, den, den ich Ihnen als ersten brachte. Vielleicht erinnern Sie sich an den Inhalt.«

»Ja.«

»Sie schrieb, daß sie in der Nacht, als Wilma starb, getrunken hatte.«

»Und?«

»Rupert hatte noch etwas hinzuzufügen. Er sagte mir, daß sie sich in der Gesellschaft eines amerikanischen Bar-Herumtreibers namens O'Donnell befunden habe. Ich denke, daß er gelogen hat. Meine Schwester ist kultiviert, gebildet. Keine kultivierte Frau würde in eine Bar gehen und sich ...«

»Einen Moment, Mr. Brandon«, sagte Dodd. »Etwas müssen wir klarstellen. Wenn ich Ihre Schwester finden soll, ist es wichtiger für mich, ihre Fehler zu kennen als ihre Tugenden. Sie mag gütig und sanft und lieb und alles mögliche sein. Das sagt mir gar nichts. Wenn ich aber weiß, daß sie eine Schwäche für Bar-Herumtreiber namens O'Donnell hat, fange ich sofort an, meine Unterlagen nach sämtlichen Bar-Herumtreibern namens O'Donnell durchzusehen.«

»Ihr Humor ist nicht besonders komisch.«

»Sollte gar nicht komisch sein. Ich wollte Ihnen etwas klarmachen.«

»Betrachten Sie es als geschehen«, sagte Gill kalt. »Es ändert jedoch nichts an den Tatsachen. Meine Schwester hat keine Schwächen in der von Ihnen erwähnten Art. Außerdem hat Rupert sich als Lügner erwiesen.«

»Sie meinen Gerda Lundquists Bericht von seinem vorgetäuschten Telefongespräch mit Ihrer Frau?«

»Unter anderem, ja.«

»Warum, glauben Sie, hat er den Anruf vorgetäuscht?«

»Das ist doch offensichtlich. Er wollte verhindern, daß Gerda irgendwie selbst versuchte, eine Stellung bei uns zu bekommen.«

»Warum?«

»Er befürchtete, sie könnte uns Belastendes über ihn berichten.«

»Mit ›uns‹ meinen Sie sich und Ihre Frau?«

»Ich meine nur mich selbst. Mrs. Brandon neigt dazu, von jedem das Beste zu glauben. Sie ist ein sehr gutgläubiger Mensch.«

»Das ist Rupert auch«, sagte Dodd, »sonst hätte er es nie mit dem Trick mit dem Telefon versucht, wo doch im Schlafzimmer ein Nebenanschluß ist.«

»Gutgläubig? Vielleicht. Vielleicht nur dumm.«

»Jedenfalls ein Amateur.«

»Amateur.« Gill nickte, lebhaft zustimmend. »Das ist er, ja. Und darum wird man ihn auch schnappen.«

Dodd faltete die Hände und schloß die Augen, wie ein Geistlicher, der im Begriff ist, für ein paar verlorene Seelen zu beten, obwohl er den dringenden Verdacht hat, daß sie verloren bleiben werden. »Sagen Sie, Mr. Brandon, hat Gerda Lundquist Ihnen irgend etwas Belastendes über Ihren Schwager berichtet? War er zum Beispiel sehr hitzig? Stritt er sich häufig mit seiner Frau? Trank er, oder war er hinter Frauen her?«

»Nein, soviel ich weiß, nicht.«

»Was ist das Schlimmste, was Gerda über ihn gesagt hat?«

»Er hatte ... Stimmungen.«

»Und das ist alles?«

»Sie sagte auch, daß er im letzten Frühjahr häufig spät nach Hause gekommen sei. Er behauptete, daß er Überstunden mache.«

»Zu welcher Zeit im Frühjahr?«

»März, sagte sie, glaube ich.«

»Im März«, sagte Dodd, »wird die Einkommensteuer fällig. Ihr Schwager ist Wirtschaftsprüfer. Er kann von Glück sagen, daß er überhaupt nach Hause gekommen ist.«

Gill errötete. »Auf wessen Seite stehen Sie eigentlich?«

»Ich ergreife nie Partei, bevor beide Teams auf dem Platz sind und ich weiß, wie sie spielen werden.«

»Dies ist kein Spiel, Mr. Dodd. Meine Schwester ist verschwunden. Suchen Sie sie.«

»Ich versuche es ja«, sagte Dodd. »Haben Sie die Bilder mitgebracht?«

»Ja.«

Die Bilder steckten in einem Umschlag aus festem Papier: zwei steife Fotos und etwa ein Dutzend große farbige Schnappschüsse. Auf den meisten Schnappschüssen lächelte Amy, aber auf den beiden Fotos sah sie ernst und befangen aus, als hätte sie sich nicht fotografieren lassen wollen, weil sie schon vorher wußte, daß die Ergebnisse niemandem gefallen würden. Unterdrückt, dachte Dodd. Bemüht zu gefallen. Zu bemüht.

Auf einem der Schnappschüsse saß sie auf einem Rasen, einen kleinen schwarzen Hund an der Leine neben sich. Vor dem grünen Gras setzte sich das rot-schwarze Karo von Leine und Halsband deutlich ab.

»Ist das Mack?« fragte Dodd.

»Ja. Er ist ein Scotchterrier mit Stammbaum. Ich habe ihn Amy vor fünf Jahren zum Geburtstag geschenkt. Sie liebt ihn hingebungsvoll. Zu hingebungsvoll, um die Wahrheit zu sagen. Es ist schließlich nur ein Hund, kein Kind, aber sie nimmt ihn überall mit, in die Stadt zum Einkaufen und so weiter. Sie wollte ihn sogar nach Mexico City mitnehmen, befürchtete aber, daß er an der Grenze unter Quarantäne gestellt werden könnte.«

»Sie nahm ihn an die Leine?«

»Immer. Und immer an diese. Sie sehen vielleicht nichts Besonderes an ihr, es sei denn, Sie verstehen etwas von Schottenmustern, aber dieses Muster ist nicht häufig. Es gehört zum Clan der Maclachlan. Mack ist bei dem American Kennel Club unter dem Namen Maclachlan's Merryheart eingetragen worden, und Amy kam auf die neckische Idee, Halsband, Leine und Pullover in diesem Muster für ihn anfertigen zu lassen. Das Ganze kostete einhundert Dollar, fast so viel wie der Hund selbst.«

Gill machte eine Pause, um sich eine Zigarette anzuzünden. Die auf Dodds Schreibtisch ausgebreiteten Bilder von Amy lächelten ihn spöttisch an: All das Theater um mich und meinen kleinen Hund. Wir sind in New York, Gilly. Wir sehen uns alle Shows an. Mack trägt die neue handgearbeitete Lederleine, die ich ihm in Mexico City gekauft habe ...

»Wo Amy auch sein mag«, sagte Gill, »Mack hat sie nicht mitgenommen. Seine Leine hängt immer noch in der Küche.«

»Dafür hat Rupert eine Erklärung ... Er hat Gerda erzählt ...«

»Ich weiß, was er Gerda erzählt hat, aber es ist nicht wahr.«

»Ich gebe zu, daß es nicht sehr wahrscheinlich klingt«, sagte Dodd vorsichtig. »Aber es ist möglich.«

»Wenn Sie Amy kennen würden, dächten Sie anders darüber. Sie ist stolz wie ein kleines Kind auf Macks Schottenmuster.«

»Wo ist der Hund dann?«

»Ich gäbe viel darum, wenn ich darauf eine Antwort hätte.«

Das wirst du vielleicht auch müssen, dachte Dodd. Menschen zu finden war schwer genug. Einen Scottie zu finden, der wie tausend andere aussah, schien unmöglich. Es war nicht einmal erwiesen, daß der Hund noch lebte. Er fragte: »Warum sollte Kellogg Ihnen überhaupt erzählt haben, daß Amy den Hund mitgenommen hat?«

»Um mich zu überzeugen, daß Amy nach Hause gekommen und aus eigenem Antrieb wieder gegangen ist.«

»Gibt es einen Beweis dafür, daß sie nach Hause gekommen ist?«

»Ruperts Wort.«

»Sonst hat sie niemand gesehen?«

»Soviel ich weiß nicht.«

Dodd blätterte in seinen Notizen. »Lassen Sie uns mal sehen: Angeblich kam sie am Sonntag, dem 14. September, aus Mexico City zurück und fuhr in derselben Nacht wieder ab, ohne jemanden anzurufen, um sich zu verabschieden, und ohne von jemandem, den wir kennen, gesehen worden zu sein, ausgenommen Rupert. Richtig?«

»Ja.«

»Haben Sie eine Vorstellung warum?«

»Warum sie mich nicht angerufen hat und nicht gesehen worden ist? Gewiß habe ich eine Vorstellung. Sie ist nie nach Hause gekommen. Vielleicht hat sie Mexico City sogar nie verlassen.«

»Seien wir offen, Mr. Brandon. Glauben Sie, daß Ihre Schwester tot ist?«

Gill schaute hinunter auf die lächelnden Bilder auf Dodds Schreibtisch. ›Ich, tot? Mach dich nicht lächerlich, Gilly. Ich bin in New York. Ich amüsiere mich prächtig.‹ Er sagte, durch zusammengepreßte Lippen: »Ja. Ich glaube, daß er sie umgebracht hat.«

»Und sein Motiv?«

»Geld.«

Dodd seufzte, sehr leise. Wenn es nicht Geld war, war es Liebe. Vielleicht kam beides aufs gleiche hinaus, Sicherheit.

»Sie hat ihm Vollmacht erteilt«, sagte Gill. »Er braucht nicht einmal zu warten, bis ihr Tod erwiesen ist, bis er an das Erbe herankommt.«

»Hat Ihre Schwester ein Testament gemacht?«

»Ja. Rupert erbt die Hälfte ihres Besitzes.«

»Wer kriegt die andere Hälfte?«

»Ich.«

Dodd erwiderte nichts, aber seine schwarzen, buschigen Augenbrauen wanderten auf der Stirn auf und ab. ›Sehr interessant, Mr. Brandon. Ich weiß – und Sie wissen nicht, daß ich es weiß –, daß Sie schon seit geraumer Zeit über Ihre Verhältnisse leben, von Ihrem Kapital genommen haben, um ein paar ziemlich unterernährte Investments zu füttern.‹ »Wenn Ihre Schwester tot ist, wäre es also zu Ihrem Vorteil, das so schnell wie möglich zu beweisen.«

»Was meinen Sie damit?«

»Solange Mrs. Kellogg nur unauffindbar ist, gilt die Vollmacht, die sie ihrem Ehemann erteilt hat. Er kann frei über ihren Besitz verfügen, und wieviel für Sie oder irgendwelche anderen Erben übrigbleibt, hängt ganz von seinem Ermessen ab. Nehmen wir einmal an, Ihre Schwester ist tot. Aus Ihrer Sicht – das heißt, ihren Besitz voll und ganz zu erhalten – wäre es von Vorteil, ihren Tod umgehend beweisen zu können. Aus seiner Sicht wird es um so günstiger sein, je länger die Sache sich hinzieht.«

»Ich mag nicht an ... an diese Dinge denken.«

›Du hast bereits an sie gedacht, alter Junge; mir kannst du nichts vormachen.‹ »Kommen Sie, Mr. Brandon, es ist nur ein kleines Spiel, das wir spielen. Ihre Schwester, nebenbei bemerkt, muß Rupert vollkommen vertraut haben, sonst hätte sie ihm nie die Vollmacht erteilt.«

»Vielleicht. Aber er könnte sie in irgendeiner Form unter Druck gesetzt haben, um sie zu bekommen.«

»Sie sagten, daß er ein kleines, aber erfolgreiches eigenes Unternehmen besitzt?«

»Ja.«

»Und er lebt bescheiden?«

»Es gibt keine Garantie, daß er auch weiterhin die Absicht hat, bescheiden zu leben«, sagte Gill. »Hinter dieser ruhigen Fassade verstecken sich vielleicht einige ganz schön ausgefallene und wilde Vorstellungen.«

»Glauben Sie, daß er Gerda Lundquist aus, wie er sagte, wirtschaftlichen Gründen entlassen hat?«

»Nicht, wenn er nicht ein paar ungewöhnliche Ausgaben gehabt hat.«

»Zum Beispiel Spielschulden?«

»Zum Beispiel eine andere Frau.«

»Das ist doch reine Theorie Ihrerseits, nicht wahr, Mr. Brandon? Oder unreine, je nachdem.«

»Sie mögen es Theorie nennen. Ich nenne es einfache Arithmetik. Zwei plus zwei ergibt Miss Burton, seine Sekretärin.« Gill drückte seine Zigarette in einem überfüllten Aschbecher aus, der Reklame für Luigis Pizza House in der Mason Street machte. »Ich habe zwei Sekretärinnen, aber ich versichere Ihnen, keine von ihnen hat einen Schlüssel für die Hintertür meines Hauses, keine von ihnen kümmert sich um meinen Hund, keine von ihnen schaut nach der Kirche vorbei, um bei mir aufzuräumen.«

»Es wird kein Problem sein, Miss Burton zu überprüfen.«

»Machen Sie es geschickt. Wenn sie Verdacht schöpft, wird sie es sofort Rupert erzählen, und er wird herausfinden, daß ich Ihnen einen Auftrag erteilt habe. Er darf hiervon keine blasse Ahnung haben. Überraschung muß das Fundament unserer Taktik sein.«

»Meiner Taktik, wenn es Ihnen recht ist, Mr. Brandon.«

»Gut, Ihrer. Solange er nur erwischt wird. Und bestraft.«

Dodd lehnte sich in seinen Drehstuhl zurück und verschränkte die Finger. Es schien ihm jetzt klar zu sein, daß es Brandon wichtiger war, Rupert bestraft zu sehen, als seine Schwester zu finden. Er schauderte ein wenig. Es war drei Uhr an einem sonnigen Nachmittag. Es kam ihm vor wie Mitternacht im tiefsten Winter.

Er stand auf und schloß das Fenster, und fast unmittelbar darauf öffnete er es wieder. Es gefiel ihm nicht, sich mit Gill Brandon in einem geschlossenen Raum aufzuhalten. »Sagen Sie, haben Sie seit dem Morgen, als er Ihnen den Brief gab, mit Ihrem Schwager gesprochen?«

»Nein.«

»Sie haben ihm gegenüber keine Ihrer Verdächtigungen geäußert?«

»Nein.«

»Es könnte die Atmosphäre reinigen, wenn Sie es täten.«

»Ich werde ihm keinen Vorteil verschaffen, indem ich meine Karten aufdecke.«

»Sind Sie sicher, daß Sie ein gutes Blatt haben?«

»Ja, ich bin sicher. Niemand lügt so, wie er es getan hat, wenn er nicht etwas zu verbergen hat.«

»Gut«, sagte Dodd. »Vergessen wir Rupert für einen Moment. Wo wurde Ihres Wissens Ihre Schwester zum letztenmal gesehen?«

»In dem Krankenhaus, in das man sie gebracht hatte, nachdem Wilmas Tod ihr einen Schock versetzt hatte. Das ... American-British-Corday heißt es, glaube ich.«

»Und wie heißt das Hotel, in dem sie und ihre Freundin abgestiegen waren?«

»Sie hatten vor, ins Windsor zu gehen. Ob sie es getan haben oder nicht, weiß ich nicht mit Sicherheit. Mrs. Wyatt änderte sehr leicht ihre Meinung, und wenn irgendeine Kleinigkeit ihr nicht paßte, wäre sie woanders abgestiegen. Aber in welchem Hotel sie auch gelandet sind, es war sicher Mrs. Wyatts Entscheidung. Meine Schwester hat nie gelernt, sich durchzusetzen.«

Dodd schrieb: Windsor Hotel? 3. Sept.; A. B. C. Krankenhaus, 7. Sept. Dann schob er die Bilder von Amy zusammen, steckte sie in den festen Umschlag zurück und schrieb A. Kellogg darauf. »Ich werde ein paar von diesen an einen Freund von mir in Mexico City schicken.«

»Warum?«

»Vielleicht ist er bereit, gegen ein Honorar, ein paar Ermittlungen anzustellen. Dort scheint der Ausgangspunkt der Schwierigkeiten zu liegen. Verschaffen wir uns also einen objektiven Bericht, da Sie allem, was Ihr Schwager sagt, mit Skepsis begegnen.«

»Wer ist dieser Freund?«

»Ein Polizist im Ruhestand aus Los Angeles. Fähiger Mann. Und teuer.«

»Wie teuer?«

»Ich kann Ihnen keine genaue Zahl nennen.«

Gill zog einen unbeschrifteten Umschlag aus seiner Tasche und legte ihn auf Dodds Schreibtisch. »Das sind fünfhundert in bar. Reicht das für den Augenblick?«

»Das kommt darauf an.«

»Worauf?«

»Wieviel Bestechungsgeld mein Freund brauchen wird.«

»Bestechungsgeld? Wen muß er bestechen?«

»In Mexiko«, sagte Dodd trocken, »praktisch jeden.«

10

Donnerstag abends besuchte Pat Burton einen Tanzkursus in der Kent Academy. Sie ging nach der Arbeit nicht erst nach Hause. Sie brachte ihre Utensilien fürs Tanzen mit ins Büro – ein Paar durchsichtige Plastikschuhe mit acht Zentimeter hohen Absätzen und eine Flasche stark duftendes Kölnischwasser, weil es in der Akademie immer abgestanden roch, wie in einer ungelüfteten Turnhalle. Das Kölnischwasser war darum ein Gewinn, wenn nicht eine Notwendigkeit; die Aschenputtelschuhe waren es nicht. Sie erschwerten Miss Burtons Fortschritte. Nach elf Monaten Tanzunterricht (Lernen Sie tanzen am ersten Abend!) hatte sie immer noch beträchtliche Schwierigkeiten mit der Mamba, und ihr Tango enthielt zahlreiche außerplanmäßige Schlenker, die den Lehrer zur Verzweiflung brachten. »Miss Burton, heben Sie sich das Gewackel für den Cha-Cha-Cha auf. Bleiben Sie im Gleichgewicht!« »Zu Hause und barfuß gelingt es mir wunderbar.« »Seit wann bringen wir den Leuten Tango bei, damit sie ihn zu Hause barfuß tanzen?«

Es spielte ohnehin keine große Rolle, da niemand Miss Burton zum Mamba- oder Tangotanzen außerhalb der Akademie aufforderte. Wenn sie schon einmal eingeladen wurde, bevorzugten ihre Partner weniger hochgestochene und weniger anstrengende Unterhaltung. Trotzdem ging sie weiter einmal die Woche zum Unterricht. Es war für sie, wie auch für die meisten anderen, eher ein geselliger als ein lehrreicher Abend.

Der Unterricht hatte schon begonnen, als Miss Burton eintraf. Einer der Teilnehmer, der häufig ihr Partner war, ein älterer, verwitweter Rechtsanwalt namens Jacobson, der im Ruhestand lebte, winkte ihr aus einer schnellen Rumba zu, und Miss Burton winkte zurück und dachte, irgendwann wird er mitten auf dem Tanzboden tot umfallen. Ich hoffe nur, daß er nicht gerade mit mir tanzt, wenn es geschieht.

Der Lehrer überschrie die Musik, ohne sich an jemanden im besonderen zu wenden: »Wiegen Sie sich nicht in den Hüften! Vergessen Sie Ihre Hüften! Wenn Ihre Füße das Richtige tun, werden auch Ihre Hüften das Richtige tun. Habe ich mich verständlich ausgedrückt?«

Er hatte sich verständlich ausgedrückt, aber die Hüften weigerten sich, vergessen zu werden.

Miss Burton klopfte mit dem Fuß auf den Boden und inspizierte den Raum. Nicht viele Zuschauer heute abend. Eine Frau mit einem kleinen Mädchen. Zwei Teenager, ein Junge und ein Mädchen, mit einander gleichenden Hemden und einander gleichendem gelangweiltem Gesichtsausdruck. Eine Frau in den mittleren Jahren, die ein Pfund Perlen an sich gehängt hatte. Und, direkt neben Miss Burton, ein Mann mit buschigem grauem Haar, das die jugendliche Wachsamkeit seines Gesichtes zu unterstreichen schien. Er sah aus, als sei er versehentlich hier reinmarschiert, aber, da er nun einmal da war, entschlossen, das Beste daraus zu machen.

Er sagte, die Stirn ein wenig runzelnd: »Ich verstehe

das nicht, ›nicht die Hüften zu wiegen‹. Das ist doch eine Rumba, was sie da tanzen, oder?«

»Ja.«

»Ich hab immer gedacht, bei einer Rumba soll man sich in den Hüften wiegen.«

Miss Burton lächelte. »Sie sind neu hier, nicht wahr?«

»Ja. Zum erstenmal.«

»Werden Sie in dieser Klasse mitmachen?«

»Vermutlich«, sagte der Mann, und es klang etwas gequält. »Ich muß wohl.«

»Warum? Es gibt kein Gesetz, das das vorschreibt.«

»Na ja, sehen Sie, ich hab ein Stipendium gewonnen, und ich möchte es nicht gern ungenutzt lassen.«

»Was für ein Stipendium?«

»Da war eine Anzeige in der Zeitung, mit Bildern von Leuten, die verschiedene Tänze tanzten. Wenn man alle Tänze richtig erkannte, erhielt man ein Stipendium, kostenlosen Unterricht im Gegenwert von dreißig Dollar. Ich habe gewonnen. Ich verstehe es eigentlich nicht«, fügte er hinzu. »Ich mein, es gibt eine Menge Leute, die mehr von Tanzen verstehen als ich, Tausende. Aber ich habe gewonnen.«

Miss Burton wollte seine Gefühle nicht verletzen, aber andererseits wollte sie doch auch nicht, daß man ihn reinlegte.

Er war so naiv und ernst, ein bißchen wie Mr. Kellogg. »Ich bin sicher, Sie könnten viele echte Wettbewerbe gewinnen, wenn Sie es sich vornähmen.«

»War dies kein echter Wettbewerb?«

»Nein. Alle haben gewonnen. Es war nur ein Lockmittel, damit die Kent Academy die Namen von Leuten erhielt, die am Tanz interessiert sind.«

»Aber ich bin gar nicht interessiert. Ich bin nur an Wettbewerben interessiert.«

Miss Burton schüttelte sich vor Lachen. »O je. Da ist die Akademie reingefallen. An was für Wettbewerben beteiligen Sie sich noch?«

»An allen möglichen. Auch an Tests. Ich kauf mir die ganzen Zeitschriften und fülle die Tests aus, wie zum Beispiel ›Wären Sie ein guter Ingenieur?‹ oder ›Wie hoch ist Ihr sozialer I. Q.?‹ oder ›Können Sie sich als Teilnehmer an einem Quiz qualifizieren?‹ Solche Sachen. Ich schneide ganz gut dabei ab.« Mit einem Seufzer fügte er hinzu: »Vermutlich ist das auch alles Schiebung, wie dieser Wettbewerb da.«

»Oh, das glaube ich nicht«, sagte Miss Burton bieder. »Vielleicht wären Sie wirklich ein guter Ingenieur.«

»Das hoffe ich. Gelegentlich mache ich mal Ingenieursarbeiten.«

»Was für Ingenieursarbeiten?«

»Es ist geheim.«

»Sie meinen, geheime Flugkörper und so was?«

»Das kommt nahe genug ran«, erwiderte er. »Was machen Sie?«

»Ich? Oh, ich bin nur eine Sekretärin. Ich arbeite für Rupert Kellogg. Er ist ein Wirtschaftsprüfer.«

»Ich habe von ihm gehört.« Zu oft, dachte er. Viel zu oft.

»Er ist der beste Wirtschaftsprüfer in der Stadt. Der beste Chef auch.«

»Was Sie nicht sagen.«

»Andere Chefs, die ich hatte, bekamen hin und wieder ihre miesen Tage. Mr. Kellogg hat nie einen miesen Tag.«

»Ich wette, Kinder und Hunde fliegen auf Anhieb auf ihn.«

»Vielleicht meinen Sie das witzig, aber es ist die reine Wahrheit. Mr. Kellogg hat einen Narren an Tieren gefressen. Wissen Sie, was er mir einmal erzählt hat? Er hat mir erzählt, daß er eigentlich gar nicht gern Wirtschaftsprüfer sei, er würde lieber eine Tierhandlung aufmachen.«

»Warum tut er es nicht?«

»Seine Frau kommt aus einer hochgestochenen Familie. Sie wären wohl nicht einverstanden, nehme ich an.«

Mr. Jacobson, der Rechtsanwalt im Ruhestand, tanzte im Rumbaschritt vorbei, sich windend wie eine aufgeregte Schlange, und blinzelte Miss Burton mit einem Grinsen zu. Sein Gesicht war so feucht und rot wie eine in Scheiben geschnittene rote Bete.

»Er scheint sich gut zu unterhalten«, sagte der Mann.

»Das ist Mr. Jacobson. Er beherrscht alle Tänze perfekt, nur kann er nicht Takt halten.«

»Jedenfalls hat er offensichtlich den Schwung des Ganzen eingefangen.«

»Das kann man wohl sagen. Eines Tages wird er mitten auf diesem Boden tot umfallen. Es verdirbt mir irgendwie den Abend, wenn ich daran denke.«

Die Musik hörte auf, und der Lehrer verkündete in einem müden Kreischen, daß es beim nächsten Tanz einen Wechsel im Tempo geben werde, den Onestep, und würden die Herren sich freundlicherweise daran erinnern, daß bei diesem Tanz eine feste Führung erforderlich sei, besonders bei den Drehungen?

Mr. Jacobson hastete in Miss Burtons Richtung. Miss Burton wurde rot und flüsterte ein gepeinigtes »O je«.

Aber sie hatte nicht den Mut oder die Geistesgegenwart, zur Damentoilette zu entfliehen. So blieb sie stehen und murmelte ein kurzes, stilles Gebet: Laß es nicht heute abend geschehen.

Mr. Jacobson war kreuzfidel. »Kommen Sie, Miss B. Legen wir einen aufs Parkett!«

»Oh, denken Sie nicht, Sie sollten sich ein bißchen ausruhen?«

»Unsinn. Ich kann mich die ganze Woche ausruhen. Donnerstags schwinge ich das Tanzbein.«

»Ja. Gut.«

Widerwillig überließ Miss Burton sich Mr. Jacobsons knochigen Armen und seiner festen Führung. Dies könnte, konnte sehr gut Mr. Jacobsons letzter Tanz sein. Sie konnte wenigstens versuchen, es so angenehm wie möglich für ihn zu machen, seiner Führung exakt zu folgen und gleichzeitig sein Gesicht im Auge zu behalten auf irgendwelche verräterischen Anzeichen für das kommende Ende. Sie war nicht sicher, wie die Anzeichen aussehen würden, und das ständige Nach-oben-Schauen ließ ihren Hals steif werden.

»Sie sind heute abend unkonzentriert, Miss B.«

»O ja, das bin ich«, sagte Miss Burton düster.

»Seien Sie doch ein bißchen lockerer. Entspannen Sie sich. Genießen Sie es. Dies soll Spaß machen.«

»Ja.«

»Was ist denn los, bedrückt Sie irgend etwas?«

»Nur – das übliche.«

»Werden Sie es los. Sagen Sie es irgendwem. Sagen Sie es mir.«

»Ach du liebe Zeit, nein«, sagte Miss Burton hastig. »Haben wir in diesem Herbst nicht ein wundervolles

Wetter? Natürlich können wir nicht erwarten, daß Sie ... daß es anhält.«

Mr. Jacobson überhörte den Versprecher, weil der Lehrer wieder seine Stimme erhoben hatte. »Das hier ist Gesellschaftstanz. Es ist nicht das wirkliche Leben. Im wirklichen Leben lassen Frauen sich nicht gern herumschieben. Beim Gesellschaftstanz erwarten sie es, sie wollen es, sie müssen es! Also führen Sie, meine Herren! Sie sind keine Zombies! Führen Sie!«

»Sie führen wirklich gut«, sagte Miss Burton.

»Und Sie lassen sich prächtig führen«, erwiderte Mr. Jacobson galant.

»Nein, eigentlich nicht. Ich bin bei allen Tänzen besser, wenn ich zu Hause barfuß tanze. Ich komme durcheinander, wenn ich beobachtet werde.«

»Wie etwa von dem Mann an der Tür?«

»O je, beobachtet er mich? Lieber Gott.«

»Menschen zu beobachten ist sein Geschäft, zumindest ein Teil davon.«

»Was meinen Sie?«

»Er ist Privatdetektiv und heißt Dodd. Ich habe ihn früher gelegentlich bei der Hall of Justice herumhängen sehen. Damals hatte er eine Menge Spitznamen, von denen der am wenigsten anstößige Finger war, weil er die Finger überall drin hatte.«

»Es muß sich um eine Verwechslung handeln«, sagte Miss Burton mit hoher, gepreßter Stimme. »Er hat mir erzählt, er sei Ingenieur. Seine Arbeit sei geheim.«

Mr. Jacobson kicherte. »Wem gegenüber?«

»Er ist hier ... weil er ein Stipendium gewonnen hat.«

»Glauben Sie doch das nicht. Das ist Dodd. Und er ist hier, weil er von jemandem Informationen braucht.«

»Von wem?«

»Nun, mit wem hat er gesprochen?«

»Mit mir«, sagte Miss Burton, und ihr Herz wie auch ihre Füße ließen einen Takt aus.

Dodd sah den überraschten Blick, den sie ihm zuwarf, und wußte, daß Jacobson ihr gesagt hatte, wer er sei. Er dachte, ich hätte Jacobson früher erkennen sollen, aber er hat fünfzig Pfund abgenommen. Nun, es kann nicht schaden. Soll Miss Burton ruhig nervös werden. Durch Lügen erzählt sie mir vielleicht mehr von der Wahrheit.

»Aber ich habe keinerlei Informationen«, sagte Miss Burton hartnäckig.

Mr. Jacobson blinzelte ihr zu. »Ach, wissen Sie ...«

»Ich habe wirklich keine. Vielleicht ist Mr. Dodd auf der Suche nach jemand anders hier. Dieser Mr. Lessups, der sich letzte Woche angemeldet hat – der sieht wie ein Gauner aus.«

»Tun wir das nicht alle? Jetzt sind Sie wieder ganz verspannt, Miss B. Entspannen Sie sich.«

»Wie soll ich, wenn mich ein Polizist derartig anstarrt?«

»Er ist kein Polizist. Er ist ein Privatdetektiv.«

»Für mein Geld ist es das gleiche.«

»Dann liegt Ihr Geld falsch. Mr. Dodd besitzt keinerlei Befugnisse. Sie brauchen kein Wort zu ihm zu sagen. Sagen Sie ihm, er soll Leine ziehen.«

»Das kann ich nicht.«

»Und warum nicht?«

»Ich ... ich würde gern herausfinden, was er hier will.«

»Kurz gesagt, Ihre Neugier ist größer als Ihre Angst. Oh, Frauen! Nun, viel Glück, meine Liebe. Und wenn Sie nicht vernünftig sein können, seien Sie wenigstens vorsichtig.«

Dodd erwartete sie an der Tür. Als sie an ihm vorbeigehen wollte, streckte er die Hand aus, um sie zurückzuhalten. »Ich nehme an, Mr. Jacobson hat mich vorgestellt? Gut so, ich wollte es selbst demnächst tun. Würden Sie gern irgendwo eine Tasse Kaffee trinken?«

»Ganz bestimmt nicht.«

»Das ist jedenfalls ehrlich. Sind Sie in allen Dingen ehrlich, Miss Burton?«

»Ich marschiere nicht durch die Gegend und behaupte, ich sei Ingenieur.«

»Ich habe gesagt, daß ich gelegentlich Ingenieursarbeiten mache. Das tue ich.«

»Nun, an mir werden Sie keine vornehmen«, sagte Miss Burton kalt. »Sie haben nicht die Befugnis, mich über irgend etwas zu befragen.«

»Hat Jacobson Ihnen das gesagt?«

»Ja, und er ist Rechtsanwalt und sollte es wissen.«

»Natürlich«, stimmte Dodd ihr zu. »Was mich interessiert: warum fürchten Sie sich vor Fragen? Ich habe eine ganze Menge über Sie in Erfahrung gebracht, Miss Burton, und mir scheint, Sie haben nichts zu verbergen oder zu befürchten.«

»Was soll das heißen, Sie haben eine ganze Menge über mich in Erfahrung gebracht? Wie? Warum?«

»Langsam, langsam. Sie stellen mir Fragen. Dazu haben Sie keine Befugnis, oder?«

»Ich ...«

»Sie sehen, das funktioniert in beide Richtungen. Ich habe keine Befugnis, Sie haben keine Befugnis. Niemand stellt Fragen, niemand bekommt Antworten. Kein idealer Zustand, oder? Und jetzt setzen wir uns und reden ein bißchen miteinander. Was halten Sie davon?«

»Vielleicht frage ich lieber erst mal Mr. Jacobson.«

»Sie werden keines Verbrechens beschuldigt. Sie brauchen keinen Anwalt.«

Miss Burton setzte sich. »Okay. Was wollen Sie wissen?«

»Ich bin auf der Suche nach einer Person, die vermißt wird. Ich dachte, Sie könnten mir vielleicht helfen.«

»Wie sollte ich helfen? Ich kenne nicht einmal irgendeine Person, die vermißt wird.«

»Doch, das tun Sie«, sagte Dodd.

11

Es war kalt und spät, und Nebelgespenster schlichen durch die Straßen der Stadt, aber Miss Burton achtete weder auf die Zeit noch auf das Wetter. Sie hastete den Gehweg entlang, angetrieben vom Schrecken, geführt vom Instinkt. Ihre Handtasche mit den Schuhen für den Tanzkursus und der Flasche Kölnischwasser hing schwer von ihrer Schulter herunter und schlug ihr bei jeder Bewegung gegen die Hüfte.

Von seinem geparkten Auto aus sah Dodd sie um die Ecke zur Market Street biegen. Er unternahm keinen Versuch, ihr zu folgen, weil er sicher war, ihre Absicht zu kennen. Er hatte die Absicht selbst in sie gepflanzt, vorsätzlich, und beobachtet, wie sie in ihren nichts verbergenden Augen wuchs, so wie ein Botaniker ein Samenkorn beobachtet, das zwischen zwei Glasplättchen heranwächst.

Mit einem abschließenden Ruck ihres gelben Mantels verschwand Miss Burton um die Ecke von Woolworth, und Dodd blieb zurück und dachte zum zweiten- und drittenmal darüber nach, ob es ratsam sei, sie in den Fall hineinzuziehen. Sie war ein nettes Mädchen. Es gefiel ihm nicht, sie zu benutzen, aber Geschäft war Geschäft. Wenn Rupert Kellogg keines Vergehens schuldig war, verdiente er es, von Brandons Verdächtigungen und Aktionen zu erfahren. Wenn er schuldig war, konnte eine Warnung ihn zur Tat treiben. Bisher hatte er sich nicht von der Stelle gerührt und nur Geschichten erzählt, einige fadenscheinig, einige unglaublich. Brandon selbst sagte gewiß auch nicht die volle Wahrheit. Keine lebende Frau konnte so fehlerlos wie Amy sein.

Dodd ließ den Motor des kleinen Volkswagens an. Er war müde und deprimiert. Zum erstenmal, seit er den Fall übernommen hatte, überkam ihn das Gefühl, daß Brandon recht haben könnte mit seiner Schwester. Wo auch immer und wann auch immer Amy gefunden werden mochte – sie würde nicht lebend gefunden werden.

Das Haus war dunkel. Miss Burton hatte es noch nie bei Nacht gesehen, in Nebel gehüllt, und sie war nicht sicher, daß es sich um das richtige Haus handelte, bis sie die Veranda betrat und das bronzene Namensschild an der Tür sah, Rupert H. Kellogg. Vor wenigen Stunden hätte der Anblick des Namens in ihr ein angenehmes kleines Gefühl der Erregung hervorgerufen. Jetzt erschien er ihr fremd, ohne eine Beziehung zu dem Mann, zu dem er gehörte. Sie ließ das Glockenspiel an der Tür ertönen, zitternd vor Kälte und Angst und Zweifeln an sich selbst. Was tue ich hier? Was soll ich zu ihm sagen? Wie kann ich so ruhig sein, als wäre nichts geschehen, als hätte Dodd mir nie diese schrecklichen Dinge erzählt?

›Geben Sie acht auf sich‹, hatte Dodd gesagt. ›Eine Frau ist verschwunden, lassen Sie es nicht zwei werden.‹

Sie drehte rasch den Kopf um und spähte durch den Nebel auf der Straße, einen Moment lang hoffend, daß Dodd ihr gefolgt war. Aber am Bordstein waren keine Autos geparkt, und niemand kam die Straße herunter oder wartete unter einer Straßenlaterne. Sie war allein. Sie würde dieses Haus betreten und nie wieder gesehen werden, und niemand würde sagen können: »Ja, ich habe sie gesehen, eine kleine Frau in einem gelben Mantel, kurz nach elf Uhr – sie ist dort reingegangen und nie wieder rausgekommen ...«

Das Dielenlicht schwappte durch das Fenster, und sie sprang zurück, als habe es ihr jemand wie Säure entgegengeschleudert. Keuchend lehnte sie sich an einen Pfeiler und sah, wie die Tür sich langsam öffnete.

»Nanu, Miss Burton«, sagte Rupert. »Was tun Sie denn hier?«

»Ich ... ich weiß ... es nicht.«

»Ist etwas nicht in Ordnung?«

»Nichts ... nichts ist in Ordnung.«

»Sie haben doch nicht getrunken, oder?«

»Nein. Ich trinke nie. Ich bin M ... M ... Methodistin.«

»Nun, das ist sehr interessant«, sagte er müde, »aber ich hoffe, Sie sind nicht zu dieser Nachtzeit den ganzen Weg hier hergekommen, um mir mitzuteilen, daß Sie Methodistin sind.«

Sie preßte sich gegen den Pfeiler; ihre Zähne schlugen aufeinander wie Kastagnetten. Sie wäre gern davongelaufen, aber sie hatte sowohl Angst um ihn als auch vor ihm, und die doppelte Angst machte sie bewegungsunfähig.

»Miss Burton?«

»Ich ... ich kam gerade vorbei, und ich dachte, ich ... schau mal rein und sage hallo. Mir war nicht klar, wie spät es ist. Es tut mir leid, daß ich Sie belästigt habe. Ich ... ich geh jetzt lieber.«

»Sie gehen lieber nicht«, sagte er scharf. »Sie kommen lieber rein und sagen mir, was los ist.«

»Was los ist?«

»Was es auch sein mag, was Sie zu diesem Verhalten veranlaßt.«

Er öffnete die Tür weiter und wartete. »Kommen Sie.«

»Das kann ich nicht. Es wäre unpassend.«

»Gut. Ich rufe Ihnen ein Taxi.«

»Nein. Ich meine, ich will kein Taxi.«

»Sie können nicht die ganze Nacht hier herumstehen, nicht?«

Sie schüttelte den Kopf, und ihre schlaffen blonden Locken fielen ihr in die Augen, so daß sie aussah wie eine kleine alte Dame, die durch einen Spitzenvorhang nach ihm schaute. Er fragte sich, was hinter dem Spitzenvorhang vor sich ging.

Er sagte: »Ihnen ist kalt.«

»Ja, ich weiß.«

»Kommen Sie lieber rein und wärmen Sie sich auf.«

»Ja. Gut.«

Er schloß die Haustür hinter ihr und führte sie durch die Diele ins Arbeitszimmer. Im Kamin brannte ein offenes Feuer; die Flammen spiegelten sich im silbernen Kasten auf dem Couchtisch. Er sah, daß ihr Blick auf den Kasten fiel, aber nur kurz und ohne Interesse. Hier bestand keine Gefahr. Sie konnte unmöglich etwas über den Kasten wissen.

»Setzen Sie sich, Miss Burton.«

»Danke.«

»Nun, was macht Ihnen Kummer?«

»Ich ... ich war heute abend auf dem Tanzkursus in der Kent Academy. Da gehe ich donnerstags immer hin.

Nicht daß ich besonders gut tanze – es ist nur ein Zeitvertreib und eine Möglichkeit, Leute kennenzulernen. Die meisten Leute dort sind okay, nichts Besonderes, aber okay. Nichts Heuchlerisches an ihnen, meine ich. Wenn Sie dort jemanden kennenlernen, der sagt, er sei Ingenieur, dann ist er das auch, ein Ingenieur. Man ist also nicht mißtrauisch, meine ich.«

Sie hatte nicht die Absicht gehabt, ihm von dem Tanzkursus zu erzählen, aus Furcht, er würde sie auslachen, aber die Worte kullerten ihr einfach aus dem Mund wie Seifenblasen. Doch er lachte sie nicht aus. Er machte einen sehr ernsten und interessierten Eindruck.

»Fahren Sie fort, Miss Burton.«

»Na ja, heute abend habe ich diesen Mann kennengelernt. Er ist ein schrecklicher Mensch. Er hat Sachen gesagt, Sachen angedeutet.«

»Ich bin sicher, Sie wissen mit unschicklichen Vorschlägen fertig zu werden, Miss Burton.«

Sie errötete und blickte auf ihre Hände hinunter. »Es handelt sich nicht um die Art von Vorschlägen, die Sie meinen. Es ging um Sie. Und um Mrs. Kellogg.«

»Wer war der Mann?«

»Er heißt Dodd. Er ist Privatdetektiv. Oh, er hat nicht verraten, daß er Privatdetektiv ist. Er tat so, als sei er ein neuer Kursteilnehmer, aber ich bin mit jemandem an der Akademie befreundet, er ist Rechtsanwalt ...«

»Was hat dieser Dodd über Mrs. Kellogg gesagt?«

»Daß sie vermißt wird. Unter geheimnisvollen Umständen.«

»Sie wird nicht vermißt. Sie ist in New York.«

»Das habe ich ihm auch gesagt. Aber er hat nur gelächelt – er hat ein widerliches Lächeln, wie ein Kamel –

und gesagt, New York sei eine riesige Stadt, in der viele Leute leben, aber er glaube nicht, daß Mrs. Kellogg darunter sei.« Vor der Wärme des Kaminfeuers lösten Miss Burtons Verdächtigungen Ruperts sich auf wie Nebel in der Sonnenhitze. »An Ihrer Stelle würde ich ihn wegen übler Nachrede verklagen. Es ist ein freies Land, aber die Leute können nicht herumlaufen und alles, was ihnen gerade in den Sinn kommt, herausposaunen, wenn es anderen schadet.«

»Langsam, regen Sie sich nicht auf.«

»Ich rege mich nicht auf. Ich bin fuchsteufelswild. Ich habe zu ihm gesagt: ›Hören Sie zu, Sie Schlüssellochpolyp. Mr. Kellogg ist der großartigste Mann in dieser Stadt, und wenn Mrs. Kellogg vermißt wird, ist es nicht seine Schuld, sondern ihre, warum machen Sie also nicht die richtige Person verantwortlich?‹ Und er sagte, tatsächlich seien seine eigenen Überlegungen auch schon in diese Richtung gegangen.«

Sie wartete, mit seiner Zustimmung und Dankbarkeit für ihre Unterstützung rechnend. Was zu erwarten sie keinen Grund hatte, waren seine ruhig und feindselig geflüsterten Worte: »Sie Idiotin.«

Ihr Gesicht verkrampfte sich bei dem überraschenden Angriff. »Was ... was habe ich getan?«

»Was haben Sie nicht getan!«

»Aber ich habe mich nur für Sie eingesetzt. Ich habe nur versucht ...«

»Sie haben versucht. In Ordnung. Lassen wir es dabei.«

»Ich verstehe das nicht«, klagte sie. »Was habe ich denn gesagt, was nicht richtig ist?«

»Wahrscheinlich alles.« Er ging zum Fenster hinüber, um Zeit und Abstand zwischen ihnen zu vergrößern, damit er wieder die Kontrolle über sich selbst und damit auch über sie gewann. Er zweifelte nicht an ihrem loyalen Verhalten. Aber was war loyales Verhalten? Würde es unter Druck zerbrechen, sich unter Hitze beugen? Wieviel von der Wahrheit würde es verkraften?

Er sah ihr Spiegelbild im Fenster, ihre Augen weit geöffnet vor Betroffenheit und Schmerz: ›Was habe ich getan?‹ Sie sah jung und unkompliziert aus. Er wußte, daß sie weder das eine noch das andere war.

»Es tut mir leid, Miss Burton«, sagte er zu dem Spiegelbild, weil es leichter war, ein Spiegelbild zu belügen. »Ich hatte nicht das Recht, Sie so grob anzufahren.«

»Sie hatten wohl das Recht«, sagte sie matt. »Wenn ich etwas falsch gemacht habe, auch ohne es zu wollen, haben Sie natürlich das Recht, mich zurechtzuweisen. Nur verstehe ich immer noch nicht, was ich eigentlich ...«

»Eines Tages werden Sie es verstehen. Im Augenblick sollten wir beide die Sache lieber vergessen.«

»Aber wie soll ich aufhören, etwas zu tun, wenn ich gar nicht weiß, was ich getan habe?«

Er schloß die Augen für einen Augenblick. Er war zu müde zu reden, zu denken, zu planen, aber ihm war klar, daß er sie nicht ohne irgendwelche Erklärungen oder Anweisungen gehen lassen konnte. Es wäre okay, wenn sie so bliebe wie jetzt, zerknirscht, demütig, ohne Energie. Aber wie würde es nach einem gesunden Schlaf, Zeit zum Nachdenken und einem guten Frühstück in ihr aussehen?

Er konnte sich vorstellen, wie sie am Morgen schwungvoll das Büro betrat (etwas von der Loyalität verlorengegangen wie der Flaum von einem Pfirsich) und Borowitz mit den Neuigkeiten begrüßte: »Wissen Sie was, Borowitz? Gestern abend habe ich einen echten Privatdetektiv kennengelernt, und er hat mich alles mögliche gefragt über das Verschwinden der Frau vom Chef.« Und Borowitz, der von Natur aus und aus Gewohnheit gern tratschte, würde es an seine Freundin weitergeben, und die Freundin an ihre Familie, und innerhalb einiger Tage würde es in der ganzen Stadt verbreitet sein, von Mund zu Mund wie ein Virus. Dem ersten Träger mußte der Mund gestopft werden. Wie, das spielte keine Rolle mehr.

»Miss Burton, ich habe großes Vertrauen in Ihre Verschwiegenheit wie auch in Ihre Loyalität und Ihren guten Willen. Ich verlasse mich auf Sie.« Er verabscheute den falschen Ton, die falschen Worte. Sie hätten nicht einmal den kleinen Hund Mack getäuscht, aber Miss Burton atmete sie ein wie Sauerstoff. »Ich werde Sie ins Vertrauen ziehen, da ich weiß, daß Sie es nicht mißbrauchen werden.«

»Oh, natürlich nicht. Meine Güte, ganz gewiß nicht.«

»Meine Frau wird wirklich vermißt, in dem Sinn, daß ich nicht sicher weiß, wo sie sich aufhält. Ich habe erzählt, daß sie in New York sei, weil ich einen in New York abgestempelten Brief von ihr bekam – und weil ich den Leuten irgend etwas erzählen mußte.«

»Warum teilt sie Ihnen nicht mit, wo sie ist?«

»Es war Teil unserer Vereinbarung, bevor sie abfuhr. In Ermanglung eines geeigneteren Ausdrucks – nennen wir es eine Trennung auf Probe. Wir wollten einander für eine gewisse Zeit völlig in Ruhe lassen. Unglücklicherweise hält mein Schwager, Mr. Brandon, nichts davon, Leute in Ruhe zu lassen. Er beauftragte einen Privatdetektiv, nach Amy zu suchen. Nun, ich hoffe, daß er sie findet, nicht ihret- oder meinetwegen, sondern seinetwegen. Er ist im Begriff, sich ganz furchtbar lächerlich zu machen. Seine Frau weiß das und hat versucht, ihn davon abzuhalten. Als ihr das nicht gelang, kam sie zu mir und erzählte mir die ganze Geschichte.«

»War das an dem Tag, an dem sie so herausgeputzt ins Büro kam?«

Rupert nickte. »Irgendwann kam Mr. Brandon dann auf die Idee, daß ich meine Frau loswerden wollte, weil ich an einer anderen Frau interessiert sei.« Er drehte sich um und sah sie an. Sie saß vorgebeugt im Sessel, angespannt und erregt, wie ein Kind, dem ein Märchen erzählt wird. »Wissen Sie, wer diese Frau ist, Miss Burton?«

»Oh, nein. Oh, meine Güte ...«

»Sie.«

Ihr Mund öffnete sich, so daß er die Silberfüllungen in ihrer unteren Zahnreihe sehen konnte. Silber, dachte er. Der silberne Kasten. Ich muß den silbernen Kasten loswerden. Zuerst muß ich jedoch sie loswerden.

Er sagte, geduldig und verständnisvoll: »Es tut mir leid, daß dies ein Schock für Sie ist, Miss Burton. Für mich war es auch einer.«

Sie hatte sich in den Sessel zurückfallen lassen, blaß und schlaff. »Dieser ... dieser schreckliche Mensch. So etwas zu sagen, so etwas Schlimmes auch nur zu denken ... zu versuchen, meinen guten Ruf zu ruinieren ...«

»Nicht Ihren. Meinen.«

»Und ich war all diese Jahre eine gute Methodistin; ich habe an fleischliche Dinge nicht einmal gedacht!« Aber noch während sie sprach, wußte sie, daß das, was sie sagte, nicht stimmte. Rupert tauchte zu oft in ihren Gedanken, ihren Träumen auf, als Vater, als Sohn, als Liebhaber. Vielleicht wußte er das. Vielleicht konnte er es in ihren Augen lesen. Sie bedeckte das Gesicht mit den Händen und wiederholte mit hoher, gedämpfter Stimme: »Immer eine g-g-gute Methodistin.«

»Natürlich. Natürlich sind Sie das.«

»Ich ... nur weil ich mein Haar töne. In der Bibel steht kein Wort darüber, daß man die Farbe seines Haars nicht wechseln kann. Ich habe den Pfarrer gefragt. Ich frage den Pfarrer immer um Rat, wenn ich mir Sorgen mache.«

Er blickte steinern auf sie herunter, ohne Mitleid; er sah in ihr nicht die Frau, sondern die Drohung, eine nicht gezündete Bombe, deren Zünder mit peinlichster Sorgfalt entfernt werden mußte. »Machen Sie sich jetzt Sorgen, Miss Burton?«

»Schreckliche Sorgen.«

»Heißt das, daß Sie die Absicht haben, mit Ihrem Pfarrer darüber zu sprechen?«

»Ich weiß nicht. Er ist ein sehr weiser ...«

»Dies ist eine heikle Situation, Miss Burton. Zweifellos ist Ihr Pfarrer ein weiser und hilfsbereiter Mann, aber sind Sie sicher, daß Sie es gern hätten, wenn noch eine Person mehr das Gerücht hört?«

»Was meinen Sie, ›noch eine Person mehr‹?«

»Mrs. Brandon weiß es. Und der Detektiv, Dodd. Gerda Lundquist wahrscheinlich auch, da sie jetzt für die Brandons arbeitet.«

»Sie können nichts wissen«, sagte Miss Burton mit schriller Stimme. »Es gibt nichts zu wissen. Es ist nichts als ein boshaftes Gerücht. Ich werde es bestreiten.«

»Können Sie das?«

»Ja, das kann ich. Es ist kein wahres Wort dran!«

»Nicht ein einziges Wort?«

Sie schüttelte den Kopf in stummer Qual.

»Miss Burton, angenommen, ich sagte Ihnen, daß etwas Wahres dran ist, daß es nicht nur ein Gerücht ist?«

»Nein. Nein! Sagen Sie nichts!«

»In Ordnung.«

Er sah, wie die Tränen zwischen ihren Fingern hervorrollten und über die mageren Handgelenke liefen. Jetzt wird sie nicht mehr explodieren, dachte er. Sie wird nur eine Menge Lärm machen und dann verpuffen.

Sie war eine weinende Frau, keine Bombe mehr. Er holte lang und tief Luft und ging durch das Zimmer auf sie zu.

»Miss Burton ... Pat.«

»Kommen Sie mir nicht zu nahe! Sagen Sie mir nichts!«

»Ich habe gesagt, daß ich nichts mehr sagen werde. Aber Sie sollten lieber mit dem Weinen aufhören. Ihre Augen schwellen an, wenn Sie weinen.«

»Woher ... woher wissen Sie das?«

»Ich weiß noch, wie Sie nach der Beerdigung Ihrer Mutter zur Arbeit kamen. Ihre Augenlider waren wie Blasen, und so blieben sie den ganzen Tag. Sie sahen sehr komisch aus.«

Langsam nahm sie die Hände vom Gesicht. Er lächelte auf sie herunter, so freundlich und voller Zuneigung, daß ihr Herz plötzlich einen Satz gegen die Brustwand machte wie der Tritt eines Fötus.

Er sagte: »Sie werden Borowitz nicht argwöhnen lassen wollen, daß Sie einen Gefühlsaufruhr hinter sich haben. Wenn er sieht, daß Sie geweint haben, wird er Fragen stellen. Sie haben keine Antworten.«

»Ich habe ... keine Antworten.«

»Sie sind müde. Bleiben Sie einen Augenblick ruhig

sitzen, während ich ein Taxi für Sie bestelle. Einverstanden?«

»Ja.«

»Und keine Tränen mehr?«

»Nein.«

Er bestellte das Taxi vom Telefon in der Küche aus und dachte dabei an das letzte Mal, daß er ein Taxi bestellt hatte, an einem Sonntagabend vor fast drei Wochen. Er hatte eines bestellt und den Auftrag dann drei Minuten später rückgängig gemacht, genau nach Plan. Das Taxiunternehmen würde eine Aufzeichnung seiner Adresse und der Streichung des Auftrags haben. Er wußte nicht, wie lange diese Unternehmen solche Aufzeichnungen aufbewahrten. Lange genug, hoffte er, bis Dodd alles herausgefunden hatte; bisher fand er immer die falschen Dinge, wie ein Apportierhund, der an Stelle der toten Enten die Lockvögel zurückbrachte. Nein, andersrum ...

Als er zurückkam, weinte Miss Burton nicht mehr, sah aber immer noch feucht und aufgelöst aus.

»Bringen Sie sich lieber ein bißchen in Ordnung«, sagte er. »Sie wissen ja, wo die Badezimmer sind.«

Sie errötete bei dem Wort; es schien plötzlich intim und bedeutungsvoll.

»Schließlich wollen wir nicht, daß der Taxifahrer wegen Ihres Äußeren neugierig wird«, fügte er hinzu. »Sie werden übrigens in zehn Minuten an der nordwestlichen Ecke der Cabrillo Street abgeholt. Ich hielt es für diskreter, wenn er nicht herkommt. Nebenbei bemerkt, diskret ist ein Wort, das Sie sich gut merken sollten.«

»Es bestand für mich bisher noch nie die geringste Veranlassung, diskret zu sein«, sagte sie gequält. »Ich habe noch nie jemals etwas verbergen müssen.«

»Haben Sie das jetzt?«

»Ich weiß ... ich weiß nicht.«

»Wenn Sie es nicht wissen, dann gehen Sie lieber von der Annahme aus, daß Sie etwas zu verbergen haben.«

»Das ist für mich alles so verwirrend.«

»Versuchen Sie, es nicht zu zeigen.«

»Wie kann ich das verhindern? Wie kann ich morgen früh ins Büro gehen, als sei nichts geschehen?«

»Sie müssen es«, sagte er. »Es bleibt Ihnen keine andere Wahl.«

»Ich kann kündigen. Vielleicht wäre es unter den Umständen besser, wenn ich kündige.«

»Ist Ihnen klar, was geschehen wird, wenn Sie das tun? Mr. Brandon wird sofort annehmen, daß ich Ihnen mit dem Geld meiner Frau ein Liebesnest einrichte.«

Sie zog sich in den gelben Mantel zurück, als wäre er eine verbergende Muschel, ein Schutz vor der schrecklichen Intimität eines Wortes wie Liebesnest.

»Ich versuche, Ihnen zu helfen, Miss Burton. Aber Sie müssen sich auch selbst helfen. Und mir. Wir stecken beide in dieser Sache.«

»Nein«, flüsterte sie. »Das tun wir nicht. Wir stecken nicht gemeinsam in irgendeiner Sache. Ich habe nichts getan, nichts gesagt. Ich bin unschuldig. Ich bin unschuldig!«

»Das weiß ich.«

»Aber ich muß es beweisen. Wie kann ich es beweisen?«

»Indem Sie sich beherrschen. Sprechen Sie mit niemandem über mich oder meine persönlichen Angelegenheiten. Beantworten Sie keine Fragen, geben Sie freiwillig keine Auskünfte.«

»Das heißt alles ›tun Sie nicht.‹ Was kann ich denn tun?«

»Das Beste wäre, wenn Sie sich beeilen und hier verschwinden. Jetzt gehen Sie sich das Gesicht waschen und das Haar kämmen.« Seine Worte waren schroff, aber er sagte sie in freundlichem, fast väterlichem Ton, und sie reagierte wie ein gehorsames Kind.

Im Badezimmer neben der Küche wusch sie sich das Gesicht und trocknete es an dem einzigen Handtuch, das auf dem Ständer hing. Sie wußte, daß es Ruperts Handtuch sein mußte, und als sie es gegen ihre Stirn und ihre heißen Wangen drückte, hätte sie am liebsten wieder geweint, einfach lange dort gestanden und geweint.

Er wartete in der Küche auf sie; er trug einen Überzieher und einen weichen Filzhut. Seine Haut sah grau aus unter den Leuchtröhren. »Ich bringe Sie bis an die Ecke.«

»Nein. Sie müssen müde sein. Sie sollten schlafen gehen.«

»Ich möchte nicht, daß Sie um Mitternacht allein durch die Stadt gehen.«

»Ist es Mitternacht?«

»Nach Mitternacht.«

Draußen tropfte der Nebel wie Regen von den Dachkanten. Sie gingen nebeneinander, so weit auseinander, wie es auf dem schmalen Gehweg möglich war, befangen jeden Kontakt vermeidend. Aber der Kontakt war vorhanden, überbrückte unsichtbar den Raum zwischen ihnen. Miss Burton spürte ihn, wie sie ihn im Badezimmer gespürt hatte, als sie Ruperts Handtuch gegen ihr Gesicht drückte. Sie war sich genau jeder seiner Bewegungen bewußt, jedes Atemzugs von ihm, des Ausschreitens seiner langen Beine, des Schwingens seiner Arme, der Seufzer, die Worte zu sein schienen, die nicht ausgesprochen werden dürften. Was für Worte, dachte sie, und möchte ich sie hören?

Sie redete, um ihre Gedanken zu verbergen. »Es ist so . . . still.«

»Ja.«

»Komisch. In mir ist es so laut.«

»Laut auf welche Weise?«

»Gongs. Gongs, die hallen.«

Er lächelte leicht. »Ich habe noch nie Gongs gehört. Donnerschläge, ja. Eine Menge davon.«

»Wahrscheinlich trägt jeder seinen persönlichen Lärm mit sich herum.«

»Wahrscheinlich«, sagte er. »Ihr Taxi wartet.«

»Ich sehe es.«

»Hier sind fünf Dollar Fahrgeld.«

Sie hatte das Gefühl, wenn sie das Geld annahm, nahm sie mehr an als das Fahrgeld, aber sie widersprach nicht, zögerte nicht einmal. Er legte den Fünfdollarschein in ihre ausgestreckte Hand. Es war ihre einzige körperliche Berührung am ganzen Abend.

Er kehrte zum Haus zurück und las zum x-ten Mal an diesem Tag wieder den Brief, der den silbernen Kasten begleitet hatte:

Lieber Rupert,
ich möchte Dir und Amy für den schönen Kranz danken und Dir für den Beileidsbrief. Die Beerdigung war sehr still, und obwohl Wilma sie sicher rührselig genannt hätte, fanden wir sie zufriedenstellend. Vielleicht sind, wie Wil-

ma immer behauptet hat, Beerdigungen barbarische Angelegenheiten, aber sie sind nun einmal Brauch und Konvention, und in Zeiten der Belastung stützen wir uns auf Brauch und Konvention.

Ich hoffe, daß Amy sich inzwischen von dem Schock erholt hat. Es war sehr bedauerlich, daß sie das mitansehen mußte, oder überhaupt jemand. Aber vielleicht hat Wilma es so geplant – sie konnte nie etwas im stillen tun, es mußte immer ein Publikum dasein, ob es nun applaudierte oder sie auszischte. Ihr erster Selbstmordversuch, nach ihrer ersten Scheidung, fand im Badezimmer eines Hauses von Freunden statt, während eine große Party in Gang war. Keiner von uns allen dort hatte das Gefühl, daß wir hätten verhindern können, was geschah, darum muß Amy nicht denken, daß sie es hätte verhindern können ...

Rupert konnte sich gut an den Vorfall erinnern. Amy war damals mit den Brandons am Lake Tahoe gewesen, darum hatte er Wilma allein im Krankenhaus besucht. Ohne Make-up und in einem Nachthemd des Krankenhauses sah sie blaß und elend aus.

»Wilma?«

»Nanu, du kommst hierher? Setz dich und mach es dir bequem. Soweit man es sich bequem machen kann in diesem stinkenden Loch.«

»Warum in Gottes Namen hast du es getan, Wilma?«

»Was für eine Frage.«

»Ich frage dich.«

»Okay. Ich habe mich gelangweilt. All diese albernen, schwatzenden und lachenden Leute. Ich sah die Tabletten im Medizinschrank und schluckte sie. Ist dir jemals der

Magen ausgepumpt worden? Eine Erfahrung besonderer Art.«

»Ich glaube, du solltest lieber einen Psychiater aufsuchen.«

»Ich war die beiden letzten Wochen bei einem in Behandlung. Er ist reizend. Er hat unwahrscheinlich gebogene Wimpern. Ich sitz dreimal die Woche fünfzig Minuten lang da und betrachte seine Wimpern. Es ist faszinierend. Vielleicht verknalle ich mich noch in ihn. Andererseits fange ich vielleicht auch an, mich zu langweilen. So viel ist an Wimpern nun auch wieder nicht dran.«

»Du mußt die Sache ernst nehmen.«

»Ich bin müde, Kumpel. Geh jetzt, ja?«

Nach weniger als zwei Monaten langweilten die Wimpern des Psychiaters Wilma, und sie ging nicht mehr hin.

Rupert wandte sich wieder dem Brief zu:

... Ich könnte stundenlang pausenlos über Wilma reden – und habe es oft getan –, aber es scheint mir nie zu gelingen, sie besser zu verstehen. Was für ein Jammer, daß all ihr Schwung und ihre Energie kein konstruktives Betätigungsfeld gefunden haben. Es wäre viel besser gewesen, wenn sie gezwungen gewesen wäre, für sich selbst zu sorgen, anstatt von Unterhaltsschecks zu leben. Es ist uns übrigens nicht gelungen, Wilmas Ehemann, Robert Wyatt, ausfindig zu machen, um ihm die Nachricht von Wilmas Tod zu übermitteln. Es wird ihn ohnehin nicht besonders interessieren, außer daß er Geld spart.
Du wunderst Dich sicher über den silbernen Kasten. Er befand sich unter Wilmas Sachen, die mir von Mexico City zugeschickt wurden. Er muß beim Transport beschädigt worden sein, ist aber trotzdem eine hübsche Arbeit.

Wegen des Monogramms auf der Innenseite des Deckels haben Earl und ich angenommen, daß Wilma ihn als Geschenk für Dich vorgesehen hatte. Sie sprach immer mit großer Zuneigung von Dir, und ich weiß, wieviel Geduld Du und Amy immer mit Wilmas ›Faxen‹ – so nannte Earl es – gezeigt haben. Bitte behalte den Kasten als Erinnerung an sie.

Viele Grüße an Amy, und wir bedanken uns noch einmal für den schönen Kranz. Gelbe Rosen waren immer Wilmas Lieblingsblumen. Wie aufmerksam von Euch, daran zu denken.

Freundliche Grüße,
Ruth Sullivan.

Gelbe Rosen.

»Ich hoffe«, hatte Wilma einmal gesagt, »daß mir jemand gelbe Rosen schickt, wenn ich sterbe. Wie ist es damit, Rupert?«

»Geht in Ordnung. Wenn es mich noch gibt.«

»Versprochen?«

»Gewiß.«

»Versprechen, die man Toten gegeben hat, sind leicht zu brechen. Wenn ich an all das denke, was ich meinen Eltern versprochen habe – wenn ich überhaupt etwas davon gehalten habe, ist es reiner Zufall. Vergiß also die ganze Sache, ja?«

»Ich finde«, hatte Amy sittsam gesagt, »daß man nicht über seine eigene Beerdigung sprechen sollte ...«

Er warf Brief und Umschlag ins Feuer. Dann nahm er den silbernen Kasten auf, zögernd, als berühre er ihn nicht gern. Er sah wie ein Sarg aus. Doch nicht Wilmas Sarg. Die Initialen auf dem Deckel waren seine eigenen.

Er ging hinaus zur Garage, den Kasten unter dem Überzieher haltend.

Eine halbe Stunde später, als er sich der Mitte der Golden Gate Bridge näherte, warf er den kleinen silbernen Sarg über das Schutzgeländer. Er versank zuerst im Nebel, dann im Wasser.

12

Die Rollbahnen des International Airport dampften unter der Hitze einer überraschend hervorgebrochenen Sonne, und Maschinen, die über Nacht keine Starterlaubnis erhalten hatten, starteten in alle Richtungen, so schnell die Rollbahnen freigemacht werden konnten. Innerhalb der Glaswände erteilte der Lautsprecher wie ein unsichtbarer Tyrann seinen Untertanen ständig Befehle: »Pan American Flug nach Hawaii ist nun zum Einsteigen an Gate Sieben bereit... Mr. Paul Mitchell, bei den United Airlines melden, Mr. Paul Mitchell... Trans World Airlines Flug nach Chicago und New York startet eine halbe Stunde später ... Bitte nicht versuchen, an Bord der Maschinen zu gehen, bevor Ihre Flugnummer ausgerufen worden ist ... Die Passagiere von Pan Am 509 nach Hawaii bitte zu Gate sieben ... Mrs. James Swartz, ich wiederhole, Mrs. James Swartz, Ihr Ticket für Dallas, Texas, ist nicht gültig. Bitte sofort bei den United Airlines melden ... Passagiere des Fluges 314 nach Seattle ...«

Am Schalter der Western Air Lines war ein junger Mann mit rosafarbenem Gesicht und einer Hornbrille hinter einem Namensschild, das ihn als Charles E. Smith auswies, mit einigen Papieren beschäftigt.

Als Dodd an den Tisch trat, fragte der junge Mann, ohne aufzublicken: »Was kann ich für Sie tun?«

»Ich hätte gern ein Ticket zum Mond.«

»Was zum . . . Oh, du bist es, Dodd. Jemand ermordet worden?«

»Ja«, sagte Dodd freundlich. »Deine ganze Familie, einschließlich Cousine Mabel, ist von einem Bombenleger, der durchgedreht hat, ausgelöscht worden.«

»Ich bekenne mich schuldig.«

»Braver Junge.«

»Was gibt's sonst noch an Neuigkeiten?«

»Ich brauch ein paar Informationen, Smitty.«

»Ich höre.«

»Am Sonntag, dem 14. September, sollen ein Mann und seine Ehefrau nach einem Flug von Mexico City nachts hier gelandet sein. Was ich wissen möchte: Sind sie beide hier ausgestiegen, nur einer von ihnen, ist überhaupt einer von ihnen ausgestiegen?«

»Das hört sich ziemlich einfach an«, sagte Smitty. »Ist es aber nicht.«

»Ihr macht doch Aufzeichnungen, oder?«

»Sicher tun wir das. Wir haben die Namen aller Personen, die während der beiden letzten Jahre an Bord einer unserer Maschinen gegangen sind.«

Dodd sagte ungeduldig: »Und?«

»Ich sagte ›an Bord gegangen‹. Wir sind kein Wohltätigkeitsverein. Wir lassen uns die Tickets bezahlen und schaffen die Passagiere an Bord. Wo sie aussteigen, ist nicht unsere Sache.«

»Du meinst, wenn ich mir ein Ticket nach New York kaufe und statt dessen in Chicago aussteige, würde niemand das merken?«

»Es würde nicht in unseren Aufzeichnungen stehen«, sagte Smitty. »Aber jemand könnte es schon feststellen.«

»Zum Beispiel?«

»Ein Mitglied der Crew. Eine der Stewardessen etwa könnte sich an dich besonders gut erinnern, weil du versucht hast, aufdringlich zu werden, oder weil du vor dem Essen nicht einen, sondern drei Martinis getrunken hast. Oder der Bordfunker, der Kopilot oder der Pilot – sie alle kommen mal durch die Kabine, und manchmal bleiben sie stehen und reden mit den Passagieren.«

»Werden Aufzeichnungen über die Crew eines jeden Flugs gemacht?«

»Der Angestellte am Schalter tut es.«

»Könnte man den 14. September mal durchgehen? Vielleicht lieber auch den 13.«

Smith nahm seine Brille ab und rieb sich die Augen. »Hinter was bist du her, Dodd?«

»Es ist nie ganz sauber.«

»Das weiß ich, aber um was geht's?«

»Liebe, Haß, Geld, such dir's aus.«

»Ich nehme das Geld«, sagte Smitty sanft.

»Willst du damit andeuten, daß du ein Bestechungsgeld annehmen würdest? Das ist ein Schock für mich, Junge, ein echter, schrecklicher Sch ...«

»Warte im Café auf mich. Ich werde in fünfzehn Minuten abgelöst.«

Das Café war gerammelt voll. Es war nicht schwer, die Leute herauszufinden, die auf ihre Flüge warteten. Sie aßen besorgt und hastig, ein Auge auf die Uhr, ein Ohr auf den Lautsprecher gerichtet. Die Frauen griffen immer wieder nach Hut und Handtasche, die Männer überprüften die Tickets noch einmal. Sie sahen angespannt und gereizt aus. Dodd fragte sich, wo all die fröhlichen Reisenden der Werbung waren.

Er drängelte sich zu einem Platz an der Theke vor und bestellte Kaffee und Blätterteiggebäck. Während er aß, lauschte er der Unterhaltung der beiden Frauen mittleren Alters neben ihm, die im Begriff waren, eine Reise nach Dallas zu machen.

»Ich habe das Gefühl, ich hätte etwas vergessen. Ich weiß es einfach . . .«

»Das Gas. Hast du daran gedacht, das Gas abzustellen?«

»Ich bin ganz sicher, daß ich es abgestellt habe. Ich glaube es jedenfalls. O je!«

»Du hast hoffentlich das Dramamin eingesteckt.«

»Hier ist es. Nur wird es nicht viel nützen. Mir ist jetzt schon schlecht.«

»Stell dir diese Unverschämtheit vor: Ich mußte meine Handtasche zusammen mit meinem Gepäck wiegen lassen, nur weil es etwas Übergewicht hat.«

»Selbst wenn ich das Gas nicht abgestellt haben sollte, würde das Haus doch nicht in die Luft fliegen, nicht wahr?«

»Nimm das Dramamin. Es wird dich beruhigen.«

Als sie gingen, wünschte Dodd ihnen stumm *bon voyage* und legte seinen Überzieher auf einen der leeren Hocker, um ihn für Smitty freizuhalten.

Er war bei seiner zweiten Tasse Kaffee, als Smitty kam.

»Schon gemacht?«

»Schon gemacht«, sagte Smitty. »Sonnabend, 13. September. Pilot Robert Forbes, wohnt in San Carlos, ist aber jetzt im Dienst. Kopilot James Billings, Sausalito, jetzt dienstfrei. Bordfunker Joe Mazzino, Daly City, augenblicklich krankgeschrieben. Drei Stewardessen. Zwei von ihnen, Ann Mackay und Maria Fernandez, fliegen im Augenblick. Die dritte, Betty deWitt, erwies sich als verheiratet und ist letzte Woche gefeuert worden. Ihr Ehemann ist Bert Reiner, ein Düsenflugzeugpilot, der mit Moffett Field zu tun hat. Sie wohnen in Mountain View unten auf der Halbinsel. Mrs. Reiner ist das richtige Mädchen für dich, wenn du sie erreichst.«

»Wieso?«

»Sie war als einzige bei beiden Flügen dabei, am 13. und am 14., weil sie für ein Mädchen, das krank war, eingesprungen ist. Das Problem ist, daß Betty vielleicht keine Lust hat, dir zu helfen. Sie war stocksauer, als sie feststellten, daß sie verheiratet ist, und sie an die Luft setzten.«

»Ich werde es jedenfalls versuchen. Danke, Smitty. Du bist ein Muster an Tüchtigkeit.«

»Applaudiere nicht«, sagte Smitty. »Zahle einfach.«

Dodd gab ihm zehn Dollar.

»Lieber Gott, bist du knickrig, Dodd.«

»Du hast fünfzehn Minuten gebraucht, um die Informationen zu bekommen. Macht vierzig Dollar die Stunde. Wo sonst könntest du vierzig Dollar die Stunde verdienen? Bis dann, Smitty.«

Er fuhr über den Bayshore Freeway zur Stadt zurück. Als er in sein Büro kam, saß seine Sekretärin, Lorraine, am Telefon, und ihrem sauren Gesichtsausdruck entnahm er, daß ihr die Aufgabe, die er ihr gegeben hatte, nicht gefiel.

»Ich verstehe ... Ja, Mr. Kellogg muß mir den Namen des falschen Tierheims gegeben haben. Tut mir leid, daß ich Sie belästigt habe.«

Sie legte den Hörer auf, strich eine weitere Nummer auf dem Schreibblock aus und begann sofort wieder zu wählen.

Dodd streckte den Arm aus und unterbrach die Verbindung. »Sprechen wir heute morgen nicht miteinander?«

»Ich muß meine Stimme schonen für all die Lügen, die ich erzähle.«

»Noch kein Glück gehabt bis jetzt?«

»Nein. Und ich merke, daß bei mir eine Halsentzündung im Anmarsch ist.«

»Bis sie eintrifft, telefonieren Sie weiter.« Dodd wußte aus Erfahrung, daß es besser war, nicht auf die Beschwerden Lorraines einzugehen, die nach Anzahl und Vielseitigkeit ein medizinisches Lehrbuch hätten füllen können.

»Haben wir Post?«

»Der Brief von Mr. Fowler aus Mexico City, auf den Sie gewartet haben, ist gekommen. Durch Eilboten. Ich habe ihn auf Ihren Schreibtisch gelegt.«

Lorraine nahm einen Hustenbonbon, deponierte ihn gekonnt in ihrer linken Backe und begann wieder zu wählen. »Ich rufe wegen Mr. Kelloggs Scottie an ...«

Dodd öffnete den Brief. Er war auf der Maschine geschrieben, nach der unregelmäßigen Zweifingermethode, die Fowler benutzt hatte, als er noch Sergeant bei der Polizei von Los Angeles war, und er enthielt weder Datum noch Anschrift des Absenders, noch eine Anrede:

Schön, Deine Stimme wieder zu hören, Du alter Sünder. Aber weshalb überhaupt die ganze Hast und Aufregung? Hier bei uns scheint alles in Ordnung zu sein.

Mrs. Kellogg wurde am 12. September aus dem A. B. C.-Krankenhaus entlassen. Ich habe mit dem Assistenzarzt der Abteilung, auf der sie gelegen hat, gesprochen. Er gab nur widerstrebend Auskunft, sein Widerstreben war fünfundzwanzig Dollar wert, aber er gab zu, daß die Verantwortlichen es nicht gern sahen, daß Mrs. Kellogg das Krankenhaus so bald verlassen wollte, und daß sie ihre Einwilligung erst gaben, als Kellogg anbot, eine Krankenschwester einzustellen als Begleitung seiner Frau auf dem Rückflug nach Hause. Nach Auskunft des Assistenzarztes gab es unter den Ärzten beträchtliche Meinungsverschiedenheiten über die Schwere von Mrs. Kelloggs Gehirnerschütterung. Gehirnerschütterungen können selbst mit einem Elektroenzephalogramm nicht exakt gemessen werden, und als Mrs. Kellogg erfuhr, daß bei einem EEG Nadeln in die Kopfhaut gesteckt werden, lehnte sie es ab, sich dem zu unterziehen. Ich persönlich sehe nicht, wo Mrs. Kelloggs Angst vor Nadeln hineinpaßt, aber da Du jede winzige Einzelheit von mir hören wolltest, bleib am Ball. Das Diplom des Assistenzarztes ist noch naß, daher wußte er natürlich alles über Gehirnerschütterungen. Er hat es mir aus einem Buch vorgelesen: die Schwere einer Gehirnerschütterung läßt sich messen an dem Grad der retrograden und der anterograden Amnesie. Wie wahr!

Am Tag ihrer Entlassung kehrte Mrs. Kellogg mit ihrem Ehemann ins Windsor-Hotel zurück. Von dort aus führte er ein Telefongespräch mit einem Mr. Johnson in der amerikanischen Botschaft. Telefonieren in diesem Land ist eine Kunst, nicht eine technische Errungenschaft, und die Damen in der Vermittlung haben das Temperament von Opernstars. Ein falsches Wort, ein falscher Ton, und die telefonista kriegt ihre Leitungen durcheinander. Offensichtlich brauchte Kellogg den falschen Ton. Es gab eine Menge Ärger wegen des Anrufs, *das ist auch der Grund, warum ich von der* telefonista *selbst davon hörte. Ich ging hinüber zur Botschaft und sprach mit Johnson. Es stellte sich heraus, daß er es war, der Kellogg die Nachricht von dem Geschehenen übermittelt und seine Hilfe angeboten hatte, als Kellogg hier eintraf.*

Kelloggs Wunsch war ziemlich einfach. Er bat um den Namen eines angesehenen Anwalts, der sich auf das Zivilrecht spezialisiert hat. Johnson schickte ihn zu Ramón Jiminez. Jiminez ist ein geachteter Bürger der Stadt, politisch aktiv und außerdem ein geschickter Anwalt. Er lehnte es ab, mir irgendwelche Auskünfte zu geben. Aber als ich ihm sagte, daß ich bereits im Besitz der Auskunft sei und nur eine Bestätigung oder ein Dementi von ihm wolle, gab er zu, daß er eine Generalvollmachtsurkunde ausgestellt habe, die Kellogg das Recht gebe, alle Angelegenheiten seiner Ehefrau, finanzieller und anderer Art, zu regeln. Alles legal und über jeden Zweifel erhaben. Bei der bloßen Erwähnung der Worte ›unter Druck‹ ging er senkrecht in die Luft (auf nette, ruhige Weise natürlich) und forderte mich auf, das Büro zu verlassen. Ich selbst habe das Gefühl, daß es sich auf keinen Fall um Unterdrucksetzen gehandelt haben kann, oder Jiminez hätte die Sache nicht mit der Feuerzange angerührt. Warum sollte er seinen Ruf aufs Spiel setzen für die lächerliche Summe, die Kellogg hätte zahlen können? (Ich gehe davon aus, daß Deine Angaben über Kelloggs finanzielle Situation den Tatsachen entsprechen.)

Jetzt zu den anderen Dingen, die ich für Dich überprüfen sollte. Es hat keine gerichtliche Voruntersuchung wie der Coroner's Inquest bei uns in Amerika stattgefunden, was den Tod von Mrs. Wyatt betrifft, aber etwa ein Dutzend Augenzeugen haben Aussagen vor der Polizei gemacht. Die Bodenzeugen, d. h. jene, die sich gerade auf der avenida befanden, mußten unberücksichtigt gelassen werden, weil ihre Aussagen so widersprüchlich waren. Eine Kombination von Aufregung, Dunkelheit, Aberglauben und religiöser Scheu ist keine gute Voraussetzung für genaue Beobachtung. Mrs. Kelloggs Darstellung der Tragödie stimmte im wesentlichen mit der des Zimmermädchens, Consuela Gonzales, überein, die aus nur ihr selbst bekannten Gründen die Nacht in einer Besenkammer in der Nähe des Appartements verbrachte und Mrs. Kellogg schreien hörte. Sie lief zu dem Zimmer. Mrs. Wyatt hatte sich bereits vom Balkon gestürzt, und Mrs. Kellogg lag bewußtlos auf dem Boden. Ich habe versucht, im Hotel Verbindung mit Miss Gonzales aufzunehmen, aber man hatte sie rausgeworfen, weil sie Gäste bestohlen hatte und dem Geschäftsführer gegenüber unverschämt geworden war. Der Barkeeper war zwar kein Zeuge des Unglücks, sagte aber aus, daß Mrs. Wyatt sehr betrunken und in streitsüchtiger Stimmung gewesen sei. Wenn Du auf der Suche nach falschen Tönen bist – hier hast Du einen: streitsüchtige Betrunkene suchen Auseinandersetzungen mit anderen, nicht mit sich selbst. Aber das ist ziemlich mager; Streitsucht kann sich in Depression verwandeln nach einem weiteren Schlückchen Martini oder, wie hier, tequila. Jedenfalls ist die Polizei hier – und sie ist nicht so sorglos und unfähig, wie man Dir wahrscheinlich eingeredet hat – völlig überzeugt, daß es sich bei dem Tod Mrs. Wyatts um Selbstmord handelt. Ihre Leiche und ihre persönliche Habe wurden freigegeben für den Transport zu ihrer Schwester, Mrs. Earl Sullivan, in San Diego.

Wie ich schon am Anfang dieses Berichtes sagte, bei uns scheint *alles in Ordnung zu sein. Ein etwas rätselhafter Tatbestand spielt eine Rolle, der etwas mit dem Fall zu tun haben mag oder auch nicht. Wie auch immer, hier sind die Einzelheiten:*

Sie betreffen Joe O'Donnell, den Mann, den ich für Dich überprüfen sollte. Seit einer Woche ist er spurlos verschwunden. Über ein Jahr lang hat er Nacht für Nacht in der Windsor-Bar gehockt. Als er drei oder vier Nächte nacheinander nicht auftauchte, suchte Emilio, der Barkeeper, sein Appartement auf. O'Donnell war nicht da und seit geraumer Zeit von keinem seiner Nachbarn gesehen worden. Seine Vermieterin behauptete, daß er abgehauen sei, weil er mit der Miete im Rückstand war. Das mag zutreffen, aber es erklärt sein Nichterscheinen in der Bar nicht, die er sein »Büro« nannte. Emilios Angaben über die Art von Geschäften, die O'Donnell von seinem »Büro« aus führte, waren vage, aber er bestand darauf, daß alles rechtmäßig zugegangen sei und daß O'Donnell nie Ärger mit der Polizei oder mit der Geschäftsleitung gehabt habe. Ich vermute, daß er auf kleine Betrügereien aus war, mag es sich nun um Anleihen bei wohlhabenden Frauen, die er kennenlernte, gehandelt haben – wie Mrs. Wyatt – oder um das Organisieren von Pokerspielen für amerikanische Geschäftsleute, die Annahme von Wetten auf Pferde und solche Dinge. Nichts Illegales, nichts Großes. O'Donnell hat – oder hatte – offensichtlich sehr viel Charme. Jeder findet ein gutes Wort für ihn: großzügig, freundlich, amüsant, intelligent, gutaussehend. Wie kommt es, daß dieser Supermann Abend für Abend in einer Bar Drinks schnorrt und den Gigolo spielt? Es reimt sich nicht.

Ich habe Emilio weiter ausgefragt. Es kam mir merkwürdig vor, daß ein Barkeeper sich auf die Suche nach einem Kunden machte, nur weil er ein paar Nächte nicht erschienen war. Emilio antwortete ausweichend – das tun Mexikaner gewöhnlich, aber sie lügen eher, um zu gefallen, als um zu betrügen, und wenn man das einmal verstanden hat, ist es leicht, damit zurechtzukommen. Es stellte sich heraus, daß ein an Joe O'Donnell adressierter Brief im Hotel abgegeben worden war, per Adresse Emilio. Der Brief kam aus San Francisco, mit Luftpost, und auf den Umschlag hatte der Absender geschrieben »urgente y importante«.

Als Emilio O'Donnell den Brief aushändigte, machte O'Donnell irgendeine Bemerkung, daß er aus dem Osten komme und nicht einmal jemanden kenne in San Francisco außer Leuten, die er zufällig in der Windsor-Bar kennengelernt hatte. Wie Mrs. Kellogg und Mrs. Wyatt vermutlich. Jedenfalls setzte er sich und las den Brief bei einer Flasche Bier. Emilio fragte ihn, halb im Scherz, was denn so »urgente y importante« *sei, und O'Donnell sagte zu ihm, er solle sich um seine verdammten eigenen Angelegenheiten kümmern. Er stand auf und verließ die Bar, und das war das letzte Mal, daß ihn jemand gesehen hat.*

Natürlich war Emilios Neugier erwacht. Seit Mrs. Wyatts Tod mußte er ständig an Selbstmord denken. Aus Gründen, die nicht ausschließlich religiöser Natur sind, hinterläßt Selbstmord bei dem Durchschnittsmexikaner eine tiefere Wirkung als jede andere Art von Gewaltanwendung. Emilio ging zu O'Donnells Appartement in der unbestimmten Furcht, daß O'Donnell sich das Leben genommen habe wegen irgendwelcher sehr schlimmer Nachrichten, die er mit dem Brief erhalten habe.

Nun, das wär's. Ich habe O'Donnells Adresse und werde der Sache weiter nachgehen. Ich habe auch mit Emilio vereinbart, daß er sich mit mir in Verbindung setzt, wenn und falls O'Donnell sich in der Bar wieder zeigt. Es könnte ja sein. Andererseits kann er inzwischen in Afrika sein. Es wäre für ihn kein Problem, das Land zu verlassen, da er amerikanischer Staatsbürger ist und seitens der Behörden nichts gegen ihn vorliegt.

Um wieder auf Mr. und Mrs. Kellogg zurückzukommen: sie haben das Windsor am 13. September früh am Morgen verlassen und ein Taxi zum Flughafen genommen. Kein Zeichen von der Krankenschwester, die Kellogg, wie er im Krankenhaus gesagt hatte, als Reisebegleitung für seine Frau einstellen wollte. Vielleicht hat er seine Meinung geändert, vielleicht hat er mit der Schwester vereinbart, daß sie sich am Flughafen treffen würden. Als sie das Hotel verließen, war Mrs. Kelloggs linke Schläfe verbunden, und sie hatte ein blaues Auge. Nach Angaben des Portiers benahm sie sich, als stände sie unter Drogen, aber das würde ich mit einem Körnchen Salz nehmen. Vielleicht handelt es sich um einen Fall jener nationalen Eigenschaft, zu lügen, um zu gefallen – d. h., er schloß aus meinen Fragen, daß ich den Verdacht hatte, etwas sei nicht in Ordnung, und er versuchte nur zu »helfen«.

Ich warte auf weitere Instruktionen. Beste Wünsche,

Fowler.

Dodd las den Bericht ein zweites Mal durch, dann drückte er auf den Summer, um Lorraine hereinzurufen.

»Telegrafieren Sie an Fowler.«

»Direkt oder Brieftelegramm?«

»Brieftelegramm.«

»Okay, Sie haben fünfzig Wörter.« Sie schrieb Fowlers Adresse von dem Umschlag mit dem Bericht ab. »Es kann losgehen.«

»Überprüfe alle Ausreisemöglichkeiten O'Donnells. Appartement nach Briefen, Kontoauszügen, Fotos, Hinweisen auf Liebschaften durchsuchen. Namen aller Freunde, an die er sich wenden könnte, beschaffen. Weiter so. Viele Grüße, Dodd.«

»Das sind keine fünfzig Wörter«, sagte Lorraine.

»Und?«

»Vielleicht sollten Sie etwas hinzufügen, wie ›beste Grüße an Deine Frau‹.«

»Könnte ich«, sagte Dodd. »Aber es wäre vielleicht nicht der beste Geschmack. Er ist Witwer.«

»Oh. Aber wenn Sie für fünfzig Wörter zahlen und es fast zwei Dollar kostet ...«

»Geben Sie es freundlicherweise so auf, wie es ist, ohne weiteres Redigieren. Danach möchte ich, daß Sie Moffett Field anrufen und sich Adresse und Telefonnummer eines Piloten namens Bert Reiner geben lassen. Seinen Rang kenne ich nicht. Er wohnt mit seiner Frau in Mountain View.«

Lorraine stand auf. »Das ist wenigstens mal was anderes als Tierheime und Hundekrankenhäuser.«

»Sie werden wieder zu ihnen zurückkehren.«

»Wenn ich nur wüßte, warum Sie diesen Scottie suchen, wäre meine Arbeit weniger langweilig. Ich meine, ich bin Ihre Sekretärin, ich sollte über diese Dinge Bescheid wissen.«

»Vielleicht sollten Sie das auch. Erinnern Sie mich daran, es Ihnen zu sagen, zu Weihnachten.«

Von dem Wortgefecht hatte Lorraine Kopfschmerzen bekommen. Sie nahm ein Aspirin gegen den Schmerz, einen halben Tranquilizer, um ihre Nerven zu beruhigen und eine Vitamintablette aus allgemeinen Grundsätzen. Dann griff sie wieder nach dem Telefon.

13

Die Stadt Mountain View duckte sich unter dem wohlwollenden Despotismus des Jet-Zeitalters. Ihre älteren Einwohner veranstalteten öffentliche Versammlungen und schrieben Protestbriefe an die Zeitungen, in denen sie sich über den Überschallknall und zerbrochene Scheiben, feurige Abstürze und verändertes Klima beschwerten. Das Air-Force-Personal und kriegsbewußtere Bürger antworteten darauf in Briefen, die im wesentlichen auf die Frage hinausliefen: »Was würden Sie bei einem Angriff ohne die Düsenflugzeuge machen?«

Die Reiners wohnten in der unteren Hälfte eines neuen Doppelhauses aus Rotholz in der Nähe des Camino Real. Betty Reiner öffnete die Tür. Sie war eine große, schlanke, hübsche Brünette mit grünen Augen und einem automatischen Lächeln, das unfreundlicher als eine gerunzelte Stirn wirkte. Sie trug enge schwarze Capri-Hosen, ein seidenes Hemd und eine doppelte Perlenschnur, die ihr bis über die Taille reichte. Dodd fragte sich, ob sie im Haus immer so herumlief oder ob sie sich für den Anlaß umgezogen hatte.

»Ich weiß nicht, worum es überhaupt geht«, sagte sie zu Dodd, während sie ihn in ein stäubchenlos sauberes, schwarz-weißes Wohnzimmer führte. »Ich wollte gerade eine Tasse Kaffee trinken. Möchten Sie auch eine?«

»Danke, gern.«

»Zucker und Sahne?«

»Ein bißchen von beiden.«

Sie schenkte den Kaffee aus einer weißen Keramikkanne mit einem schwarz lackierten Henkel ein. Die einzigen Farbtupfer im Zimmer waren Mrs. Reiners grüne Augen und der orangefarbene Nagellack auf ihren Fingernägeln. »Ich wollte, ich hätte ein Fünfcentstück für jede Tasse Kaffee, die ich während meines Jobs verteilt habe. Sobald die Fluggäste merkten, daß er umsonst war, konnten sie nicht genug kriegen von dem Zeug.« Sie reichte ihm seinen Kaffee. »Smitty hat Sie also zu mir geschickt?«

»Ja. Er meinte, Sie könnten mir vielleicht über ein paar Dinge Auskunft geben.«

»Was veranlaßte ihn zu der Meinung?«

»Er sagte, daß Sie über ein fast fotografisches Gedächtnis verfügen.«

Mrs. Reiners war zu gescheit, um auf eine so offenkundige Schmeichelei reinzufallen. »So gut ist es nun auch wieder nicht. An manche Dinge erinnere ich mich, an andere nicht. An was denken Sie?«

»An einen bestimmten Flug von Mexico City nach San Francisco.«

»An welchen? Ich bin die Strecke fünfzigmal geflogen.«

»Sonnabend, der 13. September.«

»Das war etwa eine Woche, bevor sie mich rausgeschmissen haben. Sie schmissen mich raus, als sie herausfanden, daß ich verheiratet bin. Es ist eine idiotische Vorschrift. Wenn die Ehe die Leistungsfähigkeit beeinträchtigt, warum entläßt die Air Force dann nicht meinen Mann und all die anderen verheirateten Piloten? Man sollte meinen, eine Stewardeß zu sein wäre ein ausgefallener, erhabener Beruf, dabei tut man in Wirklichkeit nichts anderes als Kellnerin und Dienstmädchen spielen, ohne Trinkgelder.«

»Sonnabend, der 13. September«, wiederholte Dodd geduldig. »Pilot und Kopilot waren Robert Forbes und James Billings, die beiden anderen Stewardessen waren Ann Mackay und Maria Fernandez. Erinnern Sie sich jetzt?«

»Natürlich. Das war das Wochenende, an dem eine Freundin von mir krank wurde und ich anbot, in der gleichen Nacht nach Mexico City zurückzufliegen und am nächsten Tag beim gleichen Flug ihren Platz einzunehmen. Es war gegen die Vorschriften, aber wie ich schon sagte, sie haben ein paar idiotische Vorschriften.«

Dodd öffnete den dicken Umschlag, auf dem »A. Kellogg« stand, und nahm die Bilder von Amy heraus. »Ich habe Grund zu der Annahme, daß diese Frau an Bord Ihrer Maschine war, zusammen mit ihrem Ehemann und möglicherweise einer dritten Person.«

Mrs. Reiner betrachtete die Bilder mit Interesse, aber ohne Amy sofort zu erkennen. »Sie sieht aus wie hundert andere Leute, die ich gesehen habe. War etwas Besonderes an ihr?«

»Zwei Sachen. Sie trug einen Verband über der linken Schläfe, und sie hatte ein blaues Auge.«

»Die Frau mit dem blauen Auge – natürlich erinnere ich mich! Maria und ich haben Späßchen darüber gemacht, uns gefragt, wie sie dazu gekommen sein mochte, ob ihr Mann sie verprügelt hätte oder so was. Er sah nicht so aus. Ein gutaussehender Mann, sehr ruhig und rücksichtsvoll.«

»Rücksichtsvoll wem gegenüber?«

»Na ja, hauptsächlich ihr. Aber er war es auch gegenüber uns Mädchen. Viele Fluggäste werden im Lauf eines langen Flugs ziemlich anspruchsvoll. Er äußerte keine besonderen Wünsche. Sie auch nicht. Sie schlief die meiste Zeit.«

»Eine ganze Menge Stewardessen sind auch diplomierte Krankenschwestern. Sie auch, Mrs. Reiner?«

»Nein.«

»Überhaupt irgendwelche Erfahrungen in der Krankenpflege?«

»Nur die einfachen Dinge, die zu unserer Ausbildung gehörten, was man gegen Luftkrankheit tut, wie man Asthmatikern und herzkranken Patienten Sauerstoff zuführt, solche Dinge.«

»Dann würden Sie nicht erkannt haben, ob Mrs. Kelloggs Schlaf natürlich war oder nicht.«

»Was meinen Sie mit ›natürlich‹?«

»Kann es sein, daß man ihr Drogen gegeben hat?«

Mrs. Reiner spielte mit ihrer Perlenkette. »Ihr Mann gab ihr Dramamin.«

»Woher wissen Sie, daß es Dramamin war?«

»Na ja, es war eine kleine weiße Tablette, die genauso wie Dramamin aussah.«

»Viele Narkotika und Barbiturate haben die Form von kleinen weißen Tabletten.«

»Vermutlich habe ich einfach angenommen, daß es Dramamin war, weil es heute von so vielen Fluggästen genommen wird. Vergessen Sie nicht, daß Dramamin einige Leute sehr müde macht. Vielleicht ist es nur die psychologische Wirkung, aber es kommt vor.« Sie band die Perlen zu einem Knoten, löste den Knoten wieder, griff nach ihrem Kaffee. »Ich kann nicht glauben – will nicht glauben –, daß eine meiner Passagierinnen gegen ihren Willen direkt unter meiner Nase mit Drogen betäubt worden ist.«

»Hat sie in irgendeiner Weise Aufhebens gemacht, als sie die Tablette oder die Tabletten nahm?«

»Ich habe sie nur eine nehmen sehen. Vielleicht hat sie noch weitere genommen. Sie hat kein Aufhebens gemacht, nein, aber ich fand, sie sah etwas ängstlich aus. Nicht wegen der Tablette, einfach ganz allgemein ängstlich. Aber viele meiner Passagiere sehen ängstlich aus, besonders bei schlechtem Wetter.«

»Flogen Mr. und Mrs. Kellogg allein, oder war noch eine dritte Person bei ihnen?«

»Sie waren allein.«

»Sind Sie sicher? Es wurde von Mr. Kellogg erwartet, daß er als Reisebegleiterin für seine Frau eine Krankenschwester einstellte.«

»Sie waren allein«, wiederholte Mrs. Reiner bestimmt. »Sie nahmen keine Notiz von irgendwem sonst, soviel ich weiß. Wenn wir etwas Interessantes überfliegen, verlassen die Passagiere häufig ihre Sitze und sprechen miteinander. Mr. und Mrs. Kellogg taten das nicht.«

»Sie flogen erster Klasse?«

»Ja.«

»Doppelsitzreihe zu beiden Seiten des Ganges?«

»Ja. Mrs. Kellogg hatte den Fensterplatz.«

»Wer saß auf der anderen Seite des Ganges neben Mr. Kellogg?«

Mrs. Reiner runzelte die Stirn und strich sie dann mit den Fingerspitzen wieder glatt. »Ich könnte keinen Eid darauf leisten, aber ich glaube, es waren zwei Mexikanerinnen, sahen aus wie Mutter und Tochter.«

»Wer von ihnen saß am Gang?«

»Das weiß ich nicht mehr. Sie können sich das offenbar nicht vorstellen, Mr. Dodd. Wenn man, wie ich, den gleichen Flug Dutzende von Malen gemacht hat, ist es schwer, sie auseinanderzuhalten. Ich hätte auch Mrs. Kelloggs Bild niemals erkannt, wenn Sie mir nicht den Hinweis mit dem blauen Auge gegeben hätten. Es muß schon etwas Besonderes wie das sein, damit ich mich an einen bestimmten Flug erinnern kann.«

»Aber jetzt, wo Sie sich an diesen Flug erinnern, fällt Ihnen immer mehr dazu ein?«

»Ja. Ganz vorn saß ein kleines Mädchen, dem immer wieder schlecht wurde. Und dann war da ein älterer Mann, herzkrank. Ich mußte ihm Sauerstoff geben.«

Dodd sagte: »Ich habe gehört, daß die Fluglinie für jeden Flug eine Liste der Passagiere an Bord führt.«

»Es gibt mehrere solche Listen. Ich hatte auch eine.«

»Was ging noch aus dieser Passagierliste hervor?«

»Wohin jeder flog.«

»Wohin flogen die Kelloggs?«

»Zurück nach San Francisco. Wir hatten nur eine Zwischenlandung, in Los Angeles.« Sie griff wieder nach der Kaffeekanne, hielt aber mitten in der Bewegung inne. »Wie merkwürdig. Ich hätte schwören können, daß die Kelloggs direkt nach San Francisco gebucht hatten, und doch ... Warten Sie einen Moment. Ich muß das rekonstruieren. Das Flugzeug landete in L. A., und alle stiegen aus, wie üblich, für die Dauer des Aufenthalts, mit Ausnahme des herzkranken Patienten. Ich blieb bei ihm. Er hatte Angst, armer Kerl, und ich kümmerte mich um ihn, so gut ich konnte. Wir flogen schon wieder, bevor ich mich meinen üblichen Aufgaben widmen konnte – es den neuen Passagieren bequem machen, Kissen verteilen und so weiter. Ich ging nach hinten ... jetzt fällt es mir wieder ein«, fuhr sie fort, mit vor Aufregung leicht erhobener Stimme. »Als ich vorbeiging, sah ich, daß auf den Plätzen der Kelloggs zwei Frauen saßen. Ich wollte ihnen gerade sagen, daß diese Plätze belegt seien, als ich bemerkte, daß Mrs. Kelloggs Mantel und ihre Reisetasche und Mr. Kelloggs Hut und Aktentasche sich nicht mehr in der Gepäckablage befanden.«

»Dann sind sie also in L. A. von Bord gegangen?«

»Ja. Ich kann mich aber geirrt haben mit der Annahme, sie hätten direkt nach San Francisco gebucht.«

»Sie haben sich nicht geirrt.«

»Es kommt einem sonderbar vor, nicht? Aber ich bin sicher, daß es eine ganz natürliche Erklärung gibt.«

»Ich bin sicher, daß es eine Erklärung gibt«, sagte Dodd. »Nur bin ich nicht so sicher, daß sie natürlich ist. Falls Sie sich an etwas anderes erinnern sollten, wie unbedeutend es auch sein mag, rufen Sie mich unter einer dieser Nummern an, jederzeit.«

»Okay.«

»Und vielen Dank, Mrs. Reiner, für die Auskunft.«

»Ich hoffe, Sie können etwas damit anfangen.«

»Ich kann etwas damit anfangen.«

Nachdem Dodd gegangen war, setzte sie sich hin und schenkte sich den Rest des Kaffees ein. Da der Flug ihr jetzt wieder deutlich vor Augen stand, konnte sie nicht aufhören, darüber nachzudenken. Als sie in San Francisco gelandet waren, befand der alte Mann mit den Herzbeschwerden sich in einer so schlechten Verfassung, daß er mit dem Krankenwagen abtransportiert werden mußte. Das kleine Mädchen, das luftkrank gewesen war, hatte sich noch rechtzeitig erholt, um mehrere Kaugummis zu lutschen, und ein Teil davon klebte in ihrem Haar. Es wurde mit Geduld und mit Hilfe eines Eiswürfels entfernt. Als das Paar, das auf Hochzeitsreise war, die Maschine verließ, hatte es das Transistorradio auf die letzten Schläge eines Baseballspiels gestellt. Der Schlauberger mit der Taschenflasche und den Schnorrerwitzen fiel fast von der Gangway. Die beiden Mexikanerinnen, die jenseits des Ganges neben den Kelloggs gesessen hatten und wie Mutter und Tochter aussahen, waren es offensichtlich nicht; sie verließen das Flugzeug einzeln und ohne miteinander zu sprechen. Die jüngere Frau hielt ihre Handtasche umklammert, als enthalte sie ihre ganze Zukunft.

»Es war nur ein ganz gewöhnlicher Flug«, sagte sie laut, als sei Dodd noch da, um ihr zu widersprechen. »Nichts Unheilvolles dran. Mrs. Kelloggs blaues Auge war die Folge eines Unfalls, nicht von Schlägen. Die Tablette, die ihr Mann ihr gab, war Dramamin. Sie sah ängstlich aus, weil sie nicht gern flog. Sie sind in Los Angeles von Bord gegangen, weil ... da kann es viele Gründe gegeben haben: Mrs. Kelloggs Verfassung, oder Mr. Kellogg hat sich plötzlich an eine geschäftliche Abmachung erinnert, oder beide beschlossen, einen Verwandten zu besuchen, den sie lange nicht gesehen hatten.«

Eine Gruppe von Düsenflugzeugen war gestartet und dröhnte über den Ort hinweg. Das Haus bebte, die Fenster klirrten, der Himmel veränderte sich.

14

Helene Brandon wollte Gill mit ihrer Fahrt in die Stadt überraschen. Kurz vor Mittag erschien sie in seinem Büro, elegant und gutgelaunt in ihrem mit Zobel besetzten Kostüm und mit ihren besten Perlen.

Gills Privatsekretärin, Mrs. Keely, begrüßte sie zurückhaltend: ›Der Platz einer Ehefrau ist in ihrem eigenen Büro, nicht in dem ihres Mannes.‹ »Guten Morgen, Mrs. Brandon. Mr. Brandon erwartet Sie?«

»Nein, tut er nicht. Dies soll eine Überraschung sein.«

»Oh. Er ist heute vormittag sehr beschäftigt. Er wollte bis mittags nicht gestört werden.«

»Jetzt ist Mittag.«

Sie öffnete die Tür seines Zimmers, leise, falls er gerade diktieren oder telefonieren sollte. Aber er tat keines von beidem. Er saß über seinen Schreibtisch gebeugt, den Kopf in die Hände vergraben, während der Ticker hinter ihm höflich um Aufmerksamkeit bat. Sie stand ruhig und regungslos da und dachte überrascht, wie verletzbar er aussah, und wünschte, sie hätte ihn nie so gesehen. Lieber sollte er mit ihr streiten, sie anschreien, kritisieren, alles lieber, als so wehrlos dazusitzen.

»Gill?«

Er hob langsam den Kopf. Seine Augen waren rot, als habe er sie gerieben, versucht, Bilder auszulöschen, die er nicht sehen wollte. »Hallo, Helene.«

»Deine Sekretärin sagte, Du seiest beschäftigt. Stimmt das?«

»Ja.«

»Womit?«

»Ich denke nach.«

»Nicht über ... Oh, Gill, hör auf damit, hör auf, dir Sorgen über Dinge zu machen, an denen du nichts ändern kannst.«

»Ich habe jetzt mehr Grund, mir Sorgen zu machen als zu irgendeinem anderen Zeitpunkt, seitdem sie verschwunden ist.«

»Warum? Ist etwas passiert?« Sie ging durch das Zimmer und legte ihre Hände auf seine Schultern. Sie fühlten sich zerbrechlich und gebeugt an unter dem ausgepolsterten Kaschmirjackett. »Gilly, mein Lieber. Sag es mir.«

»Amy ist nicht nach Hause gekommen in jener Nacht, Sonntag. Rupert kam allein. Jedes Wort, das er gesagt hat, ist eine verdammte Lüge.«

»Ich kann nicht glauben ... Woher weißt du das?«

»Dodd hat es herausgefunden.«

»Kannst du ihm vertrauen?«

»Mehr als Rupert.«

Seine Schultern zuckten ungeduldig unter ihren Händen. Sie trat zurück und ließ die Hände herunterhängen. Wünsche trieben an die Oberfläche ihrer Gedanken, häßlich und scharfzahnig, wie Barrakudas, die aus dem Hinterhalt von Seetang und Felsspalten auftauchen. ›Es ist mir gleichgültig, wenn sie nie mehr nach Hause käme, nie mehr nach Hause kommt, nie wieder gesehen wird.‹

»Sie haben Mexico City am Sonnabend zusammen

verlassen«, sagte Gill, »mit dem Ziel San Francisco. Ihr Gepäck kam auch dort an, sie jedoch nicht. Sie sind in Los Angeles von Bord gegangen. Ihr Gepäck wurde erst am Sonntagabend abgeholt.«

»Was beweist das?«

»Es beweist, was ich die ganze Zeit vermutet habe, nämlich daß Ruperts Geschichte ein Haufen Lügen ist. Amy ist Sonntag nacht nicht nach Hause gekommen, sie hat ihren Hund nicht abgeholt, er hat sie nicht zu irgendeinem Bahnhof gefahren, das Whiskyglas mit den Lippenstiftspuren war nicht ihr Glas ...«

»Wie kannst du das alles so genau wissen? Vielleicht sind sie in Los Angeles gemeinsam von Bord gegangen und am nächsten Tag nach hier weitergeflogen, immer noch gemeinsam.«

»Warum sollten sie in Los Angeles unterbrechen, ohne Gepäck? Ein Mann, der allein reist, würde das vielleicht tun. Eine Frau niemals.« Er machte eine Pause, um sich wieder die Augen zu reiben. »Einiges deutet darauf hin, daß Rupert ihr ein Betäubungsmittel gegeben hat, um sie ... fügsamer zu machen.«

»Betäubungsmittel? Das ist ja verrückt, völlig verrückt!«

»Ich glaube«, sagte er leise, »du würdest lieber mich für verrückt als Rupert für skrupellos halten. Stimmt das, Helene?«

Sie stützte sich plötzlich schwer auf den Schreibtisch.

»Ich ... ich habe dich nie für verrückt gehalten, nur einige deiner Ideen.«

»Du bist überzeugt, nicht wahr, daß ich in irgendeiner Weise auf Amy fixiert bin und darum Tatsachen nicht mehr richtig beurteilen kann. Komm schon, gib es zu,

Helene. Du denkst das schon seit langem, machst Andeutungen, ziehst Folgerungen. Du kannst es ebensogut geradeheraus sagen.«

Ihr Mund bewegte sich vorsichtig, wie ein in die Enge getriebenes Tier, das versucht, sich aus der Falle zu befreien. »Ich halte weder dich für verrückt noch Rupert für skrupellos.«

»Du willst es mit beiden nicht verderben, wie?«

»Ich versuche, es mit Distanz und Vernunft zu sehen.«

»Distanziert hast du dich, das stimmt. Ich glaube, du hast dich schon seit langer Zeit distanziert, von Amy, und von mir auch.«

Sie fühlte Worte in ihrer Kehle brodeln wie Lauge, aber sie schluckte sie alle hinunter und sagte ruhig: »Ich könnte mich nicht von dir distanzieren, Gill, das weißt du. Aber das bedeutet nicht, daß ich in allem einer Meinung mit dir sein muß, fortwährend. Du magst Rupert nicht und hast ihn nie gemocht. Ich mag ihn.«

»Warum? Weil er Amy geheiratet und uns von ihr befreit hat?«

Es kam der Wahrheit nahe. »Ich dachte, er würde ihr ein guter Ehemann sein. Und das war er, bis ...«

»Bis, ja. Das ist ein großes Wort.«

»Oh, Gill, hör auf damit. Bring mich nicht in die Lage, Rupert gegen dich verteidigen zu müssen.«

»Du verteidigst ihn gegen die Tatsachen, nicht gegen mich. Die Tatsachen! Hörst du mich?«

»Ich bin sicher, jeder im ganzen Gebäude kann dich hören.«

»Laß sie!«

Sie funkelten einander über den Schreibtisch hinweg an. Aber tiefer als Helenes Zorn ging ein Gefühl der

Erleichterung. ›Er schreit, das ist gut. Wenigstens sieht er nicht mehr so verletzbar aus. Er kämpft, sitzt nicht mehr einfach da mit gesenktem Kopf wie bereit für die Guillotine.‹

»Wenn wir schon auspacken«, sagte er versöhnlicher, »muß ich dich bitten, nicht deine Perlen zu tragen, wenn du mit dem Zug in die Stadt kommst.«

»Warum nicht?«

»Es hat in der letzten Zeit zu viele Raubüberfälle gegeben.«

»Die Perlen sind versichert.«

»Unter ihrem Wert. Und ich kann es mir nicht leisten, sie zu ersetzen. Du kannst es ebensogut jetzt erfahren: meine finanzielle Situation ist angespannt. Nenn es Pech, nenn es mangelndes Urteilsvermögen – oder beides. Tatsache aber ist, daß wir uns einschränken, vielleicht sogar das Haus verkaufen müssen.«

»Unser Haus verkaufen?«

»Es kann dazu kommen.«

»Warum hast du mir das nicht früher gesagt? Es gibt Hunderte von Möglichkeiten, wie ich Geld hätte sparen können.«

»Du kannst jetzt damit anfangen.«

»Es macht mir nichts aus.« Aber es machte ihr nicht nur nichts aus: sie fand die Vorstellung einer Veränderung, einer Herausforderung sogar aufregend. Vielleicht konnten sie ein heruntergekommenes altes Haus finden, und Gill und die Kinder könnten helfen, es wieder instand zu setzen, zu streichen, ein neues Dach draufzusetzen, Vorhänge umarbeiten, Türen und Treppen reparieren. Die ganze Familie an der Arbeit für ein gemeinsames Ziel ... »Ich bin schon einmal arm gewesen. Es macht mir nichts aus.«

»Aber mir«, sagte Gill. »Mir macht es sehr viel aus.«

Sie hatte das alte Haus immer noch deutlich vor Augen, aber niemand arbeitete daran. Das Dach war undicht, die Stufen sackten durch, die Fenster waren zerbrochen und ohne Vorhänge, die Farbe blätterte ab, und Gill saß auf der Vorderveranda, den Kopf in die Hände vergraben, den Nacken jedem Schlag, jedem Angriff ausgesetzt. »Verdammt noch mal!« sagte sie. »Steh auf und kämpfe.«

»Kämpfe? Gegen wen? Dich?«

»Nicht gegen mich. Du solltest nicht gegen mich kämpfen. Wir sollten auf der gleichen Seite stehen, am gleichen Strang ziehen. Und das würden wir auch, wenn ...«

»Wenn was? Laß mich deine Wenns hören, Helene.«

»Wenn Amy nicht wäre.«

Er sah schmerzlich berührt, doch nicht überrascht aus. »Du wirst deine Worte vielleicht noch bedauern.«

»Vielleicht tu ich es schon«, sagte sie sachlich, »aber nicht, weil ich es nicht glaube.«

Die Sprechanlage summte, und die Stimme von Gills Sekretärin drängte sich in den Raum, durchdringend und affektiert wie das Geflüster einer Bibliothekarin. »Mr. Dodd ist wieder am Telefon, Mr. Brandon. Nehmen Sie das Gespräch an?«

»Stellen Sie durch ... Dodd? Ja. Ja, ich verstehe. Wann? Wieviel? Großer Gott, hat niemand versucht, das zu verhindern? Ich weiß, daß es legal ist, aber unter den Umständen ... Nein, ich kann das Büro erst am späteren Nachmittag verlassen. Einen Moment bitte.« Gill legte eine Hand über den Hörer und sagte in scharfem Ton zu seiner Frau: »Ich muß dich bitten, draußen zu warten.«

»Warum?«

»Es ist eine persönliche Angelegenheit.«

»Was heißt, daß es um Amy geht?«

»Was heißt, das es dich nichts angeht.«

»Es interessiert mich sowieso nicht«, sagte sie unbekümmert, aber ihre Wangen brannten, und als sie zur Tür ging, fühlten ihre Beine sich schwach und gummiartig an.

Im Vorzimmer blieb sie am Schreibtisch der Sekretärin stehen. »Sagen Sie Mr. Brandon bitte, daß ich nicht warten konnte. Ich habe ... eine andere Verabredung.«

Verabredung ist nicht ganz das passende Wort, dachte sie, als sie im Fahrstuhl nach unten fuhr. Gang kam der Sache näher. Barmherziger Gang. Oder vielleicht gefährlicher Gang. Es hing vom Standpunkt ab.

Auf der Straße winkte sie ein Taxi heran und nannte dem Fahrer die Adresse von Ruperts Büro.

»Das kann man doch zu Fuß erreichen«, sagte der Fahrer.

»Ich weiß. Ich habe es eilig.«

»Okay. Sie sind von der Halbinsel?«

»Ja.«

Sein Gesicht verzog sich zu einem lautlosen Lachen.

»Ich sehe das immer sofort. Nach sechsundzwanzig Jahren in diesem Geschäft entwickelt man ein Gefühl dafür. Ich komm selber von der Halbinsel. Redwood City. Jeden Morgen nehm ich den Zug hierher, fahre den ganzen Tag mit meinem Taxi und nehm dann wieder den Zug zurück. War schon immer versessen auf Züge. Die Frau sagt, hättest Ingenieur werden sollen. Dann würde ich nicht dauernd mit einem Haufen dummköpfiger Bullen aneinandergeraten, die mir dauernd sagen, wo ich parken soll und was ich tun soll, und immer dieser Ärger mit den Einbahnstraßen. Man verschwendet eine Menge Treibstoff auf diesen Einbahnstraßen.«

›Du verschwendest eine Menge Treibstoff mit Gequassel, Punkt‹, dachte Helene gereizt. Zu jeder anderen Zeit hätte sie den Taxifahrer lustig gefunden, sie hätte ihm Fragen gestellt, sich von seinem Leben erzählen lassen und später eine komische Geschichte für Gill und die Kinder daraus gemacht. Heute sah sie in ihm nur einen redseligen, lästigen alten Mann, der einen Groll hegte.

Er parkte im Halteverbot. Sie bezahlte und verließ das Taxi so schnell wie möglich.

Als sie Ruperts Büro betrat, war Miss Burton gerade dabei, sich das Haar zu kämmen.

»Oh, Mrs. Brandon«, sagte Miss Burton und schob den Kamm mit nervöser Hast in ihre Handtasche zurück. »Wir haben Sie nicht erwartet.«

Leitartikel-»wir« oder Rupert-und-ich-»wir« fragte Helene sich. Sie hatte in der Vergangenheit nie besonders auf Miss Burton geachtet, und sie hätte es auch jetzt nicht getan, wenn Gills Verdächtigungen nicht gewesen wären. Es war nichts Besonderes an ihr: Augen blau und ziemlich ernsthaft, kurze Stupsnase, runde rosa Wangen, zur Zeit blondes Haar, kurze, stämmige, für langen und loyalen Dienst bestimmte Beine. Das Gesamtbild, das sie bot, war ein Bild von Geradheit und Direktheit; nicht einmal Gill mit seinem emotionellen Astigmatismus hätte das bestreiten können.

Helene fragte beiläufig: »Ist Mr. Kellogg in der Nähe?«

»Er ist gerade fortgegangen.«

»Ich warte, wenn ich darf. Oder vielleicht mache ich ein paar Besorgungen und komme später wieder.«

»Er kommt heute nicht mehr ins Büro«, sagte Miss Burton. »Er fühlt sich nicht wohl. Ich glaube, die Grippe hat ihn erwischt. Er vernachlässigt sich, seit Mrs. Kel ... seit er allein lebt.«

»Oh.«

»Ich meine, nun, keine richtigen Mahlzeiten zum Beispiel. Gute, heiße Mahlzeiten sind sehr wichtig.«

»Kochen Sie, Miss Burton?«

»Kochen?« Sie errötete vom Hals bis zu den Ohrläppchen. »Warum? Warum fragen Sie das?«

»Es interessiert mich nur.«

»Ich koche gern, wenn jemand da ist, für den ich koche. Nur ist niemand da. Ich denke, das beantwortet Ihre Frage und die übrigen Fragen auch.«

»Übrigen Fragen?«

»Ich denke, Sie wissen, was ich meine.«

»Aber nein. Ich habe keine Ahnung.«

»Ihr Mann hat eine Ahnung.« Miss Burtons Stimme zitterte, und an ihrer linken Schläfe begann eine Ader heftig und unregelmäßig zu pochen. »Eine Menge Ahnungen.«

»Hat er mit Ihnen gesprochen?«

»Mit mir? Nein. Nicht *mit* mir. Hinter meinem Rükken. Er hat einen schmierigen, kleinen Detektiv eingestellt, um mir nachzuspionieren, mich auszuholen – nun, bei mir war nichts zu holen. Er hat nichts herausgefunden, überhaupt nichts, genausowenig wie Sie etwas herausfinden werden, weil es nichts herauszufinden gibt, weil ich nie ...«

»Einen Moment. Denken Sie, ich sei auf Wunsch meines Mannes hergekommen?«

»Es wäre ein merkwürdiger Zufall, gestern abend der Detektiv, jetzt Sie.«

Helenes kurzes Lachen glich eher einem entrüsteten

Hüsteln. »Wenn Gill wüßte, daß ich hier bin, würde er ... na ja, egal. Drücken wir es mal so aus: ich bin nicht immer einer Meinung mit meinem Mann. Wenn Sie wütend auf ihn sind wegen etwas, was er getan hat, gut, das ist Ihr Recht. Aber Ihre Wut sollte sich nicht auch über mich ergießen. Ich bin in freundschaftlicher Absicht gekommen. Sie sind ihm doch auch freundschaftlich verbunden ... nicht wahr?«

»Ja.«

»Wäre es dann nicht besser, wenn wir uns zusammentun, zusammenarbeiten?«

Miss Burton schüttelte den Kopf, eher kummervoll als ablehnend. »Ich weiß es nicht. Ich weiß nicht, wem ich noch vertrauen kann.«

»Das bringt uns beide ins selbe Boot. Die Frage ist, wohin fährt das Boot? Und wer steht am Ruder?«

»Mit Booten kenne ich mich nicht aus.« Miss Burtons Stimme war kalt und vorsichtig. »Kein bißchen.«

»Ich eigentlich auch nicht. Einmal habe ich mit meinem Mann in der Bucht gesegelt. Schon vor Jahren, nur wir beide. Gill war der Skipper, und ich sollte die Crew sein. Gott, war es schrecklich. Zuerst einmal hatte ich von Anfang an Angst, weil ich nicht besonders gut schwimmen kann, und dann kam ein heftiger Wind auf, und Gill fing an, mir Befehle zuzuschreien. Nur konnte ich sie nicht verstehen; sie klangen wie eine andere Sprache oder das Geplapper eines Kindes – Ree, klar zur Wende, Schoten anholen.

Gill hat sie mir später alle erklärt, aber damals war ich so schrecklich verwirrt, als ob man von mir sofort und dringend erwarte, daß ich irgend etwas unternehme, nur verstand ich nicht, was das war. Genauso fühle ich mich jetzt, in diesem Augenblick. Ein heftiger Wind bläst, es lauert Gefahr, und ich müßte etwas tun. Aber ich weiß nicht was. Die Befehle klingen wie dummes Geplapper, ich weiß nicht einmal, von wo sie kommen. Und ich kann das Boot nicht verlassen. Können Sie es?«

»Ich habe es nicht versucht.«

»Und Sie wollen es nicht versuchen?«

»Nein. Es ist zu spät.«

»Dann sollten wir uns lieber über unsere Signale einig werden«, sagte Helene offen. »Finden Sie nicht auch?«

»Vermutlich.«

»Wo ist Rupert?«

»Ich habe es Ihnen schon gesagt, er fühlte sich nicht wohl, er ist nach Hause gegangen.«

»Direkt nach Hause?«

»Vielleicht hat er etwas zu Mittag gegessen. Er geht mittags immer ins gleiche Lokal. Lassiter, an der Market Street, in der Nähe von Kearny.«

Lassiter bestand aus einer Bar und einem Grillrestaurant, war maßvoll in den Preisen und hatte in erster Linie Kundschaft aus der Finanzwelt. Es gab eine Martini-Runde, die sich aus dritten Vizedirektoren, Verkaufsleitern und Vertretern für die Westküste zusammensetzte, alles sogenannte leitende Angestellte, ein Wort, das nichts bedeutete außer dem Anspruch auf eine zweistündige Mittagspause.

Sie entdeckte Rupert sofort. Er saß an der Theke, mit einer Flasche Bier und einem Hamburger vor sich, beides nicht angerührt. Ein aufgeschlagenes Taschenbuch lehnte an der Bierflasche, und er starrte darauf, las aber nicht. Er sah angespannt und abwartend aus, als erwarte er jemanden, den er nicht mochte, oder etwas, das ihm nicht willkommen war.

Als sie ihn leicht an der Schulter berührte, zuckte er zusammen, das Buch fiel zur Seite, und die Bierflasche wackelte.

Sie fragte: »Willst du nichts essen?«

»Nein.«

»Ich hasse Verschwendung.«

»Bedien dich.«

Er stand auf, und sie setzte sich auf seinen Platz an der Theke und griff nach dem Hamburger, ohne verlegen oder befangen zu sein.

Er stand hinter ihr, während sie aß. »Was tust du hier, Helene?«

»Miss Burton sagte mir, daß du hier gewöhnlich zu Mittag ißt, darum bin ich hergekommen, und da bist du.«

»Und was weiter?«

Sie sprach rasch und leise, damit der Mann auf dem nächsten Hocker sie nicht verstand. »Gill ist gerade angerufen worden. Von Dodd. Ich bin sicher, es ging um dich und irgendwelches Geld. Ich habe nur Gills Teil des Gesprächs mitbekommen, und auch davon nicht viel. Er bat mich, draußen zu warten, deswegen habe ich nicht mehr gehört, aber ich glaube, daß er sich spät am Nachmittag mit Dodd treffen will. Es kann sein, daß sie es zu einer Art Auseinandersetzung kommen lassen wollen.«

»Wegen des Geldes?«

»Das nehme ich an.«

»Sie haben keinen Grund.«

Der Mann auf dem nächsten Hocker zahlte und ging, und Rupert setzte sich auf seinen Platz.

»Hör zu«, sagte Helene. »Ich muß mehr über die Sache

wissen. Ich habe mich in eine dumme Situation gebracht, weil ich versucht habe, dich zu verteidigen. Ich möchte mich vergewissern, daß ich richtig handle.«

»Das tust du.«

»Von welchem Geld hat Dodd gesprochen?«

»Ich habe Geld von Amys Konto abgehoben und dazu ihre Vollmacht benutzt.«

»Warum?«

»Warum hebt man Geld ab? Weil man es braucht.«

»Nein, ich meine die ganze Aufregung von Dodd, und dann von Gill? Gill sagte, es sei legal, aber irgend jemand hätte dich davon abhalten sollen, unter den Umständen.«

»Niemand hätte mich davon abhalten können. Niemand hat auch nur das Recht, mich deswegen zu befragen. Der Angestellte der Bank, wer es auch gewesen sein mag, der Dodd über das Einlösen des Schecks informierte, hat gegen die Vorschriften verstoßen. Dodd verfügt über keinerlei Amtsgewalt und dürfte keinen Einblick in Privatkonten nehmen.«

»Wie ist er?«

»Ich weiß es nicht. Ich bin ihm nie begegnet.«

»Miss Burton ist ihm begegnet«, sagte sie langsam. »Letzte Nacht.«

Er versuchte, gleichgültig auszusehen. Sie sah sein Gesicht in dem Spiegel hinter der Theke, wie er verschiedene Ausdrücke probierte, von denen keiner angemessen erschien. Schließlich sagte er: »Sie konnte also nicht den Mund halten.«

»Sie hatte nicht die Absicht, mir etwas zu erzählen, nimm es ihr nicht übel. Sie dachte, ich sei als Spion für den großen Brandon-Dodd-Verband ins Büro gekommen. Zum Lachen, nicht?« Sie schob den leeren Teller mit angewidertem Gesicht von sich, als sei sie plötzlich zu dem Schluß gekommen, daß sie gar keinen Hunger gehabt habe und jetzt bedaure, den Hamburger gegessen zu haben. »Miss Burton ist in dich verliebt, ich nehme an, daß du das weißt.«

»Nein, weiß ich nicht!« sagte er scharf. »Das bildest du dir ...«

»Dann wird es Zeit, daß du es merkst. Es steht ihr im Gesicht geschrieben, Rupert. Es tut mir irgendwie leid.«

»Warum sollte es das?«

»Oh, Einfühlungsvermögen vermutlich. Es ist mir auch mal passiert, in jemanden verliebt zu sein, der kaum Notiz von mir nahm. Das liegt natürlich Jahre zurück«, fügte sie rasch hinzu. »Bevor ich Gill kennenlernte.«

»Natürlich.«

»Hast du es eilig?«

»Warum?«

»Du schaust dauernd auf die Uhr dort an der Wand.«

»Nun, ich muß demnächst wieder ins Büro.«

»Ich dachte, du würdest heute nachmittag nicht mehr ins Büro gehen.«

»Wie kommst du denn darauf?«

»Hat Miss Burton gesagt.«

»Miss Burton«, sagte er gelassen, »hat es beinahe fertiggebracht, mir einzureden, daß ich mich nicht wohl fühle und nach Hause gehen sollte. Tatsächlich aber fühle ich mich prächtig, und ich habe die Absicht, heute nachmittag zu arbeiten.« Er drehte sich auf dem Hocker, als ob er aufstehen und gehen wollte. Statt dessen drehte er sich nach kurzem Zögern weiter, so daß er wieder vor der Theke saß. »Trinken wir eine Tasse Kaffee, ja?«

Der Grund seines Manövers war eindeutig, auch wenn

Helene nicht schon mißtrauisch gewesen wäre. Durch ein leichtes Neigen des Kopfes konnte sie im Spiegel die Eingangstür sehen. Eine junge Frau war gerade hereingekommen und ließ ihre Blicke mit besorgter Miene durch den Raum gleiten. Sie hatte eine gute Figur und war hübsch, und sie trug ein hautenges Kostüm, einen mit Federn geschmückten Hut, ein halbes Dutzend Ketten aus bunten Glasperlen und Lackschuhe mit so hohen Absätzen, daß sie sich nach vorne neigte, als kämpfe sie gegen einen stürmischen Wind. Als sie die Hand hob, um ihren Hut über den blonden Locken zurechtzurücken, schimmerte unter den Lampen ein Ehering aus Platin auf.

»Sie ist recht hübsch«, sagte Helene.

»Wer?«

»Die junge Frau an der Tür. Sie scheint jemanden zu suchen.«

»Ist mir nicht aufgefallen.«

»Nun, dann schau jetzt hin.«

»Warum sollte ich?«

»Oh, vielleicht bist du interessiert. Sie ist es. Sie kommt auf dich zu.«

»Das kann nicht sein. Ich habe sie noch nie in meinem Leben gesehen.«

Rupert drehte sich um und warf dem Mädchen einen langen, kalten, gezielten Blick zu. Sie blieb unvermittelt stehen und ging dann auf ihren hohen dünnen Absätzen mit kleinen, unsicheren Schritten auf den Zigarettenautomaten zu. Helene fiel auf, daß ihre Füße im Vergleich zum übrigen Körper unverhältnismäßig groß waren, sehr breit und flach, als ob sie einen beträchtlichen Teil ihres Lebens barfuß gelaufen sei. Als sie die Zigaretten aus der Mulde gefischt hatte, steckte sie sie in ihre schwarze

Lacklederhandtasche und ging auf den Ausgang zu. Einer der Männer an einem Tisch pfiff leise, als sie vorbeiging, aber sie beachtete es nicht, als hätte sie es nicht gehört oder wüßte nicht, was es bedeutete oder an wen es gerichtet war.

»Ich glaube, sie kommt vom Land«, sagte Helene. »Ihre Aufmachung sieht so aus, als habe sie sie aus einem Filmmagazin kopiert. Ich denke, man könnte sie eine sonnengebräunte Blondine nennen oder eine Brünette mit vollendet gebleichten Haaren, je nach Standpunkt.«

»Ich habe keinen Standpunkt. Ich kenne die Frau nicht.«

»Sie ist wahrscheinlich eine der Sekretärinnen in deinem Geschäftsgebäude, die total in dich verknallt sind.«

»Du redest dummes Zeug. Ich bin nicht die Art von Mann, in den sich Frauen verknallen.«

»Aber ja, das bist du. Du bist ein perfekter Vertreter der Vaterfigur, bestimmt, aber freundlich, stark, aber gütig, in der Art. Es kann verhängnisvoll sein – für ein Mädchen in dem Alter. Auf wie alt würdest du sie schätzen? Zweiundzwanzig? Fünfundzwanzig?«

»Ich habe nicht darüber nachgedacht und nicht die Absicht, es zu tun.«

»Jedenfalls eine beträchtliche Anzahl von Jahren jünger als Miss Burton, meinst du nicht?«

»Hör schon auf, Spielchen zu spielen.«

Helene lächelte. »Ich habe Spiele gern. Wenn ich sie nicht gern hätte, würde ich nicht hier sein. Es ist doch irgendwie amüsant – oder nicht? –, wenn Gill und Dodd herumschnüffeln wie zwei nervöse Bluthunde und ich versuche, sie von der Spur abzubringen. Deiner Spur.«

»Warum versuchst du es?«

»Ich habe es dir gesagt, ich habe Spiele gern.«

»Ich hab Spiele auch gern, wenn der Hauptpreis nicht meine eigene Haut ist. Jetzt warnst du mich schon zum zweitenmal wegen Gills Unternehmungen. Was ist der wahre Grund, Helene?«

»Es ist zu kompliziert, das zu erklären.«

»Dann erkläre es nicht.«

»Werd ich auch nicht.«

»Ich möchte dir jedenfalls danken für all die Mühe, die du dir gemacht hast.«

»Gern geschehen. Zumindest hoffe ich das. Ich weiß nicht. Ich ... ich fühle mich allmählich wie ein Verräter. Ich würde mir gern noch einmal versichern lassen, daß ich das nicht bin, daß ich richtig gehandelt habe, als ich herkam.«

»Du hast richtig gehandelt«, sagte er ernst. »Ich danke dir nochmals, Helene. Eines Tages, vielleicht bald, wird auch Amy hier sein, um sich bei dir zu bedanken.«

»Amy? Bald?«

»Ich hoffe es.«

»Sie kommt zurück?«

»Natürlich kommt sie zurück. Was veranlaßt dich zu der Annahme, daß sie nicht zurückkommt?«

»Nichts ... Besonderes.«

»Vielleicht schon am Thanksgiving Day oder spätestens Weihnachten werden wir wieder alle zusammensein. Alles wird wieder so sein, wie es immer war.«

»So, wie es immer war«, wiederholte sie dumpf. »Natürlich. Genauso, wie es immer war.«

Genauso. Unvermeidlich. Unwiderruflich.

Sie stand auf, eine Hand gegen den Mund gepreßt, um

einen Laut zu unterdrücken, den sie niemals jemand anders hören lassen durfte.

Später, als man sie fragte, konnte sie sich nicht genau erinnern, wie sie die nächsten zwei, drei Stunden verbracht hatte. Sie wußte, daß sie durch viele Straßen gewandert war, in Schaufenster und in die Gesichter von Fremden gestarrt hatte. Für lange – oder kurze – Zeit saß sie auf einer Bank auf dem Union Square und sah zu, wie alte Männer mit traurigen Augen die Tauben mit Brotkrumen und Popcorn fütterten. Die Tauben waren prall und glatt und hatten nicht die mindeste Ähnlichkeit mit Amy, aber Helene zuckte protestierend zurück, als eine von ihnen ihrem Fuß zu nahe kam. Sie fand die Abhängigkeit, die hartnäckige Fügsamkeit, die der Vogel ihr aufzudrängen schien, abstoßend. Amy. Wieder Amy. Bis Thanksgiving. Oder Weihnachten. Keine Hoffnung auf niemals.

Es begann leicht zu regnen, und die alten Männer verließen ihre Bänke und schlenderten einem Unterschlupf zu. Helene zog ihre Handschuhe an und erhob sich, im Begriff zu gehen, als sie das Mädchen aus Lassiters Grillrestaurant von der Powell Street her den Platz betreten sah. Sie hatte keine Ahnung, ob das Mädchen sie erkennen würde oder ob es eine Rolle spielte, wenn sie es tat, aber einfach als Vorsichtsmaßnahme hob sie eine weggeworfene Zeitung vom Rasen auf und hielt sie als Sichtschutz vor sich.

Zuerst dachte sie, daß das Mädchen allein sei und der parallel zu ihr gehende Mann gerade im Begriff war, sie zu überholen und seinen eigenen Weg zu gehen. Er überholte sie nicht. Er ging weiter neben ihr, aber mit einem

Abstand, als befänden die beiden sich mitten in einem Streit oder kurz danach. Sie näherten sich der Bank, auf der Helene hinter der aufgeweichten Zeitung versteckt saß, die gurrenden und bettelnden Tauben zu ihren Füßen.

Bei dem Mann kontrastierten die Farben ebenso erstaunlich wie bei dem Mädchen: sehr helles Haar und tief gebräunte Haut. Sie hätten Bruder und Schwester sein können. Der Mann war der ältere der beiden, vielleicht Anfang dreißig. Um Augen und Mund hatte er deutliche Lachfältchen, aber er lachte nicht. Er sah blaß aus unter seiner Bräune und schwächlich unter dem auffällig karierten Sportjackett. Helene hatte ihn noch nie gesehen, aber sie erinnerte sich an andere Männer dieses Typs. Vor Jahren, während der Wirtschaftskrise in Oakland, hatte ihr Schulweg an einem Spielsalon vorbeigeführt, wo arbeitslose junge Männer herumhingen, weil sie nichts Besseres zu tun hatten. In den Gesichtern, in der Haltung hatten sie alle etwas miteinander gemein gehabt, nicht Verbitterung oder Zorn, sondern Teilnahmslosigkeit, als hätten sie ohnehin nie viel erwartet. Der Mann in dem karierten Jackett hatte den gleichen Ausdruck.

Das Mädchen vom Land und der Spielsalon-Fan. Sie paßten nicht auf den Union Square, und sie paßten nicht zusammen. Sie konnte sich nicht vorstellen, welche Beziehung die beiden zu Rupert haben sollten. Ich muß mich geirrt haben, dachte sie. Rupert hat die Wahrheit gesagt, als er behauptete, das Mädchen nicht zu kennen und nie zuvor gesehen zu haben. Er hat wahrscheinlich in allem die Wahrheit gesagt. Mißtrauen ist ansteckend. Ich habe mich bei Gill angesteckt.

Es war fast vier Uhr, als sie in Gills Büro zurückkehrte

und ihn in Überzieher und mit Aktentasche antraf, bereit, das Büro zu verlassen.

»Du bist ja durch und durch naß«, sagte er. »Wo warst du?«

»Oh, herumgelaufen. Mir Sachen angesehen.«

»Wenn du dich beeilst, kannst du noch den 4.37 erreichen.«

»Kommst du nicht mit?«

»Ich komme später. Ich muß mit Dodd sprechen.«

»Warum?«

»Es wird Zeit, daß Rupert uns klaren Wein einschenkt.«

»Aber warum jetzt, heute?«

»Man hat den Hund gefunden.«

Sie sah ihn verständnislos an. »Hund? Welchen ...«

»Amys Hund«, sagte er.

15

»Das Sidalia-Tierheim«, sagte Dodd. »Es ist eine Kombination aus Kleintierkrankenhaus und Tierheim am Skyline Boulevard eben außerhalb der Stadt. Er hat den Hund am Sonntag, dem 14. September, abends hingebracht. Der Tierarzt selbst war nicht da, aber ein Student der Kalifornischen Landwirtschaftshochschule, der während des Sommers aushilft, hatte zu der Zeit Dienst. Der Hund hatte ein kleines Ekzem auf dem Rükken, und Kellogg gab Anweisung, ihn bis auf weiteres dort zu behalten. Er hat für einen Monat vorausbezahlt. Der Hund trug ein kariertes Halsband, aber keine Leine. Nach Angaben des Tierarztes ist der Hund in guter Verfassung; das Ekzem ist weg, und er kann das Heim jederzeit verlassen, wenn Kellogg ihn abholen möchte ... Haben Sie übrigens in Kelloggs Büro angerufen?«

Gill nickte. »Miss Burton sagte, er sei mittags nach Hause gegangen.«

»Dann werden wir ihn dort erwischen. Sie wissen doch, daß wir nicht viel mehr tun können, als ihm Fragen zu stellen und auf Antworten zu hoffen? Es ist nicht verboten, einen Hund in einem Tierheim unterzubringen. Und es ist nicht verboten, eine Vollmacht zu benutzen, selbst wenn es um fünfzehntausend Dollar geht.«

»Was kann er mit dem ganzen Geld wollen?«

»Fahren wir hin und finden es heraus. Mit meinem Wagen, wenn es Ihnen recht ist.«

Mit dem Nachlassen des Regens war ein Wind aufgekommen, und der kleine Volkswagen schwankte in den Böen, als sei er im Begriff, wie eine Kugel aus Steppenhexe über die Straße zu rollen. Aber dafür gab es keinen Platz. Die ganze Fulton Street hinunter bewegte der Fünfuhrverkehr sich Stoßstange an Stoßstange. Gill saß mit gegen die Schenkel gepreßten Fäusten da, und jedesmal, wenn Dodd bremste, stampfte er mit dem Fuß auf den Wagenboden.

»Es ist ein kleines Auto«, sagte Dodd nach einer Weile. »Es braucht nur einen Fahrer.«

»Tut mir leid.«

»Es besteht keine Veranlassung, wegen dieser Geschichte nervös zu werden, Brandon. Wenn wir ihn mit dem, was wir wissen, konfrontieren, bricht er vielleicht zusammen und erzählt uns den Rest. Andererseits ist es natürlich möglich, daß er für alles eine hübsche Erklärung parat hat.«

»Das Geld eingeschlossen?«

»Das mit dem Geld ist leicht erklärt. Er brauchte es, um es Amy nach New York zu schicken – ihre Ausgaben dort sind größer, als sie erwartet hatte.«

»Sie ist nicht in New York.«

»Das müssen Sie mir beweisen, würde ich an Kelloggs Stelle sagen.«

»Das werde ich auch, und wenn ich die Wahrheit mit bloßen Händen aus ihm herausquetschen muß.«

Dodd schwieg einen Augenblick, offensichtlich damit beschäftigt, das Auto durch den Verkehr zu lenken, der westlich des Presidio Boulevard etwas dünner geworden war. »Kommen Sie, Brandon. Sie glauben doch nicht wirklich an die Story mit den bloßen Händen?«

»Doch.«

»Warum tragen Sie dann einen Revolver bei sich?«

»Ich ... weiß es nicht. Ich habe ihn heute nachmittag gekauft. Ich hab noch nie einen Revolver besessen. Es kam mir plötzlich in den Sinn, daß ich einen haben sollte, daß ich einen brauchte.«

»Und jetzt fühlen Sie sich besser?«

»Nein.«

»Ich auch nicht«, sagte Dodd erbost. »Werden Sie ihn los.«

»Das wird nicht nötig sein.«

»Ich glaube doch. Sie sind nicht der Typ, der mit geladenen Revolvern rumfuchteln sollte.«

»Ich nehme an, daß ich das wußte«, sagte Gill. »Er ist nicht geladen. Ich habe keine Patronen gekauft.«

Dodd gab einen leisen Ton von sich, der auf Belustigung oder Erleichterung oder ein wenig von beidem hinzuweisen schien. »Ich werde nicht schlau aus Ihnen, Brandon.«

»Wenn ich wollte, daß jemand schlau aus mir wird, wie Sie es nennen, wäre ich zu einem Psychiater gegangen, nicht zu einem Detektiv. An der nächsten Ecke nach rechts. Das Haus ist in der Mitte des dritten Blocks.«

»Den Revolver lassen Sie lieber im Auto.«

»Warum? Er ist nicht geladen.«

»Kellogg könnte auf die Idee kommen, daß er es ist, und sich mit einem eigenen zur Wehr setzen, der geladen ist. Das würde uns in eine ziemlich unerfreuliche Situation bringen.«

»Wie Sie wollen.« Gill reichte ihm die Waffe, und Dodd schloß sie im Handschuhfach ein.

»Noch etwas, Brandon. Lassen Sie mich reden. Jedenfalls am Anfang. Sie können sich später einmischen, wenn Sie wollen, aber zu Beginn sollten wir diese Sache nicht mit Gefühlen besabbern.«

Gill stieg steif aus dem Auto. »Ihre Ausdrucksweise gefällt mir nicht.«

Dodds Entgegnung ging im Wind unter. Er schlug seinen Mantelkragen hoch und ging hinter Gill den Weg zur Veranda hinauf.

In dieser Gegend wohnten Leute mit mittleren Einkommen, und es wurde großer Wert auf das Äußere gelegt. Rasen, die nicht größer als ein Elefantenohr waren, wurden bis zur Perfektion gepflegt, Hecken hatten kaum Zeit zu wachsen, bevor sie wieder geschnitten wurden. Die Rosen und Kamelien wurden beinahe so gut und so regelmäßig wie die Bewohner der Häuser mit Nährstoffen versorgt und wahrscheinlich mit größerer Sorgfalt auf Zeichen von Krankheiten überprüft. Es war eine Straße der Gleichförmigkeit, in der einander gleichende Häuser jedes Frühjahr zur gleichen Zeit gestrichen wurden, eine Gegend der Grundsätze, wo Gärten, Elternschaft und die Zukunft mit gleicher Sorgfalt geplant wurden, und selbst wenn alles schiefging – der ursprüngliche Plan behielt seine Gültigkeit: erhaltet den Schein aufrecht, schneidet die Hecken, mäht den Rasen, damit keiner ahnt, daß eine dritte Hypothek aufgenommen werden mußte und daß Mutters Kopfschmerzen von Martinis verursacht werden, nicht von Migräne.

Dodd fragte: »Wer hat das Haus ausgesucht?«

»Amy.« Gill ließ das Glockenspiel ertönen. »Das heißt,

sie hat meinen Rat angenommen. Das Haus gehörte zu einem Grundstücksprojekt, von dem ich erfuhr, bevor es auf den freien Markt kam.«

»Aber sie hätte sich etwas Anspruchsvolleres leisten können?«

»Das hätte sie, ja. Rupert jedoch nicht. Amy hat immer darauf bestanden, nicht über Ruperts Einkommensverhältnisse zu leben.«

»Warum?«

Gill sah ärgerlich aus, und Dodd war nicht sicher, ob seine Frage ihn verdroß oder die Tatsache, daß keiner die Tür öffnete.

»Meine Schwester«, sagte Gill, »glaubt an die gute altmodische Art von Ehe, in der der Ehemann für den Unterhalt sorgt. Es handelt sich nicht um Gei ... um Sparsamkeit.«

Die rasche Wahl eines anderen Wortes erweckte Dodds Interesse. ›Er hält sie also für geizig. Das bedeutet vermutlich, daß er versucht hat, sich Geld von ihr zu leihen, und sie es ablehnte. Wie groß mögen seine finanziellen Schwierigkeiten wirklich sein, und in welchem Maß ist sein dringendes Bedürfnis, Amy zu finden, auf finanzielle, nicht auf brüderliche Sorgen zurückzuführen?‹

Im Haus begann ein Telefon zu klingeln. Es klingelte achtmal, zehnmal, setzte dann für ein paar Sekunden aus und fing von neuem an, als ob der Anrufer annahm, daß er sich beim ersten Mal verwählt hatte.

»Er ist nicht hier«, sagte Dodd. »Es hat keinen Sinn, unsere Zeit zu verschwenden.«

»Warten wir noch ein paar Minuten. Vielleicht steht er unter der Dusche.«

»Oder er ist in Santa Cruz.«

»Warum Santa Cruz?«

»Kein besonderer Grund.« Dodd zuckte mit der Schulter. »Ich habe den Namen aufs Geratewohl gewählt als einen Ort, an den man gehen kann, wenn man nicht bleiben will, wo man ist.«

»Sie müssen einen Grund gehabt haben, gerade diesen Namen zu nennen.«

»Er ist vielleicht nicht stichhaltig.«

»Rücken Sie trotzdem heraus damit.«

Es wurde dunkel. Die Lichter in den Häusern an beiden Seiten der Straße gingen fast gleichzeitig an. Für einige Augenblicke, bevor Vorhänge zugezogen und Jalousien heruntergelassen wurden, herrschte eine festliche Stimmung in der Straße, sah es ein bißchen wie Weihnachten aus.

»Es ist nur ein Verdacht«, sagte Dodd. »Angenommen, Kellogg beschließt, von hier zu verschwinden – was würde er als erstes tun?«

»Für Bargeld sorgen.«

»Das hat er bereits heute morgen erledigt. Was, meinen Sie, könnte sein nächster Schritt sein?«

»Ich weiß es nicht.«

»Ich weiß es auch nicht; ich stelle nur Vermutungen an. Aber nach dem, was ich über einige seiner Eigenschaften gehört habe, habe ich so eine Ahnung, daß er seinen Hund abholen würde. Das Sidalia-Tierheim liegt am Skyline Boulevard, und der Skyline Boulevard führt nach Santa Cruz. Wenn er das Büro mittags verlassen hat, wie Miss Burton behauptet, könnte er inzwischen leicht in Santa Cruz sein. Von dort aus würde er wahrscheinlich in Richtung L. A. weiterfahren.«

»Santa Cruz liegt nicht an der Direktroute nach L. A.«

»Vielleicht meidet er Direktrouten.«

»Wir können nicht davon ausgehen, daß er die Stadt verlassen hat«, sagte Gill. »Warum sollte er? Er weiß nicht, daß wir die Sache mit dem Hund und mit dem Geld herausgefunden haben.«

»Vielleicht hat jemand ihm einen Tip gegeben.«

»Das ist unmöglich. Außer uns weiß niemand davon.«

»Niemand?«

»Nur meine Sekretärin. Und meine Frau, Helene. Die können Sie natürlich ausschließen.«

»Natürlich«, sagte Dodd, aber sein ironischer Ton strafte seine Antwort Lügen. »Wo hält Ihre Frau sich im Augenblick auf?«

»Auf dem Nachhauseweg, im Zug.« Gill warf einen Blick auf seine Uhr. »Nein, wenn sie den 4.37 gekriegt hat, ist sie jetzt zu Hause. Warum? Helene hat mit dieser Sache nichts zu tun.«

»Das habe ich auch nicht gesagt.«

Im Haus begann das Telefon wieder zu läuten. Dodd wandte sich den Stufen zur Veranda zu. »Warten Sie hier einen Moment. Ich möchte mich umsehen.«

»Ich komme mit.«

»Sie bleiben besser hier. Falls Kellogg oder sonst jemand auftauchen sollte, können Sie mich warnen.«

»Warnen? Was haben Sie vor?«

»In den Polizeiakten – und ich hoffe, daß es nicht soweit kommt – wird es Einbruch genannt.«

»Das können Sie nicht machen. Es ist gesetzwidrig. Ich mach da nicht mit. Ich setze zuviel aufs Spiel. Mein guter Ruf . . .«

Dodd war schon um die Ecke der Veranda verschwunden. Dort führte eine steile Einfahrt zu einer Doppelgarage, die an die Rückseite des Hauses angebaut war. Die Aluminiumtür war unverschlossen und klapperte im Wind. Dodd zog sie hoch. Ruperts Wagen, ein zwei Jahre alter Buick, war drinnen geparkt. Der Zündschlüssel steckte.

Dodd blieb für einen Moment stehen, die Hand auf der Motorhaube des Wagens. Der Motor war kalt. Er holte seine Taschenlampe hervor und richtete ihren Strahl auf die Tür, die in das Haus führte. Das Schloß war, wie er gehofft und erwartet hatte, sehr dürftig. Die angebauten Garagen erwiesen sich häufig als Geschenk für Einbrecher: auch Leute, die ihre Vordertür sorgfältig absicherten, gaben sich bei einer Tür, die in die Garage führte, oft mit unzulänglichen Schlössern zufrieden. In wenigen Minuten hatte er das Schloß mit seinem Taschenmesser aufgebrochen, und die Tür öffnete sich nach innen.

Er schaltete die Taschenlampe aus und blieb in der fast dunklen Umgebung stehen, auf irgendein Geräusch lauschend, das auf die Anwesenheit von Menschen hinwies. Aber der Wind war zu laut, und zu dem Wind kam wieder das Telefon und forderte in schrillen Tönen Aufmerksamkeit.

Dodd folgte dem Läuten durch das Zimmer und nahm den Hörer auf in der Hoffnung, daß die Vermutung, die er hatte, sich als falsch erwies. »Hallo?«

»Rupert? Bist du es?«

Seine Vermutung war nicht falsch. »Ja. Ich bin gerade nach Hause gekommen ... Helene?«

»Ich versuche schon seit einer Stunde, dich zu erreichen. Hör zu. Gill hat sich mit diesem Detektiv verabredet. Er will dich irgendwie dazu bringen, auszusagen, weil der Hund gefunden worden ist.«

»Wo?«

»Ich weiß nicht wo. Ich weiß nur, daß du mich wegen des Hundes angelogen hast. Oder nicht? ... Oder *nicht?*«

»Doch.«

»Und das Mädchen bei Lassiter, mittags, die, die du angeblich nie zuvor gesehen hattest, du kanntest sie, nicht wahr? Du hattest dich dort mit ihr verabredet, oder?«

»Hör mir zu ...«

»Ich will nichts mehr hören. Du hast mich in allem belogen. Du hast mich in eine scheußliche Situation gebracht. Ich habe dir vertraut. Ich habe versucht, dir zu helfen. Was ist, wenn Gill dahinterkommt? Wenn es um Amy geht, ist er wie von Sinnen. Vielleicht tut er etwas Schreckliches. Ich habe Angst. Ich habe eine Todesangst.«

»Gill wird nicht dahinterkommen«, sagte Dodd. »Beruhige dich.«

»Alles ist ein so schrecklicher Schlamassel. Ich weiß nicht, was ich tun soll.«

»Tu gar nichts. Ich muß jetzt aufhören, Helene. Es ist jemand an der Tür.«

»Gill?«

»Ja, ich bin ziemlich sicher, daß er es ist.«

»Nimm dich in acht vor ihm«, sagte sie in hastigem Flüsterton. »Er hat sich verändert. Ich weiß nicht mehr, was er denkt, was er vorhat.«

»Ich werde mich in acht nehmen. Laß dir nichts anmerken. Auf Wiedersehen, Helene.«

Sie begann zu weinen. Er legte den Hörer leise auf und fragte sich, ob sie zu den Frauen gehörte, die leicht weinen, oder ob ihre Angst vor ihrem Mann wirklich so groß war, wie sie behauptete.

Seine Augen hatten sich an die Dunkelheit gewöhnt. Er

konnte die Umrisse der Küchenmöbel erkennen, die verchromten Frühstücksbestecke, die gelben Arbeitsflächen, den dazu passenden Herd und Kühlschrank. Seine Blicke blieben an dem Kühlschrank hängen. Der obere Teil war deutlich zu erkennen, doch unten waren die Umrißlinien plötzlich unterbrochen, als ob der untere Teil in die Luft gesprengt worden sei. Nein, das ist idiotisch, dachte er. Es ist kein Loch im Kühlschrank, es ist ein Schatten. Etwas liegt davor.

Seine Finger bewegten sich vorsichtig die Wand entlang bis zum Lichtschalter und knipsten ihn an. Ein Mann lag mit dem Gesicht nach unten in einer größer werdenden Blutlache, die fast bis zu Dodds Füßen reichte. Etwas entfernt von der ausgestreckten linken Hand des Mannes, die einen goldenen Trauring trug, lag ein Küchenmesser mit einer dunkelfleckigen, fünfundzwanzig Zentimeter langen Klinge. Jemand hatte, ohne Erfolg, versucht, sauberzumachen. Zwei oder drei blutbefleckte Badetücher lagen im Spülstein, zusammen mit einer umgekippten Reinigungsmittelschachtel.

Dodd dachte als erstes und unsinnigerweise an den kleinen Hund, der im Hundeheim darauf wartete, von seinem Herrchen abgeholt zu werden. Er würde lange warten müssen, eine lange, lange Zeit.

Er drehte sich um und tastete sich durch die dunkle Diele vor zur Haustür. Als er die Tür öffnete, sah er Gill ein paar Schritte rückwärts gehen, als habe er die Absicht, davonzulaufen.

»Sie kommen besser einen Moment ins Haus«, sagte Dodd.

»Das gefällt mir nicht, das gefällt mir überhaupt nicht. Ist er ... ist er hier?«

»Er ist hier.«

»Was hat er gesagt – daß Sie eingebrochen sind?«

»Er hat sich nicht beklagt.«

»Oh. Na ja. In dem Fall.« Gill trat ins Haus, in starrer Haltung, als erwarte er einen Angriff. »Ich sehe nichts. Schalten Sie das Licht an.«

»Später. Wo waren Sie den ganzen Tag, Brandon?«

»In meinem Büro. Warum?«

»Sie haben Ihren Schwager nicht früher am Nachmittag aufgesucht?«

»Natürlich nicht.«

»Als Sie das Büro verließen, um den Revolver zu kaufen, war da jemand bei Ihnen?«

»Nein.«

»Wie lange waren Sie fort?«

»Was für einen Unterschied macht das schon?«

»Eine Verabredung mit mir, mit Ihnen zusammen hierherzukommen, würde einen früheren Besuch hier von Ihnen allein gut vertuschen.«

»Ich versteh nicht, worauf zum Teufel Sie eigentlich hinauswollen. Warum können wir das Licht nicht anschalten? Wo ist Rupert? Was geht überhaupt vor?«

»Nichts geht vor«, sagte Dodd. »Es ist alles vorbei. Rupert liegt in der Küche, tot.«

»Tot? Er ... er hat sich das Leben genommen?«

»Möglich, aber nicht wahrscheinlich. Jemand hat versucht, hinterher sauberzumachen.«

»Sauberzumachen? Wie ...«

»Ein Messer.«

»O Gott. O lieber Gott. Was soll ich jetzt tun?«

»Sie kommen mit mir in die Küche zurück und rufen die Polizei an.«

»Das werd ich nicht. Ich kann nicht. Meine Familie, mein Ruf. Wir müssen hier raus. Schnell. Jetzt. Bevor jemand kommt. Lieber Gott, Fingerabdrücke. Habe ich irgend etwas angefaßt? Den Türknopf. Ich wische den Türknopf ab ...«

»Drehen Sie nicht durch, Brandon.« Dodd legte seine Hand fest auf Gills Arm. »Beruhigen Sie sich.«

»Lassen Sie mich los. Ich muß raus aus ...«

»Dies ist nicht der richtige Augenblick für einen hysterischen Anfall, glauben Sie mir. Und jetzt nehmen Sie sich etwas zusammen, ja? Mir gefällt das genausowenig wie Ihnen. Dieser kleine Schachzug könnte mich meine Lizenz kosten.«

»Es war Ihre Idee, es war alles Ihre Idee.«

»Okay, geben Sie mir die Schuld, wenn Sie wollen. Nur verlieren Sie nicht die Nerven.«

»Was ist mit Amy? Arme Amy, möge Gott ihr helfen.«

»Amy ist nicht hier. Wir sind es. Wenn Gott irgendwem helfen soll, beanspruche ich Vorrang. Jetzt kommen Sie. Wir haben noch etwas zu tun.«

»Ich ... ich kann nicht. Ich habe noch nie einen ... Toten gesehen. Ich fürchte, mir könnte übel werden.«

»Halten Sie den Kopf hoch und atmen Sie durch den Mund«, sagte Dodd. »Und wenn Sie seine Überreste betrachten, denken Sie gütigst daran, daß Sie ihn sowieso nicht ausstehen konnten.«

»Sie sind ein abgestumpftes, gefühlloses Scheusal.«

»Gewiß. Aber im Augenblick haben Sie mich am Hals, reden wir also freundlich miteinander.«

Während er sprach, versetzte Dodd Gill einen kleinen Stoß, und Gill machte sich auf den Weg durch die Diele, sich ein Taschentuch an den Mund pressend. Als er an die

Küchentür kam, blieb er stehen und gab einen Laut der Überraschung von sich. Das Taschentuch flatterte unbemerkt auf den Boden.

»Das ist nicht«, flüsterte er, »das ist nicht Rupert.«

»Sind Sie sicher?«

»Rupert ist größer und hat viel dunkleres Haar.«

»Wer ist es dann?«

»Ich weiß es nicht. Ich kann sein Gesicht von hier nicht erkennen.«

»Dann gehen Sie hin und sehen es sich an. Geben Sie acht, daß Sie ihn nicht berühren.«

Gill ging vorsichtig um die Blutlache herum und beugte sich über den Toten. »Ich habe den Mann noch nie gesehen.«

»Denken Sie nach, denken Sie an Ruperts Freunde, an Amys Freunde ...«

»Ich kenne nicht all ihre Freunde, aber ich bin ziemlich sicher, daß dieser Mann nicht dazu gehörte.«

»Was veranlaßt Sie zu der Bemerkung?«

»Der Haarschnitt, die Kleidung. Er sieht aus wie ein Rowdy oder wie einer von diesen Beatniks, die in der Gegend der Grand Avenue herumlungern.«

»Es besteht ein ziemlich großer Unterschied zwischen Rowdies und Beatniks.«

»Ich meine einfach, ich kann mir nicht vorstellen, daß Amy oder Rupert mit einem Mann wie diesem etwas zu tun haben.«

»Was macht er dann in ihrer Küche?«

Gills Gesicht war glänzend und grau wie feuchter Kitt. »Um Himmels willen, wie soll ich das wissen? Das alles ist wahnsinnig, grotesk.«

»Na gut, Sie rufen jetzt lieber die Polizei an.«

»Warum ich? Warum tun Sie es nicht?«

»Weil ich nicht hier sein werde, wenn sie eintrifft.«

»Sie können nicht einfach davonmarschieren und mir die Sache an den Hals hängen.«

»Ich kann. Ich muß.«

»Wenn Sie gehen, gehe ich auch. Ich warne Sie, Sie gehen nicht weg von hier ohne mich.«

»O lieber Gott«, sagte Dodd. »Regen Sie sich ab und hören Sie mir einen Moment zu, ja? Wir wissen jetzt, daß Kellogg einen verdammt guten Grund hatte, sich von hier abzusetzen.

Aber sein Auto steht noch in der Garage. Ich möchte herausfinden, wie er die Stadt verlassen hat und ob jemand bei ihm war. Ich bin noch immer der Ansicht, daß mein Gefühl mit dem Hund richtig war, darum will ich zu dem Tierheim fahren und die Sache überprüfen. Wenn ich hier bleibe und auf die Polizei warte, verliere ich mehrere Stunden.«

»Aber was sage ich ihnen?«

»Die Wahrheit. Warum wir zusammen hierhergekommen sind, wie ich in das Haus gekommen bin, die volle Wahrheit.

Sie werden wahrscheinlich entweder Ravick oder Lipske von der Mordkommission schicken. Es sind beides Freunde von mir. Es wird ihnen nicht gefallen, daß ich nicht hier auf sie gewartet habe, aber sagen Sie ihnen, daß ich mich später mit ihnen in Verbindung setzen und ihnen alle Informationen, die ich habe, zur Verfügung stellen werde.«

»Werde ich ... Amy erwähnen müssen?«

»Sie werden über alles sprechen müssen. Jetzt geht es um einen Mord.«

Gill hob sein Taschentuch vom Boden auf und preßte es gegen die Stirn. »Dann rufe ich wohl besser meinen Anwalt an.«

»Ja, das tun Sie wohl besser.«

16

Entlang der Küste stürzten sich vom Wind verärgerte Wellen gegen das Ufer. Gischt sprühte sechs Meter hoch und fegte über die Straße wie Regen, eine glatte und tückische Fahrbahn zurücklassend. Dodd hielt das Tachometer auf dreißig Meilen, aber das Donnern der See und die Windböen, die den Wagen schüttelten und rüttelten, vermittelten ihm den Eindruck von Geschwindigkeit und Gefahr. Die Straße, über die er schon Hunderte von Malen gefahren war, erschien in der tosenden Dunkelheit fremd; sie beschrieb Kurven, an die er sich nicht erinnerte, an Stellen vorbei, die er nie gesehen hatte. Knapp südlich vom Zoo entfernte die Straße sich von der See und traf auf den Skyline Boulevard.

Das Sidalia-Tierheim stand auf einem kahlen, braunen Hügel etwa eine halbe Meile außerhalb der Stadtgrenze. Es sah neu und sauber aus, ein hell erleuchtetes, zweistöckiges Gebäude im Kolonialstil mit ausgedehnten Zäunen aus verzinktem Eisendraht zu beiden Seiten und einem kleinen Neonschild über dem Eingang zur Auffahrt: KLEINTIER-KRANKENHAUS. Ein zweites Schild darunter war etwas ausführlicher: BEHANDLUNG UND UNTERBRINGUNG. NUR KLEINTIERE.

Als Dodd ausstieg, begann ein Airedaleterrier in rastloser Neugier seinen Auslauf entlangzulaufen. Eine Düsenmaschine kreischte über den Himmel, und der Airedale hob den Kopf, um heulend zu protestieren.

»Hat keinen Zweck, alter Junge«, sagte Dodd. »Das ist der Fortschritt.«

Das Heulen hatte die anderen Hunde geweckt. Noch bevor Dodd auch nur die Eingangstür erreicht hatte, entstand in jedem Auslauf Lärm und Bewegung: wedelnde Schwänze, entblößte Zähne, Laute des Willkommens und Laute der Warnung.

Als Dodd die Hand ausstreckte, um den Summer zu betätigen, öffnete sich die Tür, und vor ihm stand ein kleiner, beleibter Mann mit weißem Haar, der ein wenig wie ein bartloser Weihnachtsmann aussah. Er stellte ein Lächeln und einen weißen Kittel zur Schau, beides frisch und sauber.

»Ich bin Dr. Sidalia. Kommen Sie herein, kommen Sie herein. Wo ist der Patient? Hoffentlich kein Autounfall? Vor denen fürchte ich mich. So traurig, so überflüssig.« Er brüllte über Dodds Schulter hinweg: »Ihr alle da draußen, gebt Ruhe, verstanden? Es sind nette Kerlchen«, erklärte er Dodd, »nur ein bißchen leicht erregbar. Also, was kann ich für Sie tun?«

»Mein Name ist Dodd. Ich bin Privatdetektiv.«

»Das ist nun wirklich interessant, oder? Warten Sie, bis ich meine Frau geholt habe. Sie ist eine begeisterte Kriminalromanleserin. Sie hat sich immer gewünscht, einmal einen echten Privatdetektiv kennenzulernen.«

»Ich würde Ihnen lieber ...«

»Oh, das macht überhaupt keine Umstände. Wir wohnen im zweiten Stock. Es ist laut, aber bequemer. Sie können sich nicht vorstellen, um wie viele Notfälle ich mich nachts kümmern muß, mehr als jeder Geburtshelfer, da bin ich sicher. Als wir in der Stadt lebten, war ich kaum zum Abendessen nach Hause gekommen, dann mußte ich schon wieder lossausen, um irgendein Kerlchen zu behandeln.«

»Das Kerlchen, das mich hierhergeführt hat«, sagte Dodd trocken, »ist ein Scottie.«

»Eine edle Rasse. Loyal, mutig, unabhän ...«

»Er heißt Mack und gehört Rupert Kellogg. Ich habe vorhin mit einem Ihrer Angestellten gesprochen wegen des Hundes. Er sagte, Mack könne nach Hause geholt werden.«

»Er *ist* nach Hause geholt worden«, sagte der Arzt mit einem erfreuten Lächeln. »Oh, es war eine freudige Wiedervereinigung für beide, Mensch und Tier. Scotties sind wahre Schotten. Sie gehen nicht großzügig mit ihrer Zuneigung um, sie vergeuden sie nicht einfach an irgendwen, niemals. Feine Burschen, Scotties.«

»Kellogg hat den Hund selbst abgeholt?«

»Natürlich.«

»Wann?«

»Ich würde sagen, zwischen drei und vier Uhr. Ich war gerade mit der Behandlung eines Yorkshireterriers beschäftigt. Das arme Mädchen hat Staupe, ich fürchte, sie wird es nicht überleben. Trotzdem, wir versuchen es weiter und hoffen, und wenn Sie die Wahrheit wissen wollen, ein bißchen beten tun wir auch. Um die Seite der Behandlung kümmert meine Frau sich. Sie ist eine fromme Frau.«

»War Kellogg allein?«

»Er kam allein hier rein. Seine Frau wartete im Auto auf ihn.«

»Seine Frau ist angeblich in New York.«

»Tatsächlich? Nun, das ist merkwürdig, nicht wahr? Ich habe Mrs. Kellogg vor ein paar Jahren kennengelernt, als ich Mack gegen Tollwut impfte. Eine hübsche kleine Frau, still, aber freundlich.«

»Und Sie sagen, die Frau im Wagen war Mrs. Kellogg?«

»Nachdem Sie jetzt gewisse Zweifel geäußert haben, bin ich nicht sicher. Ich habe angenommen, es sei Mrs. Kellogg, weil sie mit Mr. Kellogg kam. Ach, ja, ich habe ihr sogar zugewinkt ... Einen Moment. Wenn ich darüber nachdenke, fällt mir ein: sie winkte nicht zurück. Etwas anderes ist mir auch aufgefallen ... Mack schien es nicht sehr eilig zu haben, ins Auto zu springen. Wenn ich einen Hund längere Zeit hier hatte, kann er es gewöhnlich gar nicht abwarten, einen Satz ins Familienauto zu machen und nach Hause zu kommen.«

»Ich habe guten Grund anzunehmen, daß Kellogg nicht das Familienauto fuhr und nicht mit seiner eigenen Frau.«

»O je«, sagte Dr. Sidalia mit betretenem Gesicht. »Er machte gewiß nicht den Eindruck, als ob er zu dieser Art von Männern gehört. Er hat Tiere sehr gern.«

»Das hatte Dr. Crippen auch.«

»Der englische Mörder?«

Dodd nickte. »Tatsächlich war es seine Liebe zu einem Hund, die zu seiner Festnahme führte.«

»Das wußte ich nicht. Was wohl mit dem Hund geschehen ist, nachdem Crippen gehängt worden war?«

»Ich habe keine Ahnung.«

»Ich hoffe, man hat ein gutes Zuhause für ihn gefunden, armer Kerl. Es kann einen Hund ziemlich schwer treffen – sein Herrchen zu verlieren.«

Sidalia sprach, als hätte der Fall Crippen sich erst vor

kurzem ereignet, als lebte der Hund noch, obwohl er doch wissen mußte, daß alle, die mit Crippen zu tun gehabt hatten, schon längst tot waren. »Warum erwähnten Sie den Fall Crippen in Zusammenhang mit Mr. Kellogg?«

»Kellogg steckt in ähnlichen Schwierigkeiten.«

»Sie wollen doch nicht sagen, daß er ... jemanden ermordet hat?«

»Es sieht so aus.«

»O je. Das ist ein ziemlicher Schock. Ich muß mich setzen.« Sidalia ließ sich auf einem mit Plastik bezogenen Stuhl nieder und begann sich das Gesicht mit der Hand zu fächeln.

»Die Polizei wird kommen, um Ihnen Fragen zu stellen«, sagte Dodd. »Vermutlich in ein oder zwei Stunden. Sie werden nach der Frau und auch nach dem Auto fragen.«

»Autos kann ich mir nicht merken. Menschen und Tiere ja. Aber auf Autos achte ich nicht. Ich weiß nur noch, daß es schmutzig war. Schmutz fällt mir auf. Ich bin sehr penibel.«

»War es ein neues Auto?«

»Weder neu noch alt. Durchschnittlich.«

»Farbe?«

»Grünlich.«

»Kabriolett? Limousine?«

»Das weiß ich nicht mehr.«

»Sie sagten, daß der Hund es nicht eilig zu haben schien, ins Auto zu springen. Das heißt, daß Sie in der Nähe standen und zuschauten. Wie ist der Hund ins Auto gekommen?«

»Kellogg hat natürlich die Tür aufgemacht.«

»Welche Tür?«

»Die hintere.«

»Das würde bedeuten, daß es sich um eine viertürige Limousine handelte, nicht wahr?«

»Ja, tatsächlich«, sagte Sidalia und sah angenehm überrascht aus. »Ja, ich glaube, das stimmt.«

»Wie benahm die Frau sich gegenüber dem Hund? Hat sie einen Wirbel gemacht? Nach hinten gelangt und ihn gestreichelt?«

»Nein. Ich glaube nicht, daß sie überhaupt etwas getan hat.«

»Angenommen, diese Frau war Mrs. Kellogg. Würden Sie ihr Verhalten unter den Umständen als normal bezeichnen?«

»O je, nein! Wenn einer meiner kleinen Patienten entlassen wird, gibt es immer ziemlich viel Aufregung auf seiten der Familie. Es gehört zu den Freuden meines Lebens, diese Wiedervereinigungen mit anzusehen.«

»Wie war die Frau gekleidet?«

»Ich habe nur ihren Kopf gesehen. Sie trug ein leuchtend rotes Kopftuch, das unter dem Kinn zusammengebunden war.«

»Welche Haarfarbe hatte sie?«

»Ich kann mich nicht erinnern, daß man etwas von ihrem Haar sah. Sie war braungebrannt, das weiß ich. Ich erinnere mich, daß ich mich gefragt habe, wie sie es fertiggebracht haben konnte, so braun zu sein, bei all dem Nebel, den wir diesen Sommer hatten. Natürlich sind wir jetzt ziemlich sicher, daß die Frau nicht Mrs. Kellogg war, daher war es vielleicht gar keine Sonnenbräune, sondern ihre natürliche dunklere Hautfarbe. Heutzutage ist es schwer, einen Unterschied zu sehen, bei der Art und Weise, wie die Frauen sich braten lassen wie Kartoffeln.«

Dodd dachte, eine gebräunte oder dunkelhäutige Frau, eine grünliche Limousine, ein schwarzer Hund – das ist nicht viel, um weiterzukommen. »Als Kellogg abfuhr, welche Richtung schlug er da ein?«

»Ich habe keine Ahnung. Ich ging wieder ins Haus, sobald er den Motor angelassen hatte. Wie ich Ihnen schon sagte, ich hatte zu der Zeit einen Patienten auf dem Tisch, den kleinen Yorkie mit der Staupe. Eine grausame Krankheit, Staupe, die die armen Viecher meistens der Sorglosigkeit ihrer Besitzer zu verdanken haben. Wären Sie an einer Broschüre über das Thema der Immunisierung gegen Staupe interessiert?«

»Ich besitze keinen Hund.«

»Katzen können auch Opfer der Staupe werden.«

»Ich besitze auch keine Katze.«

»O je, Sie müssen sehr einsam sein«, sagte Sidalia mitfühlend.

»Ich komme zurecht.«

»Zufällig habe ich jetzt gerade zwei kleine Kerlchen hier, die ein gutes Zuhause brauchen, zwei wunderhübsche Cockerspaniels, Brüder, mit Stammbaum.«

»Ich fürchte, ich ...«

»Sie haben ein freundliches Gesicht, Mr. Dodd. Ich habe das sofort gesehen, als ich die Tür öffnete, daß Sie ein sehr freundliches Gesicht haben. Ich möchte wetten, Sie können mit Tieren umgehen.«

»Ich habe eine Appartementwohnung«, log Dodd. »Der Hausbesitzer läßt keine Hunde zu.«

»Er muß ein gefühlloser Mensch sein. An Ihrer Stelle würde ich da sofort ausziehen.«

»Ich werde darüber nachdenken.«

»Merken Sie sich: ein Mann, der etwas gegen Tiere hat, ist ein Mann, dem man nicht trauen sollte.«

Dodd öffnete die Tür. »Danke für den Rat. Und für die Auskunft.«

»Müssen Sie schon gehen? Meine Frau wird sehr enttäuscht sein, wenn sie die Chance verpaßt, einen echten Privatdetektiv kennenzulernen. Ich werde auf den Summer drücken, es wird keine Minute dauern.«

»Ein anderes Mal.«

»Die Pflicht ruft, nehme ich an. Nun, ich hoffe, ich habe etwas helfen können. Nicht daß ich Mr. Kellogg gern in Schwierigkeiten bringen würde; er ist ein guter, hundeliebender Mensch.«

»In welchen Schwierigkeiten er auch stecken mag, er hat sich selbst hineinmanövriert.«

»So ist das Leben«, sagte Sidalia, eher mitfühlend als mißbilligend. »Für jetzt also auf Wiedersehen. Und vergessen Sie nicht, wenn Sie umziehen: es gibt auf der Welt keine bessere Gesellschaft als zwei Cockerspaniels.«

»Ich werde es nicht vergessen.«

Während Dodd in sein Auto stieg, wurde ihm klar, wenn er noch zehn Minuten länger mit Sidalia verbracht hätte, säßen auf der Hinterbank jetzt zwei Cockerspaniels – und eine Menge Ärger. ›Und eine Menge Spaß. Was Doris wohl sagen würde, wenn ich ... Nein, das ist blödsinnig. Ein Hund vielleicht. Aber zwei – sie würde denken, ich hätte den Verstand verloren. Trotzdem – nicht jedem werden zwei wunderhübsche Cockerspaniels mit Stammbaum angeboten. Ich möchte wetten, sie sind hinreißend ...‹

Der Arzt stand auf der beleuchteten Veranda und

winkte zum Abschied. Dodd gab Gas, und das kleine Auto flitzte über die Einfahrt, als säßen sämtliche Kerlchen aus Sidalias Tierheim ihm auf den Fersen.

Er fuhr über den Portola Drive zurück in die Stadt. Er hatte es nicht eilig. Vor einer Stunde noch war er mehr als optimistisch gewesen, was das Herausfinden der Beschreibung von Kelloggs Wagen betraf, welche Marke, welches Baujahr, sogar welches Nummernschild. Er hatte sich vorgestellt, wie er Kellogg verfolgte und ihn noch vor der Polizei fand, den Fall löste, bevor die Polizei überhaupt wußte, daß es einen Fall gab.

»Dodd, junger Träumer«, sagte er laut. »Ich und mein freundliches Gesicht.«

Es war ihm klar, daß die Polizei in Kelloggs Haus auf ihn warten und seine Abwesenheit nicht gerade positiv beurteilen würde, aber ein paar Minuten mehr würden keinen großen Unterschied machen. Bei dem Telefonanruf, den er machen wollte, konnte er keine Zuhörer wie Brandon oder irgendwelche Polizisten gebrauchen.

Er parkte das Auto vor dem Gebäude, in dem sich sein Büro befand und nahm den Fahrstuhl bis zum dritten Stock. Lorraine, seine Sekretärin, hatte in ihrer Schreibmaschine eine Nachricht für ihn hinterlassen, wie sie es gewöhnlich tat, wenn sich während seiner Abwesenheit etwas Wichtiges ereignete: »Eilbrief von Fowler auf Ihrem Schreibtisch.« Um sicherzugehen, daß er den Brief nicht übersah, hatte sie ihn zwischen zwei Aschbecher geklemmt, als mißtraute sie seiner Sehkraft oder seiner Fähigkeit, etwas zu finden.

Lieber Dodd,
hatte gerade meinen vorausgehenden Brief an Dich zur Post gebracht, als Emilio mich von der Windsor-Bar anrief, um mir mitzuteilen, daß ihm etwas milagroso *passiert sei. Ich teile zwar nicht seine Meinung, daß es wie ein Wunder sei, aber es ist interessant. Irgend jemand hat ihm in einem Briefumschlag mit dem Poststempel San Francisco zwei Zehndollarnoten geschickt. Zuerst dachte er, das Geld komme von irgendeiner Touristin, die ihn ins Herz geschlossen hatte. Dann fiel ihm ein, daß O'Donnell sich vor mehreren Monaten von ihm zweihundertfünfzig Pesos, rund zwanzig Dollar, geliehen hatte. Daraus ergeben sich für mich mehrere Folgerungen:*

1. O'Donnell ist in S.F.

2. Er bezieht irgendwelche Einkünfte.

3. Er hat ein schlechtes Gewissen, und er hat Angst. (Nach meiner Erfahrung hat »Gewissensgeld« gewöhnlich wenig mit den damit verknüpften Schulden oder dem Diebstahl zu tun. Es ist eine Bezahlung für andere Dinge, ausgelöst durch Furcht.)

4. Was auch in ihm vor sich geht, es ist ernst genug, um ihn das Geld anonym senden zu lassen, aber nicht so ernst, daß er sich die Mühe gibt, seine Spuren völlig zu verwischen.

Das sind meine Folgerungen. Ziehe Deine eigenen. Und Weidmannsheil!

Fowler.

Weidmannsheil. Dodd wiederholte die Worte erbost; er dachte an den Toten auf dem Küchenfußboden. Es waren mehrere Fehler in Fowlers Brief: die Zeiten stimmten alle nicht. Die Jagd war vorbei.

Er nahm den Telefonhörer auf und wählte eine Nummer in Atherton.

Nach dem zweiten Läuten meldete sich eine Frau.

»Hier bei Brandon.«

»Ich würde gern mit Mrs. Brandon sprechen.«

»Mrs. Brandon hat sich schon in ihr Schlafzimmer begeben.«

»Es ist sehr wichtig.«

»Sie hat Kopfschmerzen. Ich soll sie nicht stö...«

»Spricht dort Miss Lundquist?«

»Ja, wieso ...«

Dodd benutzte seine einschmeichelndste Stimme. »Ich bin ein Freund von Mr. Brandon. Er hat schon oft von Ihnen gesprochen, Miss Lundquist.«

»Wirklich? Du meine Güte.«

»Ich heiße Dodd. Ich muß mit Mrs. Brandon sprechen. Wollen Sie ihr das bitte sagen?«

»Ich denke, wenn es so wichtig ist, hat sie wohl nichts dagegen. Bleiben Sie am Apparat.«

Dodd blieb am Apparat; er klemmte sich den Hörer zwischen Schulter und Ohr und zündete sich eine Zigarette an. Von dem anderen Ende war nichts zu hören, kein Flüstern oder die Geräusche von Bewegungen. Er dachte, die Leitung sei tot. Minuten vergingen, und er wollte gerade den Hörer auflegen, als plötzlich Helene Brandon mit scharfer Stimme fragte: »Hallo, wer ist dort?«

»Elmer Dodd.«

»Wir kennen uns nicht.«

»In gewisser Weise doch, Mrs. Brandon. Wir haben vor ein paar Stunden miteinander telefoniert.«

»Soll das ein Witz sein? Ich habe noch nie mit Ihnen gesprochen, weder am Telefon noch sonst.«

»Ich war in Kelloggs Haus, als Sie anriefen. Kellogg war nicht dort.«

Nach einer kurzen Pause fragte sie mit leiser, gedämpfter Stimme: »Ist mein Mann bei Ihnen?«

»Nein.«

»Weiß er ... von meinem Anruf?«

»Ich habe es ihm nicht gesagt. Aber er wird es erfahren, ebenso wie jedermann in Nordkalifornien, wenn dies in die Zeitungen kommt.«

»Die Zeitungen? Warum sollten die Zeitungen sich für eine private Unterhaltung zwischen mir und meinem Schwager interessieren – oder was ich für meinen Schwager hielt? Und welches Interesse sollten Sie daran haben, es ihnen zu erzählen?«

»Gar keins«, sagte Dodd, »aber ich muß es tun. Ich muß an meine Lizenz denken. Ich darf kein Beweismaterial zurückhalten.«

»Beweismaterial? Wovon?«

»Brandon hat sich nicht mit Ihnen in Verbindung gesetzt?«

»Nein. Er ist noch nicht zu Hause. Ich mache mir allmählich Sorgen. So spät kommt er nie, ich weiß nicht, wo er sein kann.«

»Er ist noch in Kelloggs Haus.«

»Sie hätten ihn nicht mit Rupert allein lassen sollen«, sagte sie mit schriller Stimme. »Gott weiß, was da geschehen mag.«

»Kellogg ist nicht dort. Er ist abgehauen, die Polizei auf den Fersen.«

»Polizei? Warum? Haben sie ... Amy gefunden?«

»Nicht Amy. Einen Mann, einen Fremden. Er ist irgendwann heute nachmittag mit einem Küchenmesser in Kelloggs Haus ermordet worden.«

»Oh, mein Gott! Rupert ... Rupert ...«

»Ich glaube, Kellogg hatte die Absicht, die Leiche loszuwerden. Er hat angefangen, in der Küche sauberzumachen, aber es war wohl zuviel Blut. Er beschloß, lieber die Stadt zu verlassen. Er holte also den Hund und seine Freundin ab und verdrückte sich.«

»Was für eine Freundin?«

»Die, wegen der er Sie anlügen mußte. Sie haben sie heute mittag bei Lassiter gesehen.« Dodd machte eine Pause. »Was geschah dort, Mrs. Brandon? Marschierten Sie unerwartet dort rein und vermasselten das Rendezvous?«

Sie antwortete nicht sofort. Er dachte, daß sie vielleicht weinte, aber als sie wieder sprach, klang ihre Stimme klar und frisch, ohne eine Spur von Tränen. »Sie kam rein, während ich mich mit Rupert an der Theke des Grillraums unterhielt. Sie ging direkt auf ihn zu, bis er sich umdrehte und sie anstarrte. Ich bin kein Gedankenleser, aber ich wußte, daß sein Blick eine Botschaft enthielt. Sie holte sich jedenfalls eine Schachtel Zigaretten und ging wieder. Als ich Rupert nach ihr fragte, sagte er, er habe sie noch nie zuvor gesehen. Ich hatte das Gefühl, daß er log. Ich habe es immer noch. Aber es ist nur ein Gefühl, es gibt keine Beweise, die es untermauern könnten.«

»Vielleicht gibt es welche. Wie sah das Mädchen aus? Und war es eher ein Mädchen oder eher eine Frau?«

»Anfang zwanzig. Blond, ganz hübsch, etwas Übergewicht. Sie sah befangen und unsicher aus, als ob ihre Kleider zu ungewohnt und zu eng waren. Ich dachte, sie sei vielleicht vom Land, an Arbeit im Freien gewöhnt. So braungebrannt, wie sie war, wird man in dieser Gegend nicht. Es war eher die Art von Sonnenbräune, die die Saisonarbeiter auf den Farmen haben, die, die bei der Obst- und Baumwollernte im Valley helfen.«

»Viele der Saisonarbeiter sind Mexikaner«, sagte Dodd.

»Viele sind auch hellhäutig. Am Ende haben sie beide die gleiche Hautfarbe.«

»Sie sagten, ihr Haar sei blond?«

»Gebleicht.«

»Von der Sonne oder aus der Flasche?«

»Selbst im Valley brennt die Sonne nicht so heiß.«

»Haben Sie einen Grund zu der Annahme, daß das Mädchen aus dem Valley kam?«

»Ihre Füße. Sie waren sehr breit und platt, als ob sie gewohnt sei, barfuß zu laufen.«

Er widersprach ihr nicht, aber er wußte, daß nur sehr wenige der Obstpflücker im Valley barfuß gingen, wenn sie sich Schuhe leisten konnten. In der Mittagssonne wurde der Boden so heiß wie ein Trockenofen.

»Ich habe sie später noch einmal gesehen«, sagte Helene. »Sie ging über den Union Square, in Begleitung eines etwa zehn Jahre älteren Mannes. Ich dachte, er könnte ihr Bruder sein. Er hatte die gleiche Gesichts- und Haarfarbe, und beide sahen ganz allgemein so aus, als fühlten sie sich in der Stadt befangen und gehörten nicht dorthin. Ich bin ziemlich sicher, daß sie über irgend etwas stritten, obwohl ich keine einzelnen Worte verstand.«

»Der Mann trug ein kariertes Sportjackett?«

»Nun ... nun ja. Woher wissen Sie das?«

»Ich habe ihn gesehen.«

»Waren Sie auch auf dem Square?«

»Nein. Ich habe ihn später gesehen.« Den Rest eines Lebens später.

»Wer ist ... war er?«

»Ein Bekannter Ihrer Schwägerin, nehme ich an.«

»Das Wort ›Bekannter‹ hört sich bei Ihnen so schmutzig an.«

»Tatsächlich? Nun, sehen wir der Sache ins Gesicht, Mrs. Brandon – wenn ich einen Job wie diesen annehme, ziehe ich keine sauberen, weißen Handschuhe an.«

»Sie meinen, Amy und dieser Mann waren ...«

»Miteinander bekannt.«

»Es hört sich immer noch schmutzig an.«

»Vielleicht hören Sie es nur schmutzig«, sagte Dodd. »Amy und O'Donnell haben sich in der Bar eines Hotels in Mexico City kennengelernt. Amy ist fort, O'Donnell ist tot. Jetzt wissen Sie soviel wie ich. Weitere Auskünfte finden Sie in Ihrer Lokalzeitung.«

»Die Zeitungen. O Gott. Das wird durch alle Zeitungen gehen. Gill wird ...«

Dodd wollte nicht hören, was Gill würde. Er hatte von dem Mann genug gesehen und gehört. Er sagte schroff: »Mrs. Brandon, als Sie heute mittag bei Lassiter Kellogg trafen, hat er da seine Frau erwähnt?«

»Ja. Er sagte, daß Amy bald zurückkommen werde. Bis Thanksgiving oder Weihnachten.«

»Das ist nicht sehr bald.«

»Ist es das nicht? Ich nehme an, das hängt vom Standpunkt ab.«

Sie machte eine Pause, als versuche sie zu entscheiden,

ob sie ihm mitteilen sollte, wie sie wirklich über Amy dachte. Dann sagte sie: »Glauben Sie, daß sie zurückkommt?«

»Ich frage mich allmählich«, sagte Dodd, »ob sie jemals fortgegangen ist.«

Ein Küchenmesser gehörte im allgemeinen nicht zu den Waffen, die man bei einem geplanten oder vorsätzlichen Mord benutzte. Es war eine Notwaffe, die man plötzlich, in einem Augenblick der Wut oder der Todesangst, an sich riß. Fäuste waren die herkömmlichen Waffen eines Mannes bei unerwartetem Angriff und zur Verteidigung. Die Waffen einer Frau waren, was immer ihr zufällig in den Sinn kam oder zur Hand war. Das Messer hatte vielleicht auf dem Küchentisch gelegen, griffbereit.

Es waren nur fünf Frauen in den Fall verwickelt. Eine von ihnen, Wilma Wyatt, war tot. Die anderen lebten oder lebten vermutlich: Miss Burton, Helene Brandon, die junge Frau mit dem gebleichten Haar und Amy selbst. Von diesen vieren wußte man nur von der jungen Frau und Amy mit Sicherheit, daß sie O'Donnell gekannt hatten. Aber es war möglich, daß Miss Burton ihn durch Kellogg kennengelernt hatte und daß sogar Helene Brandon, trotz aller Beteuerungen ihrer Unschuld und Unwissenheit, den Toten gekannt hatte. Ihn gekannt und Grund hatte, ihn zu fürchten. In diesem Fall konnte Helenes unbesonnener Anruf in Kelloggs Haus in Wirklichkeit durchaus nicht unbesonnen gewesen sein, sondern Teil eines Plans mit dreifacher Absicht: dem Versuch, ihre eigene Unschuld zu beweisen, herauszufinden, ob die Leiche gefunden und identifiziert worden war, und dafür zu sorgen, daß das Mädchen mit dem gebleichten Haar in den Fall hineingezogen wurde. Das Mädchen würde die Aufmerksamkeit von ihr selbst ablenken – und von ihrer noch dunklen Rolle in der Affäre.

Aber was für eine Beziehung, fragte Dodd sich, konnte zwischen Helene und O'Donnell bestanden haben? Und wenn es eine Beziehung gegeben hatte, würde sie dann offen zugeben, daß sie O'Donnell auf dem Union Square gesehen hatte?

Nein, dachte er, das ergibt keinen Sinn. Die Frau, die hinter der ganzen Sache steckt, ist Amy, nicht Helene. Es führt alles zurück auf Amy – wohin ist sie gegangen, und warum ist sie gegangen?

Eine unsinnige Idee stieg an die Oberfläche seines Bewußtseins wie ein unvorstellbares Seeungeheuer. Angenommen, Amy war überhaupt nicht fortgegangen, angenommen, sie hatte während der ganzen Zeit in dem Haus gelebt, versteckt, aus Gründen, die bis jetzt noch keiner kannte. So unwahrscheinlich diese Theorie erschien: sie würde einiges erklären. Die Entlassung des Mädchens, Gerda Lundquist, die Umquartierung des kleinen Hundes Mack, der Amys Anwesenheit hätte verraten können, die Briefe, die eindeutig von Amy geschrieben worden waren, aber nicht unbedingt aus der Ferne, vielleicht mitten in ihrem eigenen Zimmer.

Türen öffneten sich in seiner Vorstellung und gaben den Blick frei auf Zimmer, in denen Schatten lebten und Echos sprachen. Keiner der Schatten war zu erkennen, und die Echos klangen wie die unsinnigen Laute, die ein rückwärts abgespieltes Tonband von sich gibt. Aber in einer Ecke eines Zimmers saß eine Frau ohne Gesicht schreibend an einem Tisch.

Das Telefongespräch mit Helene Brandon ging weiter.

»Mr. Dodd? Sind Sie noch . . . ?«

»Ich bin hier.«

»Hören Sie. Bitte hören Sie mir zu. Es nützt keinem etwas, wenn ich in diese Sache hineingezogen werde.«

»Sie haben eine wichtige Aussage zu machen.«

»Aber die habe ich Ihnen gegenüber gemacht. Sie kennen sie jetzt. Das ist es doch, was zählt, oder nicht? Die Aussage selbst, nicht, wer sie vor der Polizei gemacht hat. Können Sie mich da nicht heraushalten? Ich zahle dafür.«

»Wenn ich Sie da raushalte, werde ich es sein, der am Ende die Rechnung zahlt.«

»Es muß doch Möglichkeiten geben.«

»Nennen Sie mir eine.«

Sie schwieg für einen Augenblick. Er hörte ihren schweren, unregelmäßigen Atem, als sei Denken für sie eine schwere physische Arbeit.

»Sie«, sagte sie endlich, »Sie könnten es gewesen sein, der Rupert und das Mädchen zur Mittagszeit bei Lassiter sah.«

»Vielleicht hätte ich das, nur habe ich meinen Lunch aus einer Papiertüte in meinem Büro gegessen.«

»Allein?«

»Zum Nachtisch gesellten sich ein paar Fliegen dazu.«

»Bitte, seien Sie um Himmels willen ernst. Sie wissen nicht, was dies alles für mich und meine Familie bedeutet. Meine drei Kinder gehen zur Schule. Sie sind alt genug, darunter zu leiden, schrecklich zu leiden.«

»Das können Sie nicht verhindern. Ihr Onkel wird wegen Mordes gesucht.«

»Zumindest ist er kein Blutsverwandter. Ich bin es. Ich bin ihre Mutter. Möge Gott ihnen helfen, wenn ich in diese Geschichte hereingezerrt werde.«

»Okay, okay«, sagte Dodd ergeben. »Ich hab also Rupert und das Mädchen bei Lassiter gesehen. Was hab ich dort gemacht?«

»Zu Mittag gegessen.«

»Meine Sekretärin weiß verdammt genau, daß ich meinen Lunch mit zur Arbeit gebracht habe.«

»Also gut, dann haben Sie Rupert verfolgt – oder heißt es beschattet?«

»Wie Sie wollen.«

»Als das Mädchen auftauchte, haben Sie beschlossen, an Stelle von Rupert sie zu beschatten, und das taten Sie dann auch. Sie ging zum Union Square, wo sie ...«

»Wie ist sie zum Union Square gekommen?«

»Nahm die Cable Car von der Powell Street.«

»Wissen Sie das, oder ist es erfunden?«

»Habe ich erfunden. Aber es klingt glaubhaft, und das streben wir doch an? Außerdem betrat sie den Square von der Powell Street her.«

»Wann?«

»Das weiß ich nicht mehr; ich hatte irgendwie das Gefühl für die Zeit verloren. Ich dachte ... an Amys Heimkehr. Und andere Dinge.« Sie hustete, wie um sich selbst davor zu warnen, gefährlichen Boden zu betreten. »Ich weiß noch, daß es anfing zu regnen und daß die alten Männer, die die Tauben gefüttert hatten, aufstanden und den Square verließen.«

»Es fing etwa gegen drei Uhr an zu regnen.« Der Regen wäre ihm nicht aufgefallen, wenn seine Sekretärin nicht in sein Büro gekommen wäre, um ihm auf ihre ganz persönliche Weise mitzuteilen, daß sie hinunter in den Drugstore gehen würde, um sich etwas gegen Erkältungen zu holen. »Es gibt Leute, die glauben, daß Regen die Luft reinigt und wäscht. Aber ich weiß zufällig genau, daß er in Wirklichkeit all die Viren und Bakterien aus dem Weltraum herunterbringt, außerdem auch Strontium 90. Vermutlich ist Ihnen Strontium 90 gleichgültig, aber wenn einem die Knochen im Leibe allmählich verfaulen ...«

»Drei Uhr«, sagte Helene. »Ja, um die Zeit muß es gewesen sein.«

»Wo traf sie sich mit ihrem Freund in dem karierten Sportjackett?«

»Ich habe keine Ahnung. Es war purer Zufall, daß ich sie noch einmal sah. Ich bin ihr nicht nachgegangen oder habe Ausschau nach ihr gehalten oder so etwas. Sie tauchte einfach auf.«

»Okay, so werde ich es bringen müssen, ein Zufall. Aber die Polizei hat etwas gegen Zufälle.«

»Solche Zufälle gibt es hier ständig. Man kann einen Monat lang täglich nach L. A. in die Innenstadt gehen und nicht ein einziges Mal einen Menschen treffen, den man jemals zuvor gesehen hat. Aber hier ist die Innenstadt so klein, daß ich ausnahmslos Bekannte treffe, wenn ich einkaufen oder zum Essen gehe. In der Hinsicht ist San Francisco fast so wie ein Dorf.«

»Die Einheimischen würden das nicht sehr gern hören.«

»Es stimmt aber. Es gehört zu den Dingen, die mir so gut gefallen an der Innenstadt.«

»Also gut«, sagte Dodd. »Es war eben ein kleiner Zufall. Ich habe das Mädchen nicht beschattet, sie tauchte einfach auf.«

»Mr. Dodd, Sie werden mir helfen? Sie werden mir wirklich helfen?«

»Nicht Ihnen. Den Kindern.« Er hätte ihr gern gesagt, warum, aber er tat es nicht. Als er eine der unteren High-

School-Klassen besucht hatte, war sein Vater wegen Trunkenheit festgenommen worden. Es war keine große Sache, aber es kam in die Zeitungen. Er hatte die Schule verlassen und war nie wieder zur Schule gegangen. »Ihre Aufgabe jetzt, Mrs. Brandon, ist es, zurückhaltend zu sein. Wenn die Polizei Ihnen Fragen stellt, beantworten Sie sie, aber rücken Sie nicht freiwillig mit irgendwelchen Auskünften heraus.«

»Was ist, wenn sie Rupert finden und er ihnen die Wahrheit sagt, nämlich, daß ich diejenige war, die ihn mit dem Mädchen bei Lassiter gesehen hat?«

»Rupert«, sagte Dodd, »wird eine Menge andere Dinge sagen müssen, bevor er zu dem Punkt kommt.«

17

Als Miss Burton um die Ecke bog, kam es ihr vor, als ob jemand mitten auf der Straße ein riesiges Schauspiel inszeniert habe, in dem alle Anwohner als Darsteller mitwirkten. Es war unmöglich festzustellen, um was für eine Art von Schauspiel es sich handeln mochte; es gab so viele unterschiedliche Rollen und Kostüme. Kleine Jungen auf Fahrrädern, Frauen in Hauskleidern, Bademänteln, Schlafanzügen, Männer mit Fotoapparaten, Aktentaschen, Babys auf dem Arm, Gruppen von Mädchen, die wie Vögel schnatterten und zwitscherten, und alte Damen mit verkniffenen Mündern, die schweigend vom Bühnenhintergrund aus zusahen, als ob die Szene vor ihnen nichts Neues für sie war, sondern etwas, was sie schon seit langem kannten.

Autos säumten beide Seiten der Straße, einige mit noch laufendem Motor und eingeschalteten Scheinwerfern, und aus den geöffneten Fenstern spähten Leute heraus. Miss Burton blieb stehen und lehnte sich an einen Laternenpfahl; sie fühlte sich plötzlich benommen und außer Atem. Was versuchen sie zu sehen? dachte sie. Was erwarten sie zu sehen? Worauf warten sie?

Der Wind zerrte an ihrem Haar, färbte ihre Lippen blau und riß an ihrem Mantel, aber sie empfand kein körperliches Unbehagen. Menschen drängten sich an ihr vorbei und übertönten mit ihren Zurufen den Wind. Ein großer weißer Hund blieb stehen, um sie anzustarren, als sei der Laternenpfahl sein Privateigentum, dessen sie sich bemächtigt habe.

Eine Frau in einem mitgenommenen Bisammantel über einem gestreiften Schlafanzug rief den Hund zu sich. »Er tut Ihnen nichts, er ist sanft wie ein Lamm.«

»Ich ... habe keine Angst«, sagte Miss Burton.

»Sie sahen so aus.«

»Nein.«

»Von hier sieht man nicht viel, aber wenn man näher herangeht, könnte man hineingezogen werden. Glauben Sie mir, es lohnt sich nicht, hineingezogen zu werden.«

»Was ist passiert?«

»Mord, das ist passiert. Im Haus der Kelloggs. Ich habe schon immer gewußt, daß mit den Leuten etwas nicht stimmt. Oh, sie schienen nett zu sein, nach außen ... Wo wollen Sie hin? He, warten Sie einen Moment, Sie haben Ihren Schal verloren!«

Aber Miss Burton war schon fort. Sie lief durch das Gedränge und schlug Haken wie ein kleiner Abwehrspieler, der von Riesen verfolgt wird.

Dodd parkte an der Ecke gerade seinen Wagen, als er sie entdeckte; er erkannte sie zuerst an ihrem gelben Mantel. Sie sah ihn nicht und wäre an ihm vorbeigelaufen, ohne seine Anwesenheit zur Kenntnis zu nehmen, wenn er sie nicht angesprochen hätte: »Miss Burton!«

Sie wandte sich um und warf ihm einen kurzen, leeren Blick zu, dann lief sie weiter. Er begann, hinter ihr herzulaufen, ohne Plan oder Absicht, wie ein Hund, der etwas verfolgt, nur weil es sich bewegt. Er war noch keine fünfzig Meter gelaufen, als er anfing zu keuchen, und ein heftiger Schmerz durchstach seine Seite. Er hätte sie nie eingeholt, wenn sie nicht über einen Riß im Gehweg gestolpert und auf die Knie gefallen wäre.

Er half ihr auf die Beine. »Sind Sie verletzt?«

»Nein.«

»Eine ungewöhnliche Zeit, für den Eintausendmeterlauf zu trainieren.«

»Gehen Sie. Gehen Sie einfach weg.«

»Was tun Sie hier?«

»Nichts. *Nichts.* Lassen Sie mich bitte in Ruhe. Bitte.«

»Eine Menge Leute sagen plötzlich bitte zu mir«, sagte Dodd trocken. »Vermutlich muß es erst Schwierigkeiten geben, damit die Leute höflich mit einem sprechen.«

»Ich habe keine Schwierigkeiten.«

»Jeder Freund der Kelloggs hat Schwierigkeiten. Haben Sie von ihm gehört?«

»Nein.«

»Er ist nicht vorbeigekommen, um sich zu verabschieden?«

»Nein.«

»Und Sie würden es mir nicht sagen, wenn er es getan hätte, nicht wahr?«

»Nein.«

»Sie können zu mir nein sagen, so oft Sie wollen, aber der Polizei wird es nicht gefallen. Wahrscheinlich stehen sie in diesem Augenblick vor Ihrer Wohnung und warten auf Sie. Und von jetzt an wird es so weitergehen. Man wird Sie beobachten, verfolgen, wohin Sie auch gehen. Wenn sie an Ihre Post gelangen, bevor Sie selbst es tun, werden sie sie öffnen. Man wird Wanzen in Ihrer Wohnung anbringen, und Ihre Telefonleitung wird angezapft werden.«

»Ich habe keine Informationen.«

»Sie stecken bis zum Hals in Informationen, Miss Burton. Und sie werden alles herausbekommen. Sie werden Sie auseinandernehmen wie eine Armbanduhr. Ihr Innerstes wird auf einem Tisch ausgebreitet werden. Keine Uhr funktioniert wieder so wie vorher, wenn sie auf diese Weise auseinandergenommen worden ist, außer wenn ein Experte am Werk war. Die von der Polizei sind keine Experten, sie können ganz schön ungeschickt sein.«

Wie um seine Ausführungen zu unterstreichen, raste ein Polizeiwagen mit laut heulender Sirene auf zwei Rädern um die Ecke. Ein paar Fahrzeuge fuhren an den Bordstein, die übrigen setzten ihre Fahrt fort, als hätten sie nichts gehört und nichts gesehen.

»Warum«, fragte Miss Burton gequält, »warum sind Sie so grausam?«

»Vielleicht werden Sie eines Tages erkennen, daß es Nächstenliebe ist, nicht Grausamkeit, wenn ich Sie davor warne, was Sie zu erwarten haben, wenn die Polizei anfängt, Fragen zu stellen.«

»Ich kann keine Informationen geben, die ich nicht habe.«

»Und die, die Sie haben, werden Sie nicht herausgeben?«

»Ich habe Ihnen doch gesagt ...«

»Miss Burton, was tun Sie in dieser Gegend?«

Zuerst schüttelte sie den Kopf, als habe sie nicht die Absicht zu antworten. Dann sagte sie, langsam und bedächtig: »Mr. Kellogg hat das Büro mittags verlassen. Er fühlte sich nicht wohl. Ich beschloß, bei ihm vorbeizuschauen, um zu sehen, ob ich ihm in irgendeiner Weise behilflich sein könnte.«

»Das wollen Sie der Polizei sagen?«

»Ja.«

»Sie werden denken, daß Sie eine außerordentlich fürsorgliche und ergebene Sekretärin sind.«

»Das bin ich.«

»Tatsächlich könnten sie denken, daß Sie mehr als eine Sekretärin sind.«

»Ich kann nichts gegen die schmutzige Phantasie anderer Leute tun. Ihre eigene eingeschlossen.«

»Ich habe keine schmutzige Phantasie, soweit es Sie betrifft.«

»Nein?«

»Nein«, sagte er mit Nachdruck. »Ich glaube, daß Sie genau das sind, was zu sein Sie behaupten, eine treu ergebene Sekretärin mit wenig Talent oder Neigung zum Lügen. Miss Burton, warum liefen Sie davon, als ich Sie ansprach?«

»Ich hatte gehört, daß es ... einen Mord gegeben hat.«

»Wer hat Ihnen das gesagt?«

»Eine Frau, eine Fremde. Sie sagte, daß im Haus der Kelloggs jemand ermordet worden sei.«

»Und das war alles?«

»Das war alles. Ich wollte nicht noch mehr hören. Ich wollte nicht hineingezogen werden, darum bin ich fortgelaufen.«

»Ohne irgendwelche Fragen zu stellen?«

»Ja.«

»Wollten Sie nicht einmal wissen, wer ermordet worden war?«

Sie wandte sich ab, stumm und eigensinnig.

»Miss Burton, Ihr Chef lebte allein, oder vermutlich allein, in diesem Haus. Wäre es für Sie nicht naheliegend anzunehmen, daß er derjenige war, den man ermordet hatte? Wäre es nicht auch naheliegend, daß Sie so lange blieben, bis Sie das herausgefunden hatten?«

Ihre Lippen bewegten sich, aber sie antwortete nicht. Er fragte sich, ob sie betete. Er hoffte es; sie würde alle Hilfe, die sie bekommen konnte, nötig haben.

»Miss Burton, hatten Sie einen guten Grund zur Annahme, daß das Opfer nicht Rupert Kellogg war?«

»Nein!«

»Ich behaupte, daß er Sie angerufen hat, um Ihnen mitzuteilen, daß er die Stadt verlasse, weil etwas geschehen sei. Vielleicht haben Sie ihm nicht geglaubt und kamen deshalb heute abend hierher, um sich zu vergewissern. Oder vielleicht hat er Ihnen nicht genau erklärt, was geschehen war, und Sie wollten es selbst herausfinden. Welches von beidem trifft zu?«

Sie preßte die Hände gegen die Ohren. »Ich brauch Ihnen nicht zuzuhören! Ich brauch nicht mit Ihnen zu reden! Gehen Sie! Gehen Sie, oder ich schreie!«

»Sie schreien bereits«, sagte er.

»Ich kann lauter schreien.«

»Das glaube ich gern. Aber Sie werden sich nicht früher als nötig mit der Polizei auseinandersetzen wollen, also immer mit der Ruhe, ja? Sie können die Wahrheit nicht durch Schreien übertönen.«

»Was Sie denken, muß nicht unbedingt die Wahrheit sein.«

»Warum dann der ganze Widerstand? Regen Sie sich ab. Denken Sie mal ein bißchen nach. Ihre Geschichte stimmt hinten und vorn nicht. Die Polizei wird Ihnen nicht mehr glauben als ich.«

»Ich kann nichts ändern ...«

»Sie können etwas ändern. Sagen Sie die Wahrheit. Wissen Sie, wo Kellogg ist?«

»Nein.«

»Sie haben ihn nicht mehr gesehen, seit er mittags das Büro verließ?«

»Nein.«

»Sie standen auch nicht in Verbindung mit ihm?«

»Nein.«

»Miss Burton, eine Frau ist verschwunden, und ein Mann ist ermordet worden. Unter diesen Umständen ist das Zurückhalten von Informationen eine sehr ernste Angelegenheit.«

»Ich besitze keine Informationen, weder für Sie noch für irgend jemand sonst.«

»Nun, ich habe ein paar für Sie.« Er machte eine Pause, ließ sie warten, gab ihr Zeit, sich Gedanken, sich Sorgen zu machen. »Als Kellogg die Stadt verließ, war er nicht allein. Seine Freundin war bei ihm.«

Sie rührte sich nicht, und ihr Gesichtsausdruck veränderte sich nicht, aber vom Hals bis zu den Backenknochen und den Ohrläppchen verfärbte sich ihre Haut. »Das ist ein sehr alter und sehr billiger Trick, Mr. Dodd.«

»Ihretwegen wünschte ich, es wäre ein Trick. Aber zufällig ist es die Wahrheit. Sie wurden mittags zusammen gesehen, und später wieder, als er den Hund im Tierheim abholte.«

»Das glaube ich nicht. Wenn ... wenn eine Frau bei ihm gewesen ist, muß es seine Frau gewesen sein.«

»Ausgeschlossen. Das Mädchen war eine hübsche Blondine, Jahre jünger als seine Frau.«

»Jünger.« Sie nahm das Wort in den Mund, als hätte

es einen sauren Beigeschmack, mußte aber geschluckt werden.

»Zwei-, dreiundzwanzig.«

»Wie ... heißt sie?«

»Wenn ich es wüßte, würde ich es Ihnen sagen.«

Sie schwieg und wickelte sich fester in ihren gelben Mantel, nicht um sich vor dem Wind draußen zu schützen, sondern vor dem Sturm in ihrem Inneren. Schließlich sagte sie: »Ich denke, für heute abend haben Sie mir genug erzählt.«

»Das mußte ich. Ich kann nicht zusehen, wenn eine Frau wie Sie sich für einen Taugenichts in Gefahr begibt, ohne den Versuch zu machen, sie davon abzuhalten.«

»Woher wissen Sie, was für eine Art von Frau ich bin?«

»Ich weiß es eben. Ich wußte es schon gestern abend, als wir in der Tanzschule miteinander sprachen.« Das schien Dodd sehr lange zurückzuliegen.

Sie sah ihn erbittert an. »Ich nehme an, Sie sind mir gestern abend gefolgt, als ich nach dem Unterricht nach Hause ging.«

»Sie sind nicht nach Hause gegangen, Miss Burton.«

»Sie sind mir also gefolgt.«

»Nein.«

»Woher wollen Sie dann wissen, wohin ich gegangen bin?«

»Kellogg hat es mir gesagt.«

»Das ist eine Lüge. Er kennt Sie nicht, er hat in seinem ganzen Leben noch nicht mit Ihnen gesprochen.«

»Sagen wir, seine Handlungen sprachen für ihn. Heute morgen machte er Gebrauch von seiner Vollmacht, um fünfzehntausend Dollar vom Konto seiner Frau abzuheben. Daraus schloß ich, daß jemand ihn vor mir gewarnt hat. Sie.«

Ihr entsetzter Gesichtsausdruck ließ ihn vermuten, daß sie zum erstenmal von dem Geld und der Vollmacht gehört hatte. Er nutzte die günstige Gelegenheit aus. »Hat Kellogg vergessen, die Fünfzehntausend Ihnen gegenüber zu erwähnen? Wie praktisch – solche Art von Gedächtnis.«

»Es ging ... das Geld ging ... geht ... mich nichts an.«

»Auch dann nicht, wenn er es dazu benutzte, mit einer Blondine aus der Stadt zu verschwinden? Vermutlich vergaß er auch, die Blondine zu erwähnen.«

»Sie sind ein schlechter Mensch«, sagte sie flüsternd. »Ein gemeiner Mensch.«

»Wenn Sie damit meinen, daß Sie mich gemein finden, muß ich das akzeptieren. Wenn Sie meinen, daß ich voller Gemeinheit stecke, muß ich Sie korrigieren. Ich stecke nicht voller Gemeinheit. Ich will Ihr Bestes, ich würde Ihnen gern helfen.«

»Warum?«

»Weil ich Sie für ein nettes Mädchen halte, das, mit den besten Absichten, einiges falsch macht.«

»Ich habe nichts Unrechtes getan.«

»Sagen wir also unbesonnen gehandelt.« Er stopfte seine Fäuste in die Taschen seines Überziehers, wie um zu vermeiden, jemandem einen Stoß zu versetzen. »Sie gingen vergangene Nacht zum Haus der Kelloggs, um ihn zu warnen. Das weiß ich, sparen Sie sich also die Mühe, es abzustreiten. Jetzt hören Sie gut zu. Es ist wichtig. Sie gingen zur Haustür, und Kellogg ließ Sie rein?«

»Ja.«

»Man kommt da in eine langgestreckte Diele, von der mehrere Zimmer abgehen. Sind Sie durch die Diele gegangen?«

»Ja.«

»Waren die Türen zu den verschiedenen Räumen offen oder zu?«

»Offen.«

»Wo haben Sie und Kellogg miteinander gesprochen?«

»Im Arbeitszimmer, im hinteren Teil des Hauses.«

»Haben Sie einen der anderen Räume betreten?«

»Worauf wollen Sie eigentlich hinaus?« fragte Miss Burton mit schriller Stimme. »Wollen Sie andeuten, daß er und ich ...«

»Beantworten Sie bitte meine Frage.«

»Ich war im Badezimmer. Machen Sie etwas daraus. Ich war im Badezimmer, habe mir das Haar gekämmt und das Gesicht gewaschen, weil ich geweint hatte! Jetzt machen Sie etwas daraus!«

Er sah deprimiert aus, als bedrücke ihn die Vorstellung, daß sie geweint hatte. »Ich frage Sie nicht, warum Sie geweint haben, Miss Burton. Ich möchte es nicht einmal wissen. Sagen Sie mir nur eines. Hatten Sie, während Sie dort waren, den Eindruck, daß außer Kellogg noch jemand anders in dem Haus sein könnte?«

»Ich vermute, Sie meinen die Blondine?«

»Sie vermuten falsch. Ich meine Amy.«

»Amy.« Einer ihrer Mundwinkel verzog sich plötzlich in einem angedeuteten kleinen Lächeln. »Das ist eine komische Idee, wirklich.« Sie holte tief Luft und hielt den Atem an wie ein Schwimmer, der gerade tauchen will.

»Nein, Amy war nicht im Haus, Mr. Dodd. Jedenfalls nicht lebend, nicht lauschend, nicht fähig zu lauschen.«

»Wie können Sie da so sicher sein?«

»Er hätte nie die Dinge gesagt, die er gesagt hat, wenn jemand anders dort gewesen wäre. Besonders Amy.«

Der Schweinehund hatte ihr also Liebe vorgeheuchelt, bis zu einem gewissen Grad. Dodd ertappte sich selbst bei der Frage, der zu interessierten Frage, bis zu welchem Grad. »Danke, Miss Burton. Mir ist klar, wie schwer es Ihnen gefallen sein muß ...«

»Bedanken Sie sich nicht bei mir. Lassen Sie mich bitte einfach in Ruhe.«

»Gehen Sie nach Hause?«

»Ja.«

»Ich bringe Sie hin. Mein Auto steht gerade am Ende der Straße.«

»Nein. Nein, danke. In fünf Minuten geht ein Bus.«

Sie kennt also sogar den Fahrplan der Busse, dachte Dodd. Das bedeutet, daß sie oft in diese Gegend gekommen ist, zu oft. »Gut, dann lassen Sie sich wenigstens von mir bis an die Ecke begleiten.«

»Es wäre mir lieber, wenn Sie mich nicht begleiten.«

»In Ordnung. Gehen Sie allein. Gute Nacht.«

Keiner von ihnen rührte sich.

Er sagte schroff: »Beeilen Sie sich, sonst verpassen Sie Ihren Bus.«

»Ich wollte, ich wüßte, auf welcher Seite, auf wessen Seite Sie in dieser Angelegenheit stehen.«

»Ich erhielt den Auftrag, Amy zu finden. Kelloggs verschiedene, nicht eingeplante Aktivitäten wie Mord, Diebstahl, Ehebruch interessieren mich nur insofern, als sie mich zu Amy führen könnten. Tot oder lebendig. Man könnte sagen, daß ich auf niemandes Seite stehe. Ich könnte auf Ihrer Seite stehen, aber da spielen Sie nicht mit.«

»Nein.«

»Das ist mir recht. Ich arbeite ohnehin besser, wenn ich mein eigener Herr bin.« Er wandte sich ab, um zu gehen. »Gute Nacht.«

»Warten Sie. Nur einen Moment. Mr. Dodd, Sie können nicht ... Sie können nicht wirklich glauben, daß Rupert all diese Dinge getan hat.«

»Ich kann. Es tut mir nur leid, daß Sie es nicht können.«

»Ich ... ich vertraue ihm.«

»Ja. Nun, das wär's, nicht wahr?«

Er fragte sich, wie lange ihr Vertrauen standhalten würde, wenn sie sich mit der Polizei unterhalten hatte.

Sie erwarteten ihn in Kelloggs Haus, ein Sergeant, den er nicht kannte, und Inspektor Ravick, den er kannte. Noch vor wenigen Stunden hatte das Haus, mit Ausnahme des Toten in der Küche, sehr ordentlich und gepflegt ausgesehen. Jetzt war es ein Schlachtfeld; die Möbel waren von ihren Plätzen gerückt, Kippen und benutzte Blitzlichtbirnen lagen auf dem Boden, Teppiche waren schmutzverkrustet, und alles in der Küche, Wände und Holzverkleidung, Herd, Kühlschrank, Spülstein, Wasserhähne und Stühle trugen die schwarzen Spuren von Fingerabdruckpulver.

»Ich sehe, Sie haben es sich gemütlich gemacht, Inspektor«, sagte Dodd. »Ist dies Ihre Version von einem angenehmen Leben?«

Ein finsterer Ausdruck trat in Ravicks breites, pockennarbiges Gesicht. »Okay, Schlauberger, wo zum Teufel waren Sie?«

»Mein Name ist Dodd. Nur meine besten Freunde nennen mich Schlauberger.«

»Ich habe Sie etwas gefragt.«
»Und ich denke über eine Antwort nach.«
»Hoffentlich ist es eine gute Antwort. Reden Sie.«
Dodd redete. Er hatte eine Menge zu sagen.

18

Über fünfzig Meilen hatte die Straße sich in verschlungenen Kurven durch die Klippen über dem Meer gewunden. An manchen Stellen waren die Klippen so hoch, daß man das Meer weder sehen noch hören konnte, an anderen so niedrig, daß Rupert im Licht des Mondviertels den Schaum auf den Brechern sah.

Der kleine Hund auf dem Rücksitz hatte begonnen zu winseln. Rupert sprach beruhigend und leise auf ihn ein. Er sagte nichts zu seiner Begleiterin. Sie hatten seit Carmel nicht mehr miteinander gesprochen und durchquerten jetzt den Big Sur, wo die Redwoods (Küsten-Mammutbäume) in massigem Schweigen standen, den wütenden Wind und das verwegene Meer ignorierend.

Sie schlief nicht, obwohl sie die Augen geschlossen hatte und den Kopf gegen die Tür lehnte. Er dachte, nicht zum erstenmal, was wäre, wenn sich die Tür in einer Kurve plötzlich öffnete, was wäre, wenn sie hinausstürzte? Das würde allem ein Ende setzen. Ich könnte allein weiterfahren ... Aber er wußte, daß das nicht das Ende wäre, das Ende war nicht einmal in Sicht. Er griff plötzlich über sie hinweg und verschloß die Tür, gegen die sie sich lehnte.

Sie zuckte zurück, als habe er zu einem Schlag auf ihren Kopf ausgeholt. »Warum haben Sie das getan?«

»Damit Sie nicht rausfallen.« Damit ich nicht in Versuchung gerate, dich rauszustoßen.

»Ist es noch weit?«

»Wir haben noch nicht einmal die Hälfte.«

Sie murmelte ein paar Worte, die er nicht verstand; es mochte ein Gebet gewesen sein oder ein Fluch. Dann sagte sie: »Mir ist übel.«

»Nehmen Sie eine Tablette.«

»All die Kurven, sie machen ein schlechtes Gefühl in meinem Magen. Es muß eine andere Straße geben, eine, die gerade und glatt ist.«

»Auf den besseren Straßen fahren mehr Autos. Sie würden sich schlechter fühlen, verdammt viel schlechter, wenn Sie eine Sirene hinter sich hörten.«

»Die Polizei hält nicht nach diesem Auto Ausschau. Sie wissen nicht, daß Joe einen Wagen hatte. Vielleicht wissen sie nicht einmal, wer er ist. Ich hab die Brieftasche aus seiner Tasche genommen. Das wird es schwieriger für sie machen.« Aber sie klang nicht sehr überzeugt, und nach einer Weile fügte sie hinzu: »Was machen wir, wenn wir dort ankommen?«

»Überlassen Sie das mir.«

»Sie haben versprochen, daß Sie sich um mich kümmern werden.«

»Ich werde mich um Sie kümmern.«

»Mir gefällt nicht, wie Sie das sagen. Warum können wir keine Pläne machen, jetzt, hier? Es gibt nichts sonst zu tun.«

»Sehen Sie sich die Landschaft an.«

»Wir könnten entscheiden, was ...«

»Die Entscheidungen sind gefallen. Die Pläne sind gemacht. Sie gehen zurück.«

»Zurück? Nicht ... ganz zurück?«

»Sie werden genau da wieder anfangen, wo Sie aufgehört haben. Erzählen Sie allen Leuten, daß Sie einen kleinen Urlaub gemacht haben und jetzt Ihr normales Leben wieder aufnehmen wollen. Verhalten Sie sich natürlich, und reden Sie nicht zuviel. Und denken Sie daran, dies ist kein guter Ratschlag, es ist ein Befehl.«

»Ich muß nicht gehorchen. Ich habe Geld. Ich kann verschwinden, ich kann in der City untertauchen.«

»Nichts wäre mir lieber, aber es wird nicht funktionieren.«

»Sie meinen, Sie werden es nicht funktionieren lassen«, sagte sie bitter. »Sie werden auspacken.«

»Ich werde auspacken. Alles, was ich weiß. Das verspreche ich Ihnen.«

»Es interessiert Sie nicht, was mit mir geschieht, nicht wahr?«

»Es ist mir völlig schnuppe. Wenn Sie sich in Rauch auflösten, würde ich eben die Fenster öffnen und den Wagen durchlüften lassen.«

»Sie haben sich ... sehr verändert.«

»Mord verändert einen Menschen.«

Trotz des Motorenlärms hörte er, daß sie tief einatmete. Er wandte sich zur Seite, um einen Blick auf sie zu werfen, und wünschte, es wäre das letzte Mal. Sie zerrte an dem roten Seidentuch, das sie um den Kopf gebunden hatte, als ob es sie einengte, sie nicht richtig atmen ließ.

Er sagte: »Behalten Sie es um.«

»Warum?«

»Ihr Haar wirkt ziemlich auffällig. Vorsichtig ausgedrückt. Verbergen Sie es, bis Sie in einen Schönheitssalon gehen und es färben lassen können.«

»Ich möchte es nicht färben lassen. Es gefällt mir, wie es ist. Ich wollte schon immer ...«

»Behalten Sie das Tuch um.«

Sie band das Tuch wieder unter dem Kinn zusammen, vor sich hin murmelnd, kopfschüttelnd. Er dachte, sie hat genug Angst, um Befehlen zu gehorchen. Das ist ein gutes Zeichen, das einzige gute Zeichen, sie hat Angst.

Seit einer halben Stunde war ihnen weder ein anderes Auto entgegengekommen, noch hatten sie eins überholt, noch hatten sie eine Ansiedlung oder irgendein Zeichen menschlicher Anwesenheit gesehen. Es sah so aus, als seien die letzten Menschen, die diese Straße entlanggekommen waren, die Erbauer der Straße selbst gewesen, und das war, wie Rupert aus ihrem Zustand schloß, schon lange her. Einige Abschnitte waren im Regen geschmolzen, als hätte man den Zement mit Zucker gemischt. Zuckerstraße, dachte er böse. Wenn ich noch eine Zukunft habe, wenn ich noch einmal hier entlangfahren sollte, wird das für mich ihr Name sein.

Bei der nächsten Biegung wurde zwischen den massigen Bäumen ein schwacher Lichtschimmer sichtbar, wie ein Licht am Ende eines langen schwarzen Tunnels. Er wußte, daß sie es auch gesehen hatte. Sie begann wieder über ihren Magen und ihren Kopf zu klagen.

»Mir ist übel. Ich möchte ein Glas Wasser.«

»Wir haben keins.«

»Da vorn ist ein Licht. Vielleicht ist es ein Laden. Sie könnten mir etwas Aspirin gegen meine Kopfschmerzen und ein Glas Wasser besorgen.«

»Es wäre gefährlich, die Fahrt zu unterbrechen.«

»Ich sage Ihnen, ich kann nicht mehr. Mir ist so übel, ich habe das Gefühl, ich sterbe.«

»Nur zu.«

»Oh, Sie sind ein Scheusal, ein Satan ...« Der Rest der Bezeichnungen ging unter in einer Folge von tiefen, trokkenen Würgelauten.

Er sagte: »Hören Sie auf mit dem Theaterspielen.«

Sie würgte weiter, den Körper zusammengekrümmt, die Hände gegen den Mund gepreßt.

Aus dem Lichtschimmer zwischen den Bäumen wurde ein Neonschild, aus dem hervorging, daß die Gruppe von Blockhütten und ein verfallenes Café sich Twin Trees Lodge nannten. ANNEHMB. PREISE, NOCH FREIE UNTERKÜNFTE.

Rupert fuhr von der Straße runter und brachte den Wagen zum Stehen.

Die meisten Blockhütten waren dunkel, aber im Café brannte Licht, und hinter der Theke saß ein Mann, der ein Taschenbuch las. Entweder hatte er den Wagen nicht gehört, oder sein Buch war gerade so fesselnd, jedenfalls blickte er nicht auf.

Auf dem Hintersitz begann der kleine Hund vor Aufregung zu kläffen, als er den Wald roch und das Rauschen eines Baches hinter den Hütten hörte. Rupert forderte den Hund auf, still zu sein, und die Frau, auszusteigen. Sie gehorchten beide nicht.

»Sie wollten, daß wir halten«, sagte er. »Okay, wir haben gehalten. Jetzt beeilen Sie sich und holen sich eine Tasse Kaffee oder was Sie haben wollen, und dann geht's weiter.«

Er griff an ihr vorbei und öffnete die Tür, und sie fiel halb aus dem Wagen, packte aber gleichzeitig mit raschem Griff ihre Tasche. Die schnelle, kühle Reaktion zeigte, daß ihr Würgen nicht echt gewesen war. Es war

Teil eines Plans, obwohl er die Absicht immer noch nicht verstand. Fast einen Monat lang hatte sie jetzt eine Rolle gespielt, Texte gesprochen, die nicht ihre eigenen waren, mit einer Stimme und in einer Sprache, die nicht zu ihr gehörten. Nur bei einer einzigen Gelegenheit hatte sie die Rolle verlassen und war wieder sie selbst, und das war, als sie in der Küche stand und mit O'Donnell sprach. »Ich gehe«, hatte O'Donnell gesagt. »Keine Ressentiments, oder? Mach dir keine Sorgen, ich sage nichts, ich will keinen Ärger. Gib mir nur das Geld für den Rückweg ...«

Geld. Das Schlüsselwort. Er sah ihr nach, als sie über den Parkplatz zum Café ging, ihre Tasche an die Brust gedrückt, als trüge sie ein kleines goldenes Monstrum von einem Baby.

Er wartete, bis sie sich an die Theke gesetzt hatte, bevor er das Auto verließ und die Tür so leise wie möglich hinter sich schloß. Südlich des Cafés befanden sich die Aufenthaltsräume und eine öffentliche Telefonzelle. Er ging auf die Telefonzelle zu, einen großen Bogen schlagend, um das Licht des Neonschilds zu meiden. Er wußte, wenn er es gewesen wäre, der darauf bestanden hätte anzuhalten, wäre sie mißtrauisch gewesen und hätte ihn nicht außer Sicht- oder Hörweite gelassen. Jetzt war sie es gewesen, die darauf bestanden hatte, eine Pause zu machen, und so war sie völlig arglos. Sie saß da, trank ihren Kaffee und aß einen Krapfen, die Handtasche vor sich auf der Theke, wo sie sie ständig sehen und berühren konnte.

Er ging in die Telefonzelle, warf eine Münze ein und wählte eine Nummer. Es war ein Ferngespräch, aber da es spät und die Hauptgeschäftszeit vorüber war, kam er sofort durch.

»Hallo.«

»Mr. Dodd?«

»Am Apparat.«

»Sie kennen mich nicht persönlich, Mr. Dodd, aber ich habe einen Vorschlag zu machen, der Sie interessieren könnte.«

»Sauber?«

»Ziemlich sauber. Ich weiß, daß Sie Amy Kellogg suchen.«

»So?«

»Ich kann Ihnen sagen, wo sie ist. Als Gegenleistung für gewisse Dienste.«

Der Mann hinter der Theke hatte den Kaffee auf einem kleinen Butankocher aufgewärmt. »Noch ein bißchen zum Aufwärmen, Madam?«

Sie sah ihn verständnislos an. »Wie bitte?«

»Das ist meine Art zu fragen, würden Sie gern noch eine Tasse Kaffee trinken, ohne dafür zu zahlen?«

»Vielen Dank.«

Er schenkte ihr Kaffee nach und nahm sich selbst auch ein wenig. »Haben Sie es noch weit?«

»Wir fahren nur so herum und sehen uns die Gegend an.«

»Herumzigeunern, was? Tu ich selbst gern.«

Das Wort brannte ihr in den Ohren. Es bedeutete umherziehende, obdachlose, in Armut lebende Menschen, die mitgehen ließen, was ihnen unter die Finger kam. Sie sagte scharf, eine Hand auf ihrer Handtasche: »Wir sind keine Zigeuner. Sehe ich wie eine Zigeunerin aus?«

»Zum Teufel, nein, so habe ich das nicht gemeint. Ich meinte, na zum Beispiel, Sie stehen einfach auf und fahren ab und wissen nicht, wohin Sie fahren.«

»Ich weiß, wohin ich fahre.«

»Sicher. In Ordnung. Wollte mich ja nur unterhalten. Das Geschäft schleppt sich so dahin, nicht viele Leute in der Gegend, mit denen man reden kann.«

Ihr wurde klar, daß es ein Fehler gewesen war, ihn so scharf anzufahren; er würde sich besser an sie erinnern. Sie versuchte den Schaden wiedergutzumachen, indem sie ihn freundlich anlächelte. »Wie heißt die nächste Stadt?«

»Highway 1 ist nicht für die Städte da. Er ist für die Landschaft, schönste Landschaft in der Welt. Wolln mal sehen, San Luis Obispo, schätze ich, ist die nächste richtige Stadt. Wenn Sie dort ankommen, sind Sie auf der 101, das ist die Hauptverkehrsstraße.«

»Ist es noch weit?«

»Ein ganzes Ende. An Ihrer Stelle würde ich von Cambria quer durch nach Paso Robles fahren, so kommt man schneller auf die 101.«

»Gibt es einen Bus, der hier vorbeikommt?«

»Nicht oft.«

»Aber es gibt einen?«

»Sicher. Ich hab versucht, die Firma dafür zu interessieren, mein Café für die Mittagspause zu benutzen, nur sie haben gesagt, es ist nicht groß genug, und der Service ist nicht schnell genug. Wir müssen zu zweit alles machen, ich und meine Frau.«

»Wie viele Krapfen haben Sie noch?«

»Sechs oder sieben.«

»Ich nehme alle.«

»Sicher. Das macht alles zusammen mit dem Kaffee 52 Cent.«

Sie öffnete ihre Handtasche unter der Theke, damit er nicht sehen konnte, wieviel Geld sie hatte. Sie wußte es selbst nicht genau, aber es sah nach einer Menge aus, genug, um sie unabhängig von Rupert zu machen. Wenn ich von ihm fortkommen könnte, wenn ich mich im Wald verstecken könnte ... Ich fürchte mich nicht vor der Dunkelheit, nur vor der Dunkelheit, in der er auch dabei ist ...

Er. Es war ein Fluch, ein Beiname, ein Schimpfwort.

Er saß hinter dem Lenkrad des Wagens, als sie aus dem Café kam. Sie hatte, um es bequemer zu haben, für die Fahrt Schuhe mit flachen Absätzen angezogen, und sie bewegte sich mit lässiger Anmut, nicht wie in der Stadt, wo sie schwankte und taumelte wie ein kleines Mädchen, das zum erstenmal die hochhackigen Schuhe seiner Mutter trägt.

Anstatt zum Wagen zu gehen, wandte sie sich nach rechts. Er dachte, daß sie zu den Toiletten wollte, und lehnte sich zurück, um zu warten. Die Uhr auf dem Armaturenbrett tickte davon, als wären es lauter fröhliche Minuten. Fünf. Sieben. Zehn. Bei der elften kurbelte er das Fenster herunter und rief ihren Namen, so laut er konnte, ohne die Aufmerksamkeit des Mannes hinter der Theke zu erregen. Es kam keine Antwort.

Der kleine Hund begann wieder zu winseln, als habe er vor Rupert erkannt, was gerade geschah und wie man damit am besten fertig würde. Rupert öffnete die Tür, und der Hund sprang über die Rückenlehne und hinaus in die Nacht. Er umkreiste den Parkplatz, die Nase am Boden, und hob dann und wann den Kopf, um in Ruperts Richtung zu kläffen. Dann machte er plötzlich kehrt und rannte zur Rückseite der Blockhütten, wo der Bach vom Berg herunter zum Meer plätscherte.

Sowohl der Hund als auch das Objekt seiner Jagd waren von Dunkelheit umhüllt. Rupert rief nach keinem von ihnen. Er folgte einfach dem jetzt wütenden Gebell des Hundes, schweigend unter den gewaltigen Bäumen gehend, und das Geräusch seiner Schritte wurde durch dichte Schichten feuchter Redwood-Nadeln gedämpft. Er beeilte sich nicht; er brauchte Zeit, damit seine Augen sich an die Dunkelheit gewöhnen konnten, und er wußte, daß der Hund sie verfolgen würde, solange sie in Bewegung blieb. Wenn er die freie Wahl gehabt hätte, hätte er den Hund zu sich gepfiffen, ihn in den Wagen gebracht, und dann wäre er weitergefahren und hätte sie allein weiter im Wald herumirren lassen, bis sie vor Erschöpfung zusammenbrach. Aber er hatte keine Wahl. Sie war seine Hoffnung wie auch seine Verzweiflung.

Sie war an den Bach gekommen und wollte ihn gerade überqueren, als er auf sie stieß. Der Hund lief vor ihr hin und her, eben außer Reichweite ihrer Beine, mit denen sie nach seinem Kopf kickte. Er wackelte mit dem Schwanz, und sein Bellen klang eher mutwillig als wütend, als sei es ein neues Spiel, das sie mit ihm spielte und bei dem sie anstatt mit einem Tennisball mit dem Fuß nach ihm warf.

Als Rupert näherkam, begann sie ihm mit kreischender Stimme merkwürdige Flüche zuzurufen: er sei ein Schwein, seine Mutter eine Sau, sein Vater habe Hörner, der kleine Hund gehöre dem Teufel.

Er packte sie an den Handgelenken. »Halten Sie den Mund.«

»Nein! Lassen Sie mich in Ruhe!«

In einer der Blockhütten wurde Licht gemacht, und die Silhouette eines Männerkopfes tauchte am geöffneten Fenster auf. Der Mann hielt den Kopf lauschend zur Seite geneigt.

Rupert sagte: »Jemand beobachtet uns.«

»Das interessiert mich nicht!«

»Es wird Sie interessieren.«

»Nein!«

Sie wand sich unter dem Griff seiner Hände, so daß er sie kaum halten konnte. In ihrer Wut war sie so stark wie ein Mann.

»Wenn Sie sich nicht zusammennehmen«, sagte er leise, »muß ich Sie töten. Das Wasser ist tief genug. Ich drücke Ihren Kopf nach unten, dann können Sie schreien, soviel Sie wollen. Es wird die Sache nur beschleunigen.«

Er wußte, daß sie sich vor dem Wasser fürchtete, sie haßte den bloßen Anblick des Meeres, und sogar das Geräusch einer angestellten Dusche machte sie nervös.

Sie hing schlaff in seinen Armen, als sei sie aus lauter Angst schon ertrunken.

»Sie werden mich sowieso töten«, sagte sie stockend und mit flüsternder Stimme.

»Machen Sie sich nicht lächerlich.«

»Ich sehe es in Ihren Augen.«

»Hören Sie auf mit diesem Unsinn.«

»Ich fühl es in Ihrer Berührung. Sie werden mich töten, nicht wahr?«

Ja, das werde ich. Die Worte lagen ihm auf der Zunge, bereit, ausgesprochen zu werden. Ja, ich werde dich töten. Aber nicht mit bloßen Händen, und nicht jetzt. Übermorgen vielleicht, oder überübermorgen. Es sind noch ein paar Sachen zu erledigen, bevor du stirbst.

Der Lichtstrahl einer Taschenlampe flackerte zwischen den Bäumen, und ein Mann rief: »He, Sie da draußen! Hallo! Ahoi!«

Rupert packte sie fester an den Handgelenken. »Sie werden nichts sagen. Ich übernehme das Reden, klar?«

»Ja.«

»Und lassen Sie sich nicht einfallen, um Hilfe zu bitten. *Ich* bin Ihre Hilfe, ich hoffe, Sie sind vernünftig genug, das zu kapieren.«

Der Mann aus dem Café tauchte auf; seine weiße Schürze flatterte im Wind. Der Strahl seiner Taschenlampe traf Ruperts Gesicht wie ein Schlag.

»Was ist hier eigentlich los?«

»Tut mir leid wegen der Ruhestörung«, sagte Rupert. »Mein Hund ist aus dem Auto gesprungen, und meine Frau und ich haben versucht, ihn wieder einzufangen.«

»Oh, ist das alles?« Er schien ein wenig enttäuscht. »Einen Augenblick lang dachte ich, jemand würde ermordet.«

Rupert lachte. Es hörte sich natürlich an. »Ich könnte mir vorstellen, daß Morde leiser und schneller stattfinden.« Er brauchte es sich nicht vorzustellen; O'Donnell war fast sofort gestorben und ohne ein einziges Wort oder einen Schmerzensschrei. »Tut mir leid, daß wir Sie belästigt haben.«

»Oh. Das ist schon in Ordnung. Hier passiert selten etwas Aufregendes. Dann und wann habe ich gern ein bißchen Abwechslung. Hält einen jung.«

»So habe ich das noch nie gesehen.« Rupert hob den Hund mit einer Hand auf, während er mit der anderen das Handgelenk seiner Begleiterin hielt. Sie leistete weniger Widerstand als der Hund, der es haßte, getragen zu werden. »Nun, ich denke, wir machen uns wieder auf den Weg. Komm, meine Liebe. Für eine Nacht haben wir für genug Unruhe gesorgt.«

Der Mann ging ihnen voran zum Parkplatz, den Strahl seiner Taschenlampe auf den Boden richtend. »Der Wind dreht sich.«

»Ist mir gar nicht aufgefallen«, sagte Rupert.

»Es fällt den meisten Leuten nicht auf. Aber bei mir gehört es zum Geschäft, auf den Wind zu achten. So, wie es jetzt aussieht, wird ziemlich bald von der See her Nebel hereinströmen. Nebel, das ist unser Problem in dieser Gegend. Wenn der Nebel aufsteigt, kann ich genausogut den Laden dichtmachen und zu Bett gehen. Sie wollen nach L. A.?«

»Ja.«

»An Ihrer Stelle würde ich so schnell als möglich ins Landesinnere abbiegen. Nebel kann man nicht bekämpfen. Am besten läuft man vor ihm davon.«

»Danke für den guten Rat. Ich werde daran denken.« Rupert dachte, außer Nebel gibt es noch eine Menge Dinge, die man nicht bekämpfen kann, vor denen man davonlaufen muß.

»Gute Nacht. Vielleicht kommen wir mal wieder bei Ihnen vorbei.«

»Ich werde hier sein. Habe mein ganzes Geld hier reingesteckt, kann's mir nicht leisten wegzugehen.« Er lachte säuerlich, als habe er sich selbst einen schlechten Streich gespielt. »Also, gute Nacht, Leute.«

Als er gegangen war, sagte Rupert: »Steigen Sie ein.«

»Ich will nicht ...«

»Und beeilen Sie sich. Dank Ihrer Mätzchen haben wir bereits eine halbe Stunde verloren. Ist Ihnen klar, wie weit Nachrichten in einer halben Stunde wandern können?«

»Die Polizei wird Sie suchen, nicht mich.«

»Wen von uns sie auch sucht, wenn sie uns findet, wird sie uns zusammen finden. Ist das klar? Zusammen. Bis der Tod uns scheidet.«

19

Señor Escamillo riß die Tür zur Besenkammer auf und stieß auf Consuela, die ein Ohr an ihre lauschende Wand preßte.

»Aha!« rief er, mit einem seiner dicken kurzen Zeigefinger auf sie deutend. »Consuela Gonzales ist also wieder bei ihren alten Tricks.«

»Nein, Señor. Ich schwöre bei der Leiche meiner Mutter ...«

»Du könntest bei den Hörnern deines Vaters schwören, und ich glaube dir trotzdem nicht. Wenn ich nicht einen so schrecklichen Mangel an erfahrenen Hilfskräften hätte, hätte ich dich nie gebeten zurückzukommen.« Er dachte kurz an den wahren Grund seiner Bitte an sie, in seine Dienste zurückzukehren; vielleicht war er töricht gewesen, bei einem so barbarischen amerikanischen Plan mitzumachen. Er warf einen Blick auf seine dicke goldene Taschenuhr, die nicht sehr zuverlässig war, aber gute Dienste tat, wenn es galt, seine Untergebenen bei der Stange zu halten. »Es ist jetzt sieben Uhr. Warum bist du nicht dabei, frische Handtücher auf die Zimmer zu bringen und die Betten aufzuschlagen?«

»In den meisten Zimmern habe ich es schon getan.«

»Und warum, bitte sehr, nicht in allen? Sind die Handtücher so schwer, eine solche Bürde, daß du alle fünf

Minuten eine Pause einlegen mußt, um dich auszuruhen?«

»Nein, Señor.«

»Ich warte auf eine Erklärung«, sagte Escamillo mit kalter Würde.

Consuela sah hinunter auf ihre Füße, breit und flach in den *espadrilles* aus Stroh. Kleider, dachte sie, es sind Kleider, die den Unterschied machen. Hier sitze ich, gekleidet wie eine Bäuerin, also behandelt er mich wie eine Bäuerin. Wenn ich Schuhe mit hohen Absätzen trüge und mein schwarzes Kleid und meine Halsketten, wäre er höflich und würde mich Señorita nennen und es nicht wagen zu behaupten, mein Vater hätte Hörner.

»Ich warte, Consuela Gonzales.«

»Ich war in allen Zimmern bis auf 404. Ich wollte auch dort meine Arbeit tun, aber als ich vor der Tür stand, hörte ich drinnen Geräusche.«

»Geräusche? Was für Geräusche?«

»Es waren Leute drin, die sich stritten. Ich dachte, ich störe sie lieber nicht, ich warte lieber, bis sie zum Abend fortgehen.«

»Auf 404 haben sich Leute gestritten?«

»Ja. Amerikanerinnen. Zwei amerikanische Damen.«

»Das schwörst du bei der Leiche deiner Mutter?«

»Ja, Señor.«

»Was für eine Lügnerin du bist, Consuela Gonzales.« Escamillo legte die Hand aufs Herz, um zu demonstrieren, wie sehr die Situation ihn peinigte. »Oder du bist nicht mehr fähig, Dinge richtig zu beurteilen.«

»Ich sage Ihnen, ich habe sie gehört.«

»Du sagst es mir, ja. Jetzt sage ich *dir* etwas. Die Suite 404 steht leer. Sie steht seit fast einer Woche leer.«

»Das kann nicht sein. Ich habe gehört, mit meinen eigenen Ohren ...«

»Dann brauchst du neue Ohren. Vierhundertvier ist leer. Ich bin der Geschäftsführer dieses Unternehmens. Wer sollte besser als ich wissen, welche Zimmer belegt sind und welche nicht?«

»Vielleicht ist jemand hier abgestiegen, zwei amerikanische Damen, als Sie mal für ein paar Minuten nicht am Empfang waren.«

»Unmöglich.«

»Ich weiß, was ich höre.« Consuelas Wangen hatten die Farbe von Rotwein, als habe die Wut das Blut in ihren Adern zur Gärung gebracht.

»Das ist ein schlechtes Zeichen«, sagte Escamillo, »wenn man Dinge hört, die andere nicht hören.«

»Sie haben es ja nicht versucht. Wenn Sie Ihr Ohr hier, an dieser Stelle, an die Wand drücken würden ...«

»Also gut. Das Ohr ist da. Und nun?«

»Lauschen Sie.«

»Das tue ich.«

»Sie gehen im Zimmer umher«, sagte Consuela. »Eine von ihnen trägt viele Armbänder, Sie können sie klirren hören. Da. Jetzt reden sie. Hören Sie Stimmen?«

»Gewiß höre ich Stimmen.« Escamillo verließ die Besenkammer mit energischen Schritten und streifte die Fussel von Ärmeln und Aufschlägen seines Anzugs. »Ich höre deine Stimme und meine Stimme. Aus einem leeren Zimmer höre ich nichts, gottlob.«

»Das Zimmer ist nicht leer, sage ich Ihnen.«

»Und ich sage dir noch einmal, höre mit diesem Unsinn auf, Consuela Gonzales. Ich denke, daß du in der letzten Zeit nicht oft genug deinen Rosenkranz gebetet hast und

Gott zornig über dich ist und darum Geräusche macht, die nur du hören kannst.«

»Ich habe nichts getan, um Ihn zu erzürnen.«

»Wir sind alle Sünder.« Aber Escamillos Ton sagte eindeutig, daß Consuela Gonzales die schlimmste von allen war und nur ein Mindestmaß an Gnade zu erwarten hatte – bestenfalls. »Du gehst wohl lieber hinunter zur Bar und bittest Emilio um eine von diesen neuen amerikanischen Tabletten, die einen beruhigen.«

»Ich habe es nicht nötig, mich zu beruhigen.«

»Nein? Nun, ich bin zu beschäftigt, um zu streiten.«

Sie lehnte sich an die Tür der Besenkammer und sah Escamillo im Fahrstuhl verschwinden. Kleine Schweiß- und Ölperlen hatten sich auf ihrer Stirn und ihrer Oberlippe gebildet. Sie wischte sie mit einem Zipfel ihrer Schürze ab und dachte, er versucht, mir Angst zu machen, mich in Verlegenheit zu bringen, mich als Närrin hinzustellen. Ich lasse mich nicht als Närrin hinstellen. Es ist leicht zu beweisen, daß das Zimmer belegt ist. Ich habe einen Schlüssel. Ich werde die Tür aufschließen, sehr leise, und sie öffnen, sehr plötzlich, und sie werden dort sein, streitend, umherlaufend. Zwei Damen. Amerikanerinnen.

Ihr Schlüsselring, der von einer um ihre Taille gebundenen Kordel hinunterhing, schlug gegen ihren Oberschenkel und klirrte wie Münzen, als sie auf 404 zuging. An der Tür zögerte sie. Sie hörte jetzt nur noch den Verkehr von der *avenida* unten und das rasche rhythmische Hämmern ihres eigenen Herzens.

Erst vor einem Monat hatten zwei amerikanische Damen ebendieses Zimmer gehabt. Sie hatten sich auch gestritten. Eine von ihnen trug viele Armbänder und ein

Kostüm aus roter Seide und malte sich die Augenlider golden an. Und die andere ...

Aber ich darf nicht an die beiden denken. Die eine ist tot, die andere weit weg. Ich lebe und bin hier.

Sie wählte den Schlüssel mit dem Schildchen *apartamientos* von ihrem Schlüsselring und schob ihn leise in das Schloß. Eine schnelle Drehung des Schlüssels nach links und des Türknopfs nach rechts, und die Tür würde sich öffnen, um zu zeigen, daß das Zimmer belegt war. Escamillo würde sich als der feige Lügner erweisen, der er war.

Der Schlüssel ließ sich nicht drehen. Sie versuchte es erst mit der einen Hand, dann mit der anderen, und schließlich mit beiden auf einmal. Sie war eine kräftige Frau, an schwere Arbeit gewöhnt, aber der Schlüssel rührte sich nicht.

Sie klopfte laut an die Tür und rief: »Hier ist das Zimmermädchen. Ich muß die Handtücher wechseln. Bitte, lassen Sie mich rein. Ich habe meinen Schlüssel verloren. Öffnen Sie bitte die Tür? Bitte?«

Sie versuchte, das Zittern ihrer Unterlippe zu unterdrücken, indem sie mit den Zähnen draufbiß. Das Zimmer ist leer, dachte sie. Escamillo hat recht, Gott bestraft mich. Ich höre Stimmen, die niemand sonst hört, ich spreche mit Leuten, die nicht anwesend sind, ich lausche an Wänden, die nichts sagen.

Sie zögerte nur lange genug, um sich zu bekreuzigen. Dann drehte sie sich um und lief den Flur hinunter zum Dienstbotenaufgang. Während sie lief, versuchte sie zu beten. Ihr Mund bewegte sich, aber es kamen keine Worte, und sie wußte, es war so, weil sie seit langem ihren Rosenkranz nicht mehr gebetet hatte; sie konnte sich nicht einmal erinnern, wohin sie ihn gelegt hatte.

Vier Treppen nach unten, und sie befand sich in dem kleinen Raum hinter der Bar, in den Emilio und seine Gehilfen immer kamen, wenn sie eine Zigarette rauchen, die Reste aus Flaschen hinunterkippen oder ihre Trinkgelder zählen wollten.

Sie war die Treppe so laut heruntergekommen, daß Emilio selbst nach hinten eilte, um zu sehen, was los war.

»Oh, du bist es.« Emilio sah verwegen und elegant aus in einem neuen roten Bolero, der mit silbernen Knöpfen und orangefarbener Litze verziert war. »Ich dachte, es komme schon wieder ein Erdbeben. Was ist?«

Sie setzte sich auf eine leere Bierkiste und verbarg das Gesicht in den Händen.

»Wie geht es Joe?« fragte Emilio.

Der Amerikaner wartete in Escamillos Büro; er marschierte auf und ab, als fände er keine Tür, durch die er entfliehen könnte. Er sah beunruhigt aus, so beunruhigt, wie Escamillo sich fühlte. Escamillo hatte von Anfang an große Bedenken gehabt, aber Mr. Dodd wirkte sehr überzeugend. Aus seinem Mund klang der Plan sowohl sinnvoll als auch durchführbar.

Escamillo befürchtete, daß er weder das eine noch das andere war, aber bis jetzt hatte er seine Zweifel für sich behalten. Er sagte nur: »Alles ist vorbereitet. Sie streiten sich sehr schön, sehr echt.«

»Und Consuela lauscht?«

»Gewiß. Lauschen ist eine alte Gewohnheit von ihr.«

»Haben Sie das Schloß austauschen lassen?«

»Genau nach Anweisung; es ist also alles ausgeführt worden. Sie kann das Zimmer erst betreten, wenn die Damen bereit sind, sie zu empfangen. Und den silbernen

Kasten – ich habe ihn Emilio gegeben, wie Sie es wünschten. Aber ich verstehe die Sache mit dem silbernen Kasten nicht. Warum mußte ein exaktes Duplikat besorgt werden? Ich fange an, mich zu fragen.« Escamillos Gesicht, normalerweise sanft wie Milchschokolade, war verzerrt von schrecklichen Vorahnungen. »Ich fange an zu zweifeln.«

»Dann sind wir zu zweit.«

»Señor?«

»Wir haben alle unsere Zweifel«, sagte Dodd ausdruckslos. »Hoffen wir, daß ihre größer sind.«

»Sie ist kein Dummkopf, wissen Sie. Eine Betrügerin, eine Lügnerin, eine Diebin ja, aber kein Dummkopf.«

»Sie ist abergläubisch, und sie hat Angst.«

»Sie hat Angst, ha! Und wer hat das nicht? Ich fühle, wie meine Leber kalt und schneeweiß wird.«

»Es gibt nichts, wovor Sie Angst haben müßten. Ihre Rolle in dieser Sache ist beendet.«

»Ich möchte Sie daran erinnern, daß es um *mein* Hotel geht, *mein* Ruf steht auf dem Spiel. *Ich* bin verantwortlich für ...«

Das Telefon auf Escamillos Schreibtisch klingelte. Er schoß durch das Zimmer und nahm den Hörer auf. Seine kleinen, plumpen Hände zitterten. »Ja? Das ist gut, sehr gut.« Er legte den Hörer zurück und sagte zu Dodd: »Bisher hat es funktioniert. Sie ist bei Emilio. Er ist sehr gescheit, Sie können sich auf ihn verlassen.«

»Das muß ich wohl.«

»Señor Kellogg wird bald hier sein?«

»Er wartet in diesem Moment in der Halle.«

»Angenommen, es kommt zu Gewalttätigkeiten? Gewalttätigkeiten sind peinvoll für mich.« Escamillo preßte seine Hand auf den Magen. »Sie haben mich nicht voll ins Vertrauen gezogen, Señor. Eine kleine Stimme sagt mir immer wieder, daß an der ganzen Sache etwas fragwürdig ist, vielleicht sogar gesetzwidrig.«

Eine kleine Stimme sagte Dodd immer wieder dasselbe, aber er konnte sich nicht leisten, auf sie zu hören.

»Wie geht es Joe?« wiederholte Emilio.

»Joe?« Sie hob den Kopf und starrte ihn ausdruckslos an. Für einen Augenblick war die Ausdruckslosigkeit echt – Joe war vor langer Zeit und weit weg und tot. »Welcher Joe?«

»Du weißt, welcher Joe.«

»Ach, der. Ich habe ihn nicht mehr gesehen. Er taugte nichts. Er gab sich mit andern Frauen ab.«

»Ein Amerikaner?«

»Wie kommst du darauf?«

»Er hat mir 250 Pesos geschickt, die er mir schuldete. Es stand auf dem Umschlag, San Francisco.«

»Ach ja? Na ja, ich hoffe, daß sie sehr reich ist, damit er sehr glücklich wird.«

Da waren zwei reiche Damen, dachte Consuela. Sie waren bereit, sich wie Hähnchen rupfen zu lassen, aber alles, was Joe davon gehabt hat, waren ein Gebrauchtwagen und ein paar Klamotten, um darin begraben zu werden, weil er die Nerven verloren hat, weil er anfing, Mitleid mit Leuten zu haben. Sein Verstand war so weich geworden wie sein Bauch.

Nein, nein, ich darf nicht daran denken, an das Blut . . .

»Was ist mit dir?« fragte Emilio. »Du siehst schlecht aus, wie ein Gespenst.«

»Ich habe . . . ich habe Kopfschmerzen.«

»Vielleicht würdest du gern eine Flasche Bier trinken?«

»Ja. Danke. Vielen Dank.«

»Bedank dich nicht so umständlich«, sagte Emilio trokken. »Ich erwarte, daß du bezahlst.«

»Ich werde zahlen. Ich habe Geld.«

Sie dachte, ich habe Geld, das ich nicht ausgeben kann, Kleider, die ich nicht tragen kann. Ich habe Flaschen voll Parfüm, aber ich muß herumlaufen und stinken wie ein Ziegenbock. Du würdest einer Ziege den Gestank klauen, hatte Joe gesagt.

Es kam ihr jetzt komisch vor. Sie fing an, leise zu lachen, ihren Mund hinter den Händen verbergend, damit niemand sie hörte und wissen wollte, warum sie lachte. Es wäre zu schwierig, das zu erklären; sie war selbst nicht ganz sicher, was der Grund war.

Emilio kam mit einer Flasche billigen Biers zurück. Er gab ihr das Bier, dann streckte er die Hand aus für das Geld. Sie legte einen Peso hinein, widerwillig, als sei es ihr letzter.

»Das ist nicht genug«, sagte er.

»Mehr habe ich nicht.«

»Ich habe etwas anderes gehört. Ich habe gehört, daß du letzte Woche beim Wetten gewonnen hast.«

»Nein.«

»Ich habe gehört, daß du all dein Geld genommen und versteckt hast. Wenn das so ist ...«

»Und es ist nicht so.«

»Aber angenommen, es ist. Dann hast du Glück, weil ich dir ein gutes Geschäft vorschlagen kann.«

»Ich habe zu viele von deinen guten Geschäften gesehen.«

»Nicht solche wie dies.« Von einem der höheren Borde

hinter der Tür zog Emilio einen in eine Ausgabe von *Grafico* gewickelten Gegenstand hervor. Er entfernte die Zeitung und hielt ihr einen Kasten aus gehämmertem Silber entgegen. »Hübsch, oder?«

Sie preßte sich die kalte Bierflasche gegen die brennende Stirn wie einen kühlenden Umschlag.

»Wie du sehen kannst«, sagte Emilio, »ist er beschädigt, eine Beule. Aus diesem Grund biete ich den Kasten für den lächerlichen Preis von zweihundert Pesos an. Komm, nimm ihn, fühle, wie schwer er ist. Er ist aus echtem Silber, so schwer wie das Herz eines Trauernden, und was könnte schwerer als das sein, was, Consuela?«

»Woher«, fragte sie, »woher hast du ihn?«

»Oh, das ist mein kleines Geheimnis.«

»Du mußt es mir sagen. Ich muß es wissen.«

»Also gut. Ich habe ihn gefunden.«

»Wo?«

»Eine Dame hat ihn in der Bar liegenlassen, auf einem der Stühle.«

»Was für eine Dame?«

»Wenn ich wüßte, wer die Dame war, würde ich ihr den Kasten zurückgeben«, sagte er scharf. »Ich bin ein ehrlicher Mann, ich würde nie behalten, was jemand anders gehört, nie. Aber«, fügte er achselzuckend hinzu, »da ich den Namen der Dame nicht kenne und da sie sehr reich aussah, mit vielen goldenen Armbändern, ja sogar mit Gold auf den Augenlidern ...«

In 404 klingelte das Telefon. Beide Frauen zuckten zusammen, als hätten sie einen Schuß gehört. Dann ging die Dame in dem Kostüm aus roter Seide hinüber zum Telefon und nahm den Hörer auf. »Ja?«

»Sie wird gleich wieder oben sein«, sagte Dodd. »Lassen Sie die Tür angelehnt, so daß sie hineinkommen kann. Ist mit Mrs. Kellogg alles in Ordnung?«

»Ja.«

»Und wie sieht es mit Ihnen aus?«

»Ich bin nervös. Ich komme mir so albern vor in dieser Aufmachung und mit all der Farbe im Gesicht. Ich weiß nicht, ob ich das durchhalte.«

»Sie müssen, Pat.«

»Aber ich bin keine Schauspielerin. Wie kann ich sie täuschen?«

»Weil sie darauf vorbereitet ist. Die anderen haben ihren Teil schon beigetragen, Escamillo und Emilio. Jetzt sind Sie dran. Kellogg wird gleich da sein, und ich ebenfalls. Ich werde im Nebenzimmer sein, machen Sie sich also keine Sorgen.«

»Also gut«, sagte Miss Burton. »Also gut.« Sie legte den Hörer auf und sah hinüber zu der Frau, die auf der Kante von einem der beiden Betten saß. »Sie kommt gleich rauf. Wir müssen uns darauf einstellen.«

»O Gott«, flüsterte Amy. »Ich bin nicht sicher. Auch jetzt noch bin ich nicht sicher.«

»Alle anderen sind es. Wir alle. Wir sind sicher.«

»Wie können Sie es sein, wenn ich es nicht bin?«

»Weil wir Sie und Ihr Wesen kennen. Wir wissen, daß Sie unmöglich ...«

»Aber ich sage Ihnen, manchmal erinnere ich mich, erinnere ich mich ganz deutlich. Ich nahm den silbernen Kasten in die Hand, ich wollte ihn über die Balkonbrüstung werfen, wozu Wilma mich herausgefordert hatte. Sie versuchte, mir den Kasten zu entreißen, wir rangen miteinander, und dann schlug ich ...«

»Sie können sich nicht an etwas erinnern, was nicht stattgefunden hat«, sagte Miss Burton bestimmt.

»... und ein elegantes seidenes Kostüm trug«, sagte Emilio, »von blutroter Farbe. Meine allerliebste Farbe. Auch deine Lieblingsfarbe, Consuela?«

Sie hörte seine Frage nicht. Sie starrte auf den silbernen Kasten, als enthalte er sämtliche höllischen Wesen. »Die Frau, die ihn liegenlassen hat – du sagtest, du hättest sie noch nie zuvor gesehen?«

»Falsch. Ich sagte, daß ich ihren Namen nicht kenne. Natürlich habe ich sie vorher schon gesehen. Sie und ihre Freundin haben sich einmal nachts in der Bar lange mit Joe unterhalten, sehr fröhlich, sehr lustig, eine Menge *tequila*.«

»Nein, ich glaube dir nicht. Es kann nicht sein.«

»Frag doch Joe«, sagte Emilio, »wenn du ihn das nächste Mal siehst.«

»Ich werde ihn ... nicht mehr sehen.«

»Oh, du könntest eine Überraschung erleben. Eines Tages öffnest du vielleicht ahnungslos eine Tür, und plötzlich steht er vor dir ...«

»Nein, das ist unmög ...«

»Und plötzlich steht er vor dir, ganz derselbe, so gut wie neu.« Emilio grinste nervös. »Und er wird sagen: ›Hier bin ich, Consuela, ich bin zurückgekehrt zu dir und deinem warmen Bett und werde dich nie wieder verlassen. Ich werde immer an deiner Seite sein, du wirst mich nie wieder los.‹«

»Sei still!« kreischte Consuela. »Schwein! Lügner!« Sie hielt die Bierflasche am Hals, als hätte sie die Absicht, ihn damit zum Schweigen zu bringen. Das Bier gluckerte auf den Holzboden und in die Spalten, eine Spur von Blasen zurücklassend. »Er wird nie zurückkommen.«

Emilios Grinsen war verschwunden, und Furcht hatte eine weiße Linie um seinen trockenen Mund gezeichnet. »Also gut. Er wird nie zurückkommen. Ich streite nicht mit einer Dame. Die so viele Muskeln und schlechte Laune hat.«

»Der Kasten – die Frau – es ist alles ein fauler Trick.«

»Wie meinst du das, ein fauler Trick? Ich wende keine faulen Tricks an.«

»Señor Kellogg hat dir den Kasten gegeben. Und es gibt keine solche Frau, wie du behauptest.«

Emilio sah ehrlich verwirrt aus. »Ich kenne keinen Señor Kellogg. Was die Frau betrifft, nun, ich hab gesehen, was ich gesehen hab. Meine Augen sind keine Lügner. Sie und ihre kleine braunhaarige Freundin kamen gegen halb sechs in die Bar. Ich habe sie selbst bedient. Ich sagte: ›Guten Tag, Señoras, ich bin entzückt, Sie wiederzusehen. Sind Sie fort gewesen?‹ Und die Señora in dem blutfarbenen Kostüm sagte: ›Ja, ich war fort auf einer langen, langen Reise. Ich habe nie gedacht, daß ich zurückkehren würde, aber hier bin ich, hier bin ich wieder.‹«

»Mein Rosenkranz«, sagte Consuela. Die Bierflasche fiel ihr aus der Hand und rollte, unzerbrochen, über den Holzboden. »Ich muß meinen Rosenkranz suchen. Die Kammer – vielleicht habe ich ihn in der Kammer liegenlassen. Ich muß mich auf die Suche machen. Mein Rosenkranz ... Gegrüßet seist du, Maria, Gnadenreiche ...«

Rupert und Dodd warteten im Schlafzimmer.

»Eine Teufelin auf der einen Seite«, sagte Rupert, »und eine Wahnvorstellung auf der anderen. Und ich saß zwischen ihnen in der Falle. Ich konnte nur auf Zeit spielen, Amy versteckt halten, bis sie fähig war, wieder klar zu denken, zu unterscheiden zwischen dem, was geschehen war, und dem, was nach Consuelas Behauptung geschehen war. Ich mußte sie nicht nur vor der Polizei versteckt halten, sondern auch vor ihrer Familie und allen anderen, denen sie ein ›Geständnis‹ hätte machen können. Ich konnte es nicht riskieren, daß jemand ihrem Geständnis glaubte. Es gab Zeiten, da glaubte ich ihm fast selbst, es war so aufrichtig und so einleuchtend. Aber ich kenne meine Frau, ich wußte, daß sie zu Gewalttätigkeiten gegenüber anderen Menschen nicht fähig war.

Consuelas Lügen lösten die Wahnvorstellung aus, aber sie wurde verschlimmert durch Amys Gefühl der eigenen Wertlosigkeit. Ihr ganzes Leben hatte sie unter unerklärlichen Schuldgefühlen gelitten. Jetzt hatte Consuela ihnen einen Namen gegeben: Mord. Und Amy akzeptierte es, weil es manchmal leichter ist, etwas Bestimmtes zu akzeptieren, wie schlimm es auch sein mag, als weiterzuleben mit einer Menge düsterer und unbestimmter Ängste. Aber es gab noch andere Gründe für ihr Akzeptieren. Sie hatte begonnen, Wilma gegenüber feindselige Gefühle zu hegen und sich über ihr Dominieren zu ärgern. Diese Gefühle wurden später zu Schuldgefühlen. Und Sie müssen auch bedenken, daß Amy betrunken war und sich folglich nicht klar genug an die Geschehnisse erinnern konnte, um Consuelas falscher Wiedergabe entgegenzutreten.«

»Sie behaupten, daß sie falsch sei«, unterbrach Dodd ihn. »Aber sind Sie sicher?«

»Wenn ich nicht sicher wäre – hätte ich mich Ihnen dann anvertraut und mich Ihnen auf Gnade und Ungnade ausgeliefert? Hätte ich Sie und Amy hierhergebracht, Miss Burton hineingezogen, unzählige Gesetze gebrochen? Glauben Sie mir, Mr. Dodd, ich bin sicher. Es ist Amy, die es nicht ist. Darum sind wir jetzt hier. Wir können es nicht zulassen, daß sie den Rest ihres Lebens denkt, sie habe ihre beste Freundin getötet. Sie hat es nicht getan. Das weiß ich, das wußte ich von Anfang an.«

»Warum haben Sie Consuela dann nicht sofort und energisch vor die Tür gesetzt?«

»Das konnte ich nicht. Als ich zu Amy ins Krankenhaus kam, war der Schaden bereits angerichtet. Amy war von ihrer Schuld überzeugt, und Consuela blieb bei ihrer Geschichte. Wenn es nur darum gegangen wäre, mit dem Mädchen allein fertig zu werden, hätte es keine Schwierigkeiten gegeben. Aber Amy war auch da. Und ich selbst hatte überhaupt keine Beweise, ich kenne nur das Wesen meiner Frau. Denken Sie auch daran, daß wir uns im Ausland befanden. Ich hatte keine Ahnung, wie die Polizei vorgehen würde, was die Behörden Amy antun könnten, wenn sie ihrem Geständnis glaubten.«

Als Rupert eine Pause machte, um Atem zu schöpfen, hörte Dodd die beiden Frauen im Zimmer nebenan miteinander sprechen. Amy leise, nervös, Miss Burton munter und selbstsicher, als habe sie mit Wilmas Kleidern und ihrem Make-up auch einiges von ihrem Benehmen übernommen. Die Szene war aufgebaut, aber die Hauptdarstellerin fehlte noch. Der silberne Kasten sollte es schaffen, dachte er. Sie muß nach oben zurückkommen, um Emilios Geschichte von den beiden Amerikanerinnen zu überprüfen.

»Ich hatte keine andere Wahl«, fuhr Rupert fort, »als Consuelas Forderungen zu erfüllen und auf Zeit zu spielen. Ich besprach es mit Amy, und sie war einverstanden mit meinem Vorschlag, für eine Weile zu verschwinden. Wir verließen das Flugzeug in Los Angeles, und ich brachte sie unter einem anderen Namen in einem Sanatorium unter. Sie hatte nicht einmal ihre eigenen Kleider dabei, an denen man sie hätte erkennen können.«

»Darum haben Sie das Gepäck nach San Francisco gehen lassen?«

»Das Gepäck und Consuela«, sagte Rupert ergrimmt. »Sie saß neben uns auf der anderen Seite des Ganges. Ich konnte Papiere für sie beschaffen, indem ich vorgab, ich hätte sie als Begleiterin und Krankenschwester für meine Frau eingestellt.«

»Hatte Mrs. Kellogg keine Einwände gegen ein Sanatorium?«

»Nein, sie war sehr fügsam. Sie vertraute mir und wußte, daß ich ihr helfen wollte. Ich war einigermaßen sicher, daß in einem Sanatorium keiner ihr glauben würde, gleichgültig, was für eine Geschichte sie erzählte. Wie sich herausstellte, behielt sie ihr Geheimnis für sich. Und sie folgte meinen Anordnungen, erteilte mir Vollmacht, bevor wir Mexico City verließen, schrieb die Briefe, die ich diktierte, um irgendwelchem Mißtrauen auf seiten ihres Bruders Gill zuvorzukommen. Ich bat einen Geschäftskollegen, einen der Briefe in New York abstempeln zu lassen, aber Gill fiel nicht drauf rein. Mir war nicht klar gewesen, wie heftig sein Mißtrauen oder wie groß das Ausmaß seiner Abneigung gegen mich war.

Als es mir, dank Helene, klar wurde, wurde ich nervös und begann Fehler zu machen. Große Fehler, wie Macks Leine in der Küche hängen zu lassen oder Gerda Lundquist die Möglichkeit zu geben, einen fingierten Anruf abzuhören. Es sah so aus, als ob mit jedem Fehler, den ich machte, der nächste schon eingeplant war. Ich konnte nicht mehr klar denken; ich machte mir so große Sorgen um meine Frau. Ich hatte mich fest darauf verlassen, daß der zeitliche Abstand Amy zur Vernunft bringen würde. Ich war zu optimistisch gewesen. Zeit allein konnte es nicht bewirken; wir brauchten etwas Greifbareres. Aber ich konnte nichts tun, nicht einmal runter nach Los Angeles fahren, um sie zu besuchen, ihr gut zuzureden. Ich saß in San Francisco in der Falle, Sie und Gill Brandon auf meinen Fersen. Ironischerweise war es Consuela selbst, die mich zwang, etwas zu unternehmen.«

Sie hatten sich, nach vorheriger Vereinbarung, in der hinteren Logenreihe eines Kinos in der Market Street getroffen. Rupert kam als erster und wartete auf sie. Als sie endlich auftauchte, hatte sie sich so mit Parfüm begossen, daß er sie riechen konnte, wie sie die teppichbelegten Stufen heraufkam, noch bevor er sie sah oder hörte.

Es war nicht die Zeit oder der Ort für Liebenswürdigkeiten, selbst wenn sie damit umzugehen gewußt oder sich etwas daraus gemacht hätte. Sie sagte ohne lange Vorrede: »Ich brauch mehr Geld.«

»Ich habe keins.«

»Besorgen Sie sich welches.«

»An wieviel dachten Sie?«

»Oh, eine Menge. Wir sind jetzt zu zweit.«

»Zu zweit?«

»Joe und ich, wir haben gestern geheiratet. Ich wollte immer heiraten.«

»Warum um Gottes willen mußten Sie O'Donnell in diese Geschichte hineinziehen?« fragte Rupert.

»Ich hab keinen hineingezogen. Ich habe ihm nur einen Brief geschrieben, weil ich mich einsam fühlte. Sie verstehen nicht, wie das ist, ohne Freunde zu sein, nur Menschen zu sehen, die dich hassen und wünschen, du wärest tot. Darum habe ich Joe also einen Brief geschrieben und ihm erzählt, wie gut es mir geht, und von meinen hübschen Kleidern und dem Schmuck und meinem neuen Haar, sogar noch blonder als seins. Ich glaube, das hat ihn neidisch gemacht. Jedenfalls lieh er sich Geld und kam mit dem Bus hierher. Als ich ihn wiedersah, dachte ich, wo er nun schon einmal da ist, könnten wir ebensogut heiraten und den Segen der Kirche wiedererlangen. Und so sind wir jetzt zu zweit.«

»Die ich unterhalten soll?«

»Nicht Sie. Ihre Frau. Sie haben nichts getan, dessen Sie sich schämen müßten. Warum sollten Sie zahlen? Es ist Mrs. Kellogg, die zahlen muß.«

»Das ist Erpressung.«

»Ich interessiere mich nicht für Wörter, nur für Geld.«

»Sie haben O'Donnell alles erzählt, nehme ich an?«

»Wir sind Mann und Frau«, sagte Consuela tugendhaft. »Eine Frau muß sich ihrem Mann völlig anvertrauen.«

»Sie sind eine verdammte Närrin.«

Er fühlte, wie sie auf dem Sitz neben ihm erstarrte.

»Vielleicht keine so große Närrin, wie Sie denken.«

»Ist Ihnen klar, wie hoch die Strafe für Erpressung ist?«

»Mir ist klar, daß Sie nicht zur Polizei gehen und mich verklagen können. Wenn Sie das tun, müssen sie Mrs. Kellogg befragen, und sie wird ihre Schuld zugeben.«

»Und da irren Sie«, sagte er schnell. »Meine Frau glaubt Ihre Geschichte von Mrs. Wyatts Tod nicht mehr. Sie erinnert sich wieder an die Wahrheit.«

»Was für ein schlechter Lügner Sie sind. Ich erkenne einen schlechten Lügner immer, weil ich selbst so gut lüge.«

»Ja, das ist mir bekannt.«

»Nur, ich lüge nicht über so wichtige Dinge wie den Tod von Mrs. Wyatt.«

»Nein?«

»Muß ich es Ihnen immer wieder erklären? Ich war in der Besenkammer und schlief, und ich wachte auf, als ich in 404 jemand schreien hörte. Ich lief hin. Die beiden Frauen stritten sich um den silbernen Kasten – sie hatten schon Streit deswegen, als ich vorher in dem Zimmer war. Als ich auf sie zuging, riß Mrs. Kellogg den Kasten an sich und schlug Mrs. Wyatt damit auf den Kopf. Die Balkontüren waren geöffnet. Unter der Wucht des Schlages stolperte Mrs. Wyatt rückwärts auf den Balkon und stürzte über das Geländer. Ich denke sehr schnell. Ich dachte sofort, wie schrecklich, wenn die Polizei Mrs. Kellogg wegen Mord anklagt. Darum hob ich den Kasten vom Boden auf und warf ihn über das Geländer. Mrs. Kellogg war von dem Schock in Ohnmacht gefallen. Ich flößte ihr etwas Whisky von der Flasche auf der Kommode ein, und als sie ein bißchen zu sich kam, sagte ich zu ihr: ›Machen Sie sich keine Sorgen. Ich bin Ihre Freundin. Ich werde Ihnen helfen.‹«

Freundin. Helfen. Rupert starrte schweigend auf die überdimensionale Leinwand, auf der ein Mann sich an eine Frau heranschlich, in der Absicht, sie zu töten. Er hatte kurz den kindischen Wunsch, daß er der Mann wäre und Consuela die Frau. Wenn Consuela stürbe, eines natürlichen Todes, durch einen Unfall oder geplant . . .

Nein, dachte er. Es würde die Probleme nicht lösen.

Ich muß versuchen, Amy zu retten, nicht Consuela zu bestrafen. Wenn Consuela tot wäre, hätte ich keine Chance, Amy zu beweisen, daß sie unter einer Wahnvorstellung leidet. Ich muß die Teufelin am Leben halten, weil ich ohne sie die Wahnvorstellung nicht beseitigen kann.

»Das Meer und der Nebel«, sagte Consuela. »Sie bekommen mir nicht. Ich möchte zurück nach Hause, wo es hoch und trocken ist. Aber natürlich werde ich Geld brauchen.«

»Wieviel?«

»Fünfzehntausend Dollar.«

»Sie müssen verrückt sein.«

»Oh, ich weiß, daß es sich nach viel anhört, aber wenn Sie erst einmal gezahlt haben, sind Sie mich los. Ist es nicht soviel wert, mich loszuwerden?« Sie fügte leise hinzu: »Joe ist nicht dumm. Er hat sich umgehört. Er hat das herausgefunden mit dem Blatt Papier, das Sie haben und mit dem Sie Geld vom Konto Ihrer Frau abheben können.«

»Ein Scheck in der Höhe wird Aufmerksamkeit erregen.«

»Sie haben schon eine Menge Aufmerksamkeit erregt. Etwas mehr wird keine Rolle spielen. Sie besorgen das Geld?«

»Ich nehme an, es bleibt mir nichts anderes übrig.«

»Also gut. Morgen mittag werde ich in das Restaurant kommen, wo Sie mittags essen, Lassiter. Ich werde mich neben Sie setzen, wie zufällig, und wenn Sie mir das Geld geben, ist das das Ende der ganzen Geschichte.«

»Warum wollen wir uns an einem so öffentlichen Ort wie einem Restaurant treffen?«

»Eben weil es ein öffentlicher Ort ist. Wenn so viele Menschen in der Nähe sind, werden Sie nicht Ihre Meinung ändern und versuchen, irgendeine Dummheit zu begehen. Ich fürchte mich nicht vor Ihnen, aber trauen kann ich Ihnen auch nicht; Sie lieben diese kleine Frau zu sehr. Wie kommt es dazu, zu einer solchen Liebe?«

»Das ist etwas«, sagte er grimmig, »Was Sie nie herausfinden werden.«

Bei Lassiter kam zwischen ihnen kein Kontakt zustande, weil Helene überraschend auftauchte. Rupert ging nach Hause, und später am Nachmittag ...

»... Gegen 3.30 Uhr«, sagte Rupert zu Dodd, »fuhren sie vor. O'Donnell hatte mit einem Teil des Geldes, das ich Consuela schon gegeben hatte, einen Gebrauchtwagen gekauft. Sie kamen an die Hintertür, und ich ließ sie in die Küche. Sie hatten offensichtlich gestritten. Consuela war wütend, und O'Donnell wirkte nervös und eingeschüchtert. Ich glaube, er hatte allmählich begriffen, daß er einen Tiger am Schwanz gepackt hielt und daß das einzige, was er tun konnte, war, loszulassen, davonzulaufen wie der Teufel und das Beste zu hoffen. O'Donnells Fehler war, seine Absicht loszulassen, laut zu äußern. Es gab dem Tiger eine Chance, sich auf den Sprung vorzubereiten.

Sobald ich Consuela das Geld übergeben hatte, teilte er ihr mit, daß er da raus wollte, daß er nicht die Absicht hatte, mit ihr zurück nach Mexico City oder sonstwo zu gehen. Ich hatte den Eindruck, daß sie sich oft heftig stritten und daß dies keine Ausnahme bildete. Ich ging in das Arbeitszimmer. Ich hörte sie etwas von Ehegelübde und vom Segen der Kirche kreischen. Dann sagte er auf spanisch etwas zu ihr, und alles wurde plötzlich sehr still. Als ich wieder in die Küche kam, lag O'Donnell vor dem Kühlschrank auf dem Boden, tot, und Consuela stand mit dem Messer in der Hand da, überrascht aussehend.

Das Ganze ging so schnell, war so unglaublich, daß es eine Szene aus einem Traum zu sein schien. Ich war wie gelähmt und nicht fähig, klar zu denken oder Pläne zu machen. Ich konnte nur automatisch reagieren, instinktiv. Ich versuchte, die Schweinerei mit Badetüchern zu beseitigen, aber es hatte keinen Sinn, es war zuviel Blut. Consuela weinte und stöhnte ununterbrochen, zum Teil aus Reue über das, was sie getan hatte, aber mehr noch, nehme ich an, aus Furcht vor dem, was jetzt mit ihr geschehen würde. Zu diesem Zeitpunkt wurde mir klar, daß ich in der ganzen Angelegenheit eine zu passive Rolle gespielt hatte. Wenn ich Amy helfen sollte, mußte ich aktiver werden. Ich konnte mich nicht einfach hinsetzen und darauf warten, daß die Zeit sie wieder zur Vernunft brachte. Es war also, wie ich sagte, Consuela selbst, die mich zum Handeln zwang, als sie O'Donnell tötete.

Sesselkritiker und Leute, die sich nie in einer ähnlichen Lage befunden haben, mögen mißbilligen, daß ich nicht sofort die Polizei rief. Aber Sie wissen, Dodd, daß ich das nicht riskieren konnte; daß, wenn ich es getan hätte, meine Frau in diesem Augenblick schon im Gefängnis sein könnte. Consuela hätte den Behörden ihre Geschichte von Wilmas Tod erzählt, und Amy hätte sie, zehn zu eins, bestätigt. So mußte ich, um meine Frau zu schützen, auch Consuela beschützen. Eine Zeitlang jedenfalls.

Wir machten uns auf den Weg, aus naheliegenden Gründen in O'Donnells Wagen. Als ich bei dem Tierheim hielt, um Mack abzuholen, kam ich auf den unsinnigen Gedanken, Consuela sitzenzulassen, Amy im Sanatorium abzuholen und einfach mit ihr und Mack abzuhauen und zu verschwinden. Aber ich wußte, daß das nicht funktionieren würde, daß ich Amy und Consuela irgendwie dazu bringen mußte, einander gegenüberzustehen. Ich vermutete, daß Amy inzwischen etwas selbstsicherer geworden war, Consuela aber viel von ihrem Selbstvertrauen verloren hatte. Ich hoffte, daß eine solche Gegenüberstellung die Wahrheit ans Licht bringen würde. Darum habe ich Sie vom Big Sur aus angerufen und Sie um Ihre Hilfe bei den Vorbereitungen gebeten. Es ist mir klar, daß ich Sie damit in eine schwierige Position gebracht habe, aber glauben Sie mir, es geht um eine gute Sache. Die ganze Zukunft meiner Frau steht auf dem Spiel.«

Meine auch, dachte Dodd und stellte im Geist eine Liste der Gesetze zusammen, die er im Interesse von Amys Zukunft gebrochen hatte. Bei Nummer sieben hörte er auf; es war zu deprimierend.

Im Nebenraum klingelte das Telefon, und Dodd ging hinüber, um das Gespräch anzunehmen. Die beiden Frauen sahen schweigend zu, als er den Hörer aufnahm. »Ja?«

»Ich habe Pedro mit dem silbernen Kasten raufgeschickt«, sagte Escamillo. »Haben Sie ihn bekommen?«

»Ja.«

»Emilio ist jetzt in meinem Büro. Er sagt, daß sie auf dem Weg nach oben sei.«

»Danke.« Dodd legte den Hörer auf und wandte sich an Amy, die auf der Bettkante saß und blaß und verwirrt aussah, als sei sie durch irgendein Mißverständnis in diese Affäre gelandet. »Sind Sie bereit, Mrs. Kellogg?«

»Das bin ich wohl.«

»Wie fühlen Sie sich?«

»Okay. Ich nehme an, okay.« Ihre Hände zupften teilnahmslos an einer der Chenille-Rosen, die die Bettdecke zierten. »Ich wollte, Rupert wäre hier.«

»Er ist direkt nebenan.«

»Ich wollte, er wäre hier.«

Verärgerung sprach aus seinem Gesicht und seiner Haltung. »Mrs. Kellogg, ich brauch Sie wohl nicht daran zu erinnern, daß Ihretwegen eine Menge Leute viel auf sich genommen haben, besonders Ihr Ehemann.«

»Ich weiß. Das weiß ich.«

»Sie müssen mit uns zusammenarbeiten.«

»Das werde ich.«

»Natürlich wird sie das«, sagte Miss Burton mit Wärme in der Stimme, aber ihre Armbänder klimperten nervös, und eines ihrer goldenen Augenlider war anderer Meinung und zuckte.

Als Dodd gegangen war, saß Amy auf dem Bett und wiederholte in Gedanken seine Worte: Eine Menge Leute haben meinetwegen viel auf sich genommen. Besonders Rupert. Ich muß mit ihnen zusammenarbeiten. Weil eine Menge Leute meinetwegen viel auf sich genommen haben, muß ich mit ihnen zusammenarbeiten, muß ich ...

Als Consuela die Tür der Besenkammer öffnete, hörte sie sofort wieder die Stimmen. Sie waren undeutlich, bis sie das Ohr an die lauschende Wand drückte, und dann hörte sie, ganz deutlich, den Klang ihres eigenen Namens, Consuela. Und wieder, Consuela, als ob sie nach ihr riefen, sie zu sich bestellten.

Nein, dachte sie, nein, das ist unmöglich. Escamillo hat

gesagt, die Suite sei nicht belegt, und ich bin selbst an die Tür gegangen und habe geklopft, und niemand hat aufgemacht. Nur ich höre die Stimmen. Vielleicht habe ich Fieber. Das muß es sein, natürlich. Wenn man Fieber hat, spielt einem der Verstand oft Streiche; man bildet sich Dinge ein, sieht und hört Dinge, die gar nicht da sind.

Sie hob eine Hand und berührte ihre Stirn. Sie fühlte sich feucht und kühl an, wie ein frisch geschälter Pfirsich. Nicht eine Spur von Fieber. Es muß trotzdem Fieber sein, dachte sie. Bis jetzt ist es noch alles innen, ist noch nicht an die Oberfläche gekommen. Ich muß nach Hause gehen und Vorsichtsmaßnahmen treffen gegen den bösen Blick, den jemand auf mich geworfen hat.

Aber als sie hinaus auf den Flur trat, sah sie, daß die Tür zu 404 ein Stückchen geöffnet war. Sie wußte, daß der Wind sie nicht aufgedrückt haben konnte – vor einer halben Stunde war sie noch so fest verschlossen gewesen, daß ihr Hauptschlüssel sich nicht gerührt hatte im Schloß.

Sie schlich sich entlang der Wand an die halboffene Tür und spähte hinein. Zwei Frauen hielten sich in dem Zimmer auf. Eine von ihnen, die kleine mit dem braunen Haar, saß auf dem Bett, lebend. Die andere, die vor der offenen Balkontür stand, war vor fast einem Monat gestorben. Von dieser Tür aus hatte Consuela sie sterben sehen, ihren letzten Schrei gehört. Jetzt war sie aus ihrem Sarg zurückgekehrt, zurechtgemacht und mit Schmuck behängt, als sei sie auf einer Party gewesen, in dem gleichen Kostüm aus roter Seide und dem gleichen Pelzmantel, unberührt von Würmern, Moderflecken oder Verfall. Ein Monat als Tote hatte sie überhaupt nicht verändert; sogar ihr Gesichtsausdruck, als ihr Blick auf Consuela fiel, war der gleiche: ärgerlich und ungeduldig.

»Oh, Sie sind's«, sagte sie. »Schon wieder. Jedesmal wenn ich hier ein bißchen zu Atem kommen will, kommt jemand hereingeschlichen, um die Handtücher zu wechseln oder die Betten aufzuschlagen. Ich habe das Gefühl, man spioniert mir nach.«

»Sie versuchen nur, uns guten Service zu bieten«, sagte ihre Begleiterin.

»Guten Service? Die Handtücher stinken alle.«

»Das ist mir nicht aufgefallen.«

»Du rauchst zuviel. Dein Geruchssinn ist nicht so ausgeprägt wie meiner. Sie stinken.«

»Ich finde, du solltest vor dem Mädchen nicht so reden.«

»Du kannst an ihrem Gesicht ablesen, daß sie nicht ein Wort von dem, was ich sage, versteht.«

»Aber im Reisebüro haben sie gesagt, alle in dem Hotel sprechen Englisch.«

»Also gut, warum probierst du es nicht?«

»Das werde ich«, sagte Amy. »Wie heißt du, Mädchen? Sprichst du Englisch? Sag uns, wie du heißt.«

Consuela stand stumm wie ein Stein da, mit der rechten Hand das kleine goldene Kreuz umklammernd, das sie am Hals trug, die Augen auf den Kasten aus gehämmertem Silber auf dem Couchtisch geheftet. Es ist alles schon einmal geschehen, dachte sie, und es wird alles wieder geschehen. Es ist nicht so, daß die amerikanische Dame gestorben und aus dem Grab zurückgekehrt ist. Wir sind alle tot, alle drei, tot und in der Hölle. Dies ist es, was die Hölle ist, alles wiederholt sich und wiederholt sich, für immer und ewig, und niemand kann es ändern. Das Ganze ist schon einmal geschehen, und es wird wieder geschehen. Gleich werden sie anfangen, sich über den silbernen Kasten zu streiten, sie werden um ihn kämpfen. Und ich werde hier stehen und sie sterben sehen, ihren letzten Schrei hören ...

»Nein! Nein! Bitte! Nein!« Sie ließ sich auf die Knie fallen, das kleine goldene Kreuz an ihre trockenen Lippen pressend, und murmelte auf spanisch Worte aus ihrer Kindheit: »Heilige Maria, Mutter Gottes, bete für uns Sünder, jetzt und in der Stunde unseres Todes.«

Sie betete weiter, sich nur teilweise der Leute bewußt, die in das Zimmer gehastet kamen, der Männer, die sie anschrien, ihr Fragen stellten, sie beschimpften.

»Lügnerin.«

»Sie müssen uns die Wahrheit sagen.«

»Was geschah mit Mrs. Wyatt?«

»Du hast sie selbst getötet, nicht wahr?«

»Sie kamen in dieses Zimmer und fanden Mrs. Kellogg bewußtlos vor und Mrs. Wyatt zu betrunken, um sich zu verteidigen. Und Sie sahen Ihre große Chance.«

»Sie müssen uns die Wahrheit sagen.«

Sie fing von neuem an, zum fünftenmal. »Gegrüßet seist du, Maria, Gnadenreiche, Gebenedeite unter den Weibern ...« Aber ihre Worte kamen automatisch und hatten keine Verbindung zu ihren Gedanken: Ich bin in der Hölle. Dies ist eine andere Ecke der Hölle, wo du die Wahrheit sagst und niemand dir glaubt, weil du in der Vergangenheit gelogen hast. Darum mußt du lügen, damit man dir glaubt.«

»Consuela, hören Sie mich? Sie müssen uns die Wahrheit sagen.«

Sie hob den Kopf. Sie sah wie betäubt aus, als habe man ihr einen Schlag auf ein lebenswichtiges Organ versetzt, aber ihre Stimme war ganz klar. »Ich höre Sie.«

»Was geschah, als Sie dieses Zimmer betraten?«

»Sie stand auf dem Balkon mit dem silbernen Kasten in der Hand. Sie beugte sich über das Geländer und verschwand. Ich hörte sie schreien.«

»Und Mrs. Kellogg hatte nichts damit zu tun?«

»Nichts.« Sie küßte ihr kleines Kreuz. »Nichts.«

20

Amy, Liebes.« Es war fast Mitternacht. Die anderen waren gegangen, und Rupert war allein mit seiner Frau. »Du mußt nicht mehr weinen. Es ist alles vorbei. Morgen fliegen wir nach Hause. Wir werden beide versuchen, den letzten Monat zu vergessen.«

Sie bewegte sich in seinen Armen wie ein übermüdetes Kind, das man lange über seine Schlafenszeit hat aufbleiben lassen. »Ich kann das nie vergessen.«

»Nicht völlig vielleicht. Aber es wird blasser, erträglicher für dich werden.«

»Du bist sehr gut zu mir.«

»Unsinn.«

»Ich wünschte, ich könnte es dir vergelten.«

»Das hast du schon«, sagte er liebevoll. »Indem du dich an die Wahrheit erinnert hast. Indem du dein Selbstvertrauen und den Glauben an dich selbst wiedergefunden hast.«

»Dein Vertrauen in mich ist niemals erschüttert worden?«

»Niemals.«

»Weil du mich liebst.«

»Zum Teil. Aber auch, weil ich dich kenne, ich kenne dich besser, als du dich selbst kennst.«

»Wirklich?« Sie bewegte sich wieder und seufzte. »Du

hast meinetwegen viel durchgemacht, nicht wahr, Rupert?«

»Ach, so viel war es nicht.«

»Und wenn ich es gar nicht wert bin?«

»Du fängst ja schon wieder an. Hör auf, so zu sprechen. Es tut mir weh.«

»Warum?«

»Weil ich dich liebe.«

»Ich liebe dich auch, Rupert.« Sie lehnte sich an die Brust ihres Mannes und lauschte dem vertrauten Herzschlag und den Geräuschen der fremden Stadt. Eine Menge Leute haben meinetwegen viel auf sich genommen, besonders Rupert. Ich muß zur Zusammenarbeit bereit sein ...

Sie warteten am Flughafen, als die Maschine landete; Gill sah erhitzt und ein wenig einfältig aus, und Helene trug ein breites, fröhliches Lächeln zur Schau, so echt wie die Kunststoffnelke, die sie an den Aufschlag ihrer Jacke gesteckt hatte.

»Ihr Lieben!« kreischte Helene und umarmte beide. »Wie schön, euch wiederzusehen! Hattet ihr einen angenehmen Flug? Ihr seht beide einfach großartig aus. Ich habe eine Unmenge Fragen, aber ich verspreche, brav zu sein und nicht eine einzige zu stellen, bevor wir im Auto sind. Gill, Liebster, hol doch ihr Gepäck ab.«

»Ich komme mit, Gilly«, sagte Amy. »Wir haben so viel zu besprechen.«

»Ja. Ja, das stimmt.« Gill nahm ihren Arm und steuerte sie durch die Menschenmenge zur Gepäckabfertigung. »Du siehst gut aus.«

»Oh, mir geht's prächtig.«

»Ich denke, ich werde mich bei Rupert vielmals entschuldigen müssen.«

»Das wird nicht nötig sein. Er versteht schon. Er ist sehr verständnisvoll. In mancher Hinsicht.«

Gill blickte auf sie hinunter; ihr Ton verwirrte ihn etwas. »In mancher Hinsicht?«

»Nun, ich meine, er versteht nicht alles. So wie du es tust.«

»Aber das tue ich gar nicht. Ich habe nie behauptet ...«

»Ich meine, was mich betrifft. Er versteht mich nicht so, wie du es tust. Er liebt mich, siehst du, und darum hat er einen blinden Fleck. Bei dir ist es anders. Ich habe noch nie etwas vor dir verbergen können. Auf irgendeine Weise hast du es immer herausgefunden.«

»Nicht immer.«

»Rupert ist ein wunderbarer Mensch, Gilly. Wenn ich daran denke, was er meinetwegen alles auf sich genommen hat, was er alles erleiden mußte ...« Sie zögerte, eine Hand auf seinem Arm, leicht wie ein Vogel. »Du darfst es ihm nie sagen, Gilly. Er würde sich so elend fühlen.«

Er fühlte den Vogel auf seinem Arm wachsen, schwerer werden. »Ich weiß nicht, was du meinst, Amy.«

»Es wird eines unserer Geheimnisse bleiben, das größte. Du darfst es nie einem anderen Menschen sagen, besonders Rupert nicht.«

»Ihm was sagen?«

»Daß ich Wilma getötet habe.«

Margaret Millar im Diogenes Verlag

Gesetze sind wie Spinnennetze
Roman. Aus dem Amerikanischen von Barbara Rojahn-Deyk und Jobst-Christian Rojahn. Leinen

Liebe Mutter, es geht mir gut . . .
Roman. Deutsch von Elizabeth Gilbert
detebe 20226

Die Feindin
Roman. Deutsch von Elizabeth Gilbert
detebe 20276

Fragt morgen nach mir
Roman. Deutsch von Anne Uhde
detebe 20542

Ein Fremder liegt in meinem Grab
Roman. Deutsch von Elizabeth Gilbert
detebe 20646

Die Süßholzraspler
Roman. Deutsch von Georg Kahn-Ackermann und Susanne Feigl. detebe 20926

Von hier an wird's gefährlich
Roman. Deutsch von Fritz Güttinger
detebe 20927

Der Mord von Miranda
Roman. Deutsch von Hans Hermann
detebe 21028

Das eiserne Tor
Roman. Deutsch von Karin Reese und Michel Bodmer. detebe 21063

Fast wie ein Engel
Roman. Deutsch von Luise Däbritz
detebe 21190

Die lauschenden Wände
Roman. Deutsch von Karin Polz
detebe 21421

Nymphen gehören ins Meer!
Roman. Deutsch von Otto Bayer
detebe 21516

Kannibalen-Herz
Roman. Deutsch von Michael K. Georgi
detebe 21685

Blinde Augen sehen mehr
Roman. Deutsch von Renate Orth-Guttmann. detebe 21827

Banshee die Todesfee
Roman. Deutsch von Renate Orth-Guttmann. detebe 21836

Margaret Millar

Gesetze sind wie Spinnennetze

Roman. Aus dem Amerikanischen
von Jobst-Christian Rojahn
Leinen

»Ein Krimi ist immer so gut wie seine Überraschung am Ende. So lautet die klassische Faustregel. Nur ist sie schon lange überholt. Der moderne Kriminalroman richtet sein Augenmerk meist stärker auf die psychologische Durchleuchtung seiner Figuren oder auf eine Enthüllung des Verbrechens als Spiegel unserer gesellschaftlichen Realität.
Die Kriminalromane der Amerikanerin Margaret Millar können freilich alle diese Qualitäten für sich in Anspruch nehmen. In ihrem neuen Roman *Gesetze sind wie Spinnennetze* ist dies nicht anders. Ein Mordfall wird vor Gericht verhandelt. Es gibt Indizien, aber kaum ein Motiv, und die Ungewißheit des Urteils hält den Leser ebenso in Spannung wie die offene Frage, ob es denn überhaupt zu einer Lösung des Falles kommt. Der Fall selbst dient der routinierten Autorin dabei als eine Gelegenheit, die verborgenen Interessen der darin verwickelten Personen aufzudecken und die unterschwelligen Beziehungen zwischen ihnen zu verdeutlichen.« *Frankfurter Allgemeine Zeitung*

»Sie gehört seit langem zu jenen Autorinnen des Diogenes Verlags, nach deren Büchern man blind greifen kann. Sie sind immer handwerklich perfekt und stammen aus dem angelsächsischen Raum, wo man für derlei Themen offen Interesse zeigt in der Überzeugung, spannend unterhalten, also nicht enttäuscht zu werden.« *Die Presse, Wien*

Margaret Millar
Banshee die Todesfee
Roman. Aus dem Amerikanischen
von Renate Olth-Guttmann
detebe 21836

»Die Hauptfigur überlebt das erste Kapitel nicht, obwohl das mit fünfzehn Druckseiten wahrhaftig nicht lang ist. Aber auf diesen wenigen Seiten ereignet sich ein kleines Wunder. Margaret Millar, seit Jahrzehnten unter den führenden Autorinnen des psychologischen Thrillers, beschreibt eine Achtjährige so leicht, anmutig und genau, daß sich der Leser auf Anhieb in das offenbar allen Menschen wohlgefällige Mädchen verliebt. Wie eine verwunschene Prinzessin lebt die kleine Annamay, das einzige Kind ihrer wohlhabenden Eltern, auf deren Besitz im südlichen Kalifornien. Eines schönen Tages ist das Mädchen verschwunden...
Unter den vielen leisen, sanften Thrillern der Margaret Millar ist dies der leiseste und sanfteste und zugleich eine außerordentlich spannende Lektüre.«
Jochen Schmidt / Frankfurter Allgemeine Zeitung

Joan Aiken im Diogenes Verlag

Ärger mit Produkt X

Roman. Aus dem Englischen von Karin Polz
detebe 21538

Als Martha Gilroy den Auftrag bekam, eine Werbekampagne für ein aufregendes neues Parfüm zu starten, hatte sie keine Ahnung, worauf sie sich da einließ. Eine Reise nach Cornwall, wo sie einige Werbeaufnahmen machen wollte, geriet zu einem Horrortrip.

»*Ärger mit Produkt X* ist der Titel eines herrlich spannenden Krimis, dessen Autorin einen Hang zur Satire hat. Dies macht die Lektüre so amüsant.«
Martina I. Kischke/Frankfurter Rundschau

Tote reden nicht vom Wetter

Roman. Deutsch von Nikolaus Stingl
detebe 21477

Jane, Graham und die beiden Kinder sind eine ganz normale Familie. Graham ist Architekt, Jane hat ihre Arbeit bei einer Londoner Filmfirma aufgegeben, seit sie in das neue, teure Haus auf dem Land gezogen sind. Geldprobleme zwingen Jane bald dazu, ihren alten Job wieder anzunehmen und dem finsteren Ehepaar McGregor tagsüber Haus und Kinder anzuvertrauen...

»Joan Aiken präsentiert uns rabenschwarze, schaurigschöne Geschichten.« *Die Welt, Bonn*

Die Kristallkrähe

Roman. Deutsch von
Helmut Degner. detebe 20138

Kleine alltägliche Schrecknisse steigern sich in der *Kristallkrähe* über große Verwirrungen zu einem finsteren Ende. Da ist die junge Schriftstellerin, die mit ihrer entsetzlich eifersüchtigen Freundin zusammenlebt, die Ärztin und ihr Bruder, dem sie eine tödliche Krankheit bescheinigt, dazu kommen diverse Schizophrene und Depressive und – ein entwichener Leopard.

»Als ihr Krimi *Die Kristallkrähe* erschien, verglichen die Kritiker sie mit Patricia Highsmith, Celia Fremlin und Margaret Millar. Wenn eine Bezeichnung auf sie paßt, dann wäre das: Storyteller, Geschichtenerzählerin.« *Titel, München*

Der eingerahmte Sonnenuntergang

Roman. Deutsch von Karin Polz
detebe 21473

Lucy reist nach England, um herauszufinden, was mit ihrer alten Tante Fennel und deren Freundin geschehen ist. Die beiden alten Damen lebten im High Beck Cottage am Rand des Hochmoors von Yorkshire. Nun scheinen sie verschwunden zu sein. Was wie ein ganz normaler Verwandtenbesuch beginnt, entwickelt sich rasch zu einem gefährlichen Abenteurer für Lucy...

»Das Beiwort ›unterhaltsam‹ ist für den Psycho-Thriller *Der eingerahmte Sonnenuntergang* von Joan Aiken schlichte Tiefstapelei. Die Lektüre dieses Buches ist ein hochgradiges Vergnügen.«
Martina I. Kischke/Frankfurter Rundschau

Haß beginnt daheim

Roman. Deutsch von Nikolaus Stingl
detebe 21686

Nach einem Nervenzusammenbruch ist Caroline zur Erholung bei ihrer Familie: der Mutter Lad, Trevis, der älteren Schwester Hilda und einer alten Tante. Doch statt zu genesen, wird sie immer verwirrter...

»Das Quartett der vier bösen Damen – Patricia Highsmith, Margaret Millar, Ruth Rendell [d.i. Barbara

Vine] und Joan Aiken – ist auf dem Gebiet des Psycho-Krimis nicht zu schlagen. Die Damen verbreiten jenen sanften Schrecken, dem Thriller-Fans nicht widerstehen können.«
Martina I. Kischke/Frankfurter Rundschau

Der letzte Satz

Roman. Deutsch von Edith Walter
detebe 21743

Willkommen in Helikon, dem eleganten Insel-Sanatorium, das seine Gäste vor allen Bedrohungen schützen kann. Außer vor sich selber...

»Dieses Buch ist eine Wonne!« *The Times, London*

Das Mädchen aus Paris

Roman. Deutsch von
Nikolaus Stingl. detebe 21322

Wohin sie geht, zieht Ellen Paget Liebhaber an: den ambivalenten Professor Bosschère in Brüssel, den unberechenbar-eigenwilligen Comte de la Ferté in Paris, ihren Stiefbruder Bénédict. Ihre gebieterische Patin, Lady Morningquest, bereitet einer zarten Romanze ein rasches Ende und schickt Ellen nach Paris...

»Wieder einer der bestrickenden, aufregenden Romane, die Joan Aiken seit zwanzig Jahren zu einem Publikumsliebling machen.«
Publishers Weekly, New York

Du bist Ich

Die Geschichte einer Täuschung
Deutsch von Renate Orth-Guttmann
Leinen

Man schreibt das Jahr 1815. In einem feinen Mädchenpensionat in England stellen Alvey Clement und Louisa Winship fest, daß ein einzigartiges Band sie eint. Zwar stammen sie aus sehr unterschiedlichen

Gesellschaftsschichten und sind vom Temperament her ganz verschieden, aber vom Aussehen her *sind sie sich völlig gleich*. Dieser überraschende Zufall paßt der verwöhnten Louisa sehr gut ins Konzept.

»Wie Patricia Highsmith versteht es Joan Aiken, eine Geschichte langsam anlaufen zu lassen und sie mit unerbittlicher Hand zum dramatischen Knoten und dessen Auflösung zu führen.« *Die Presse, Wien*

Für Kinder:

Das letzte Stück vom Regenbogen

Deutsch von Matthias Müller. Mit zahlreichen Illustrationen von Margaret Walty
Ein Diogenes Kinderbuch

Joan Aiken entführt uns mit ihren Geschichten in fremde Länder, wo jeden Tag phantastische Dinge passieren, und sie zeigt uns ganz alltägliche Plätze, wo das Zauberhafte nur um so außergewöhnlicher erscheint.

»Ihre besondere Begabung liegt in einem gewissen Schwung beim Geschichtenerfinden, der den Leser in einen anhaltenden Zustand von Glück versetzt.«
Times Literary Supplement

Celia Fremlin im Diogenes Verlag

Die Stunden vor Morgengrauen

Roman. Aus dem Englischen von Isabella Nadolny
detebe 21515

Nacht um Nacht schreit das Baby, ohne ersichtlichen Grund. Schlaflose Nächte lang beobachtet Louise ihr Baby und hofft auf Ruhe – für sich, ihre Familie und die neue Untermieterin, Miss Brandon. Aber aus ihrem halbwachen Dämmerzustand gibt es kein Entrinnen, sie gleitet hinüber in einen langen, quälenden Alptraum.

»Celia Fremlin erzählt so spannend, daß man unter Garantie eine wohlige Gänsehaut bekommt.«
Freundin, München

Wer hat Angst vorm schwarzen Mann?

Roman. Deutsch von Otto Bayer
detebe 21302

»Kein Anblick konnte dieser Tage mehr Schrecken einflößen als der eines gutgekleideten Mannes mit Notizbuch in der Hand beim Betrachten eines Grundstücks.« So beginnt ein psychologisch ebenso hinterhältiger wie spannender Roman rund um eine ganz gewöhnliche Familie auf dem Land: eine mißtrauische, etwas schwerhörige Großmutter, ihre zu Höherem berufene Tochter Claudia und das Enkelkind Helen.

Klimax

oder Außerordentliches Beispiel von Mutterliebe
Roman. Deutsch von Dietrich Stössel. detebe 20916

Stellen Sie sich eine ganz normale Familie aus Ihrer Nachbarschaft vor: nette, ruhige Leute, der Mann in guter Position, manchmal etwas mürrisch, aber man weiß ja, was im Beruf verlangt wird, die Frau reizend, spontan, hilfsbereit, die ihre zwei Töchter geradezu vergöttert, vielleicht etwas übertrieben. Eines Tages verlobt sich die älteste mit einem tüchtigen Buchhalter – und langsam zieht ein ganz gewöhnliches Grauen ein...

»Der Engländerin Celia Fremlin könnte es gelingen, der verehrten Spannungsautorin Margaret Millar den Rang abzulaufen.« *Wochenpresse, Wien*

Onkel Paul

Roman. Deutsch von Isabella Nadolny
Leinen

»Mit *Onkel Paul* übertrifft Celia Fremlin sogar ihren ersten Roman *Die Stunden vor Morgengrauen*. Ihre unheimliche Fähigkeit, die Kleinigkeiten des häuslichen Einerleis, die Langeweile und Enge des Familienalltags mit Merkwürdigem, Makabrem und Katastrophalem zu verbinden, macht ihre Geschichten einmalig.« *Times Literary Supplement, London*

...diesmal die Katastrophe um die drei Schwestern Mildred, Meg und Isabel – und natürlich Onkel Paul.

Die Spinnen-Orchidee

Roman. Deutsch von Isabella Nadolny
detebe 21727

Etwas muß geschehen, wenn eine aufregende Affäre plötzlich zur häuslichen Zweierkiste wird... Mit Entsetzen stellt Adrian fest, daß es vorbei ist mit seiner kostbaren Privatsphäre, als seine ›Frau für schöne Stunden‹, Rita, plötzlich bei ihm einzieht. Mit ihr hält auch der Haß Einzug: Adrian beginnt Rita zu hassen, Rita haßt dafür Amelia, Adrians 14jährige Tochter, die seine ungeteilte Liebe genießt, und Amelia – liebt ihren Lehrer. Als Rita eines Tages das Tagebuch des Mädchens, voller erotischer Tagträumereien, findet, sieht sie ihre Chance. Denn etwas muß geschehen – etwas wie Mord zum Beispiel...

»Celia Fremlin säße schon längst im Gefängnis, würde sie nicht schreiben.« *Emma, Köln*

Rendezvous mit Gestern

Roman. Deutsch von Karin Polz
detebe 21603

Milly macht sauber bei Leuten in Seacliffe. Diskret und gründlich räumt sie täglich die Reste von Mrs. Days wilden Nächten auf, versorgt Mrs. Grahams Baby mit ungeliebten Vitaminen, verleiht dem Haushalt von Mrs. Lane einen Hauch vom ehemaligen großbürgerlichen Glanz. Allabendlich kehrt sie müde und allein in ihre billige Pension zurück. Bei ihr ist nur die Erinnerung an ein ganz anderes Leben, an die Hölle vor dem Tod, die Ehe hieß. Doch vor der Hölle flieht man nicht so leicht...

»Eine Psycho-Krimi-Gruselstory von einer Spezialistin für die Abgründe im ganz alltäglichen Hausfrauendasein.« *Frankfurter Rundschau*

Anne Fine
Killjoy
Roman

Mit einer Ohrfeige beginnt die grausame Geschichte einer Obsession. Ian Laidlaw ist ein ausgeglichener Mann, ruhig, kultiviert, tüchtig. Er ist Vorsteher der Fakultät für Politikwissenschaft an einer schottischen Universität. Seine regelmäßigen, ereignislosen Tage nehmen ihren ausgewogenen Lauf – bis die Studentin Alicia ihm eines Nachmittags ins Gesicht lacht und seine geordnete Welt zum Einstürzen bringt.
Laidlaw verfällt ihr mit besitzergreifender Leidenschaft, und die beiden beginnen ein gefährliches und schließlich zerstörerisches Spiel. Alicias Vergehen ist die Skrupellosigkeit der Jugend, und Laidlaws Strafe zeigt die unheilbare Zerrüttung seiner Welt.
Mit ihrem ersten Roman *Killjoy* schuf Anne Fine ein unvergeßliches Porträt eines Lebens der heillosen Verletzungen. Ein aufschreckendes, nachdenklich stimmendes und, im wahrsten Sinne des Wortes, fesselndes Buch.

»Eine schmerzhaft fesselnde Version von ›La Belle et la Bête‹.« *The New Yorker*

»Der Erstling dieser jungen schottischen Autorin ist verheerend eindringlich, ungewöhnlich klug – grauenhaft gut.« *Publishers Weekly*

Barbara Vine

Die im Dunkeln sieht man doch

Roman

Der Fall der Vera Hillyard, die kurz nach dem Krieg wegen Mordes zum Tod durch den Strang verurteilt und hingerichtet wurde, wird wieder aufgerollt. Briefe, Interviews, Erinnerungen, alte Photographien fügen sich zu einem Psychogramm, einer Familiensaga des Wahnsinns. Schicht um Schicht entblättert Barbara Vine die Scheinidylle eines englischen Dorfes, löst zähe Knoten familiärer Verflechtungen und entblößt schließlich ein Moralkorsett, dessen psychischer Druck nur noch mit Mord gesprengt werden konnte.

»Hinter dem Pseudonym Barbara Vine verbirgt sich die beste Thriller-Autorin, die das an Krimi-Schriftstellern nicht eben arme England aufzuweisen hat: Ruth Rendell. Das Buch ist ein Psycho-Thriller der Super-Klasse geworden. Eine Reportage aus einer Zeit da die ›besseren Herren‹ bei Heirat noch eine Jungfrau erwarten durften – und die Frauen aus dem bürgerlichen Aufsteiger-Milieu eine Menge Tricks anwandten, um diesem Weltbild anscheinend zu entsprechen. Ruth Rendell alias Barbara Vine ist da ein einmaliges Zeit-Dokument geglückt, das sich als Psycho-Thriller tarnt.«

Martina I. Kischke/Frankfurter Rundschau

»Es gibt Bücher, die man eher zufällig und ohne große Erwartungen in die Hand nimmt, um mal einen Blick hineinzuwerfen, und dann passiert es, daß man sich festliest und das Buch gar nicht mehr aus der Hand legen möchte. Barbara Vines Roman, raffiniert aufgebaut und meisterhaft erzählt, gehört für mich in diese Kategorie.«

Christiane Zielinski/Süddeutscher Rundfunk